DADOS INTERNACIONAIS DE
CATALOGAÇÃO NA PUBLICAÇÃO (CIP)
Jéssica de Oliveira Molinari CRB-8/9852

Kosiński, Jerzy, 1933-1991
O pássaro pintado / Jerzy Kosiński; tradução
de Regiane Winarski. — Rio de Janeiro :
DarkSide Books, 2024.
208 p.

ISBN: 978-65-5598-156-8
Título original: The Painted Bird

1. Ficção norte-americana 2. Ficção autobiográfica
– História 3. Guerra Mundial, 1939-1945
I. Título II. Winarski, Regiane

21-5114   CDD 813

Índice para catálogo sistemático:
1. Ficção norte-americana

THE PAINTED BIRD
Texto © Jerzy N. Kosiński, 1965, 1976
"Como Narrar o Horror?" © Henry Bugalho, 2024
"O Inferno Silencioso de Václav Marhoul" © Lucas Maia, 2024
Todos os direitos reservados
Ilustrações © Isobel Harvey
Tradução para a língua portuguesa © Regiane Winarski, 2024

"Os piores medos estão sempre
abaixo de nós, escondidos, abalando
as estruturas que queríamos que
fossem firmes e seguras."
— *O Labirinto do Fauno*

Impressão: Braspor

Fazenda Macabra
Reverendo Menezes
Pastora Moritz
Coveiro Assis
Caseiro Moraes

Leitura Sagrada
Isadora Torres
Jessica Reinaldo
Maximo Ribera
Tinhoso & Ventura

Direção de Arte
Macabra

Coord. de Diagramação
Sergio Chaves

Colaboradores
Aline Martins
Henry Bugalho
Lucas Maia
A toda Família DarkSide

MACABRA™
DARKSIDE

Todos os direitos desta edição reservados à
DarkSide® Entretenimento Ltda. • darksidebooks.com
Macabra™ Filmes Ltda. • macabra.tv

© 2024 MACABRA/ DARKSIDE

O PÁSSARO PINTADO
JERZY KOSIŃSKI

TRADUÇÃO
REGIANE WINARSKI

MACABRA
DARKSIDE

e só Deus,
onipotente de fato
sabia que eles
 eram mamíferos
de uma raça diferente.

— MAIAKÓVSKI —

Nas primeiras semanas da Segunda Guerra Mundial, no outono de 1939, um garoto de seis anos de uma cidade grande do Leste Europeu foi enviado pelos pais, assim como milhares de outras crianças, para o abrigo de um vilarejo distante.

Um homem viajando para o leste aceitou encontrar pais adotivos temporários para a criança por um pagamento substancial. Por falta de opção, os pais confiaram o garoto a ele.

Ao enviar o filho para longe, os pais acreditaram que aquele seria o melhor meio de garantir a sobrevivência do filho na guerra. Por causa das atividades antinazistas pré-guerra do pai da criança, eles tinham que se esconder para fugir do trabalho forçado na Alemanha ou da prisão em um campo de concentração. Queriam salvar a criança daqueles perigos e tinham esperanças de um dia conseguirem se reencontrar.

Mas alguns acontecimentos bagunçaram seus planos. Na confusão da guerra e da ocupação, com transferências contínuas de população, os pais perderam contato com o homem que tinha levado o filho deles para o vilarejo. Tiveram que aceitar a possibilidade de nunca mais encontrar o menino.

Enquanto isso, a mãe adotiva do garoto morreu dois meses depois da chegada dele, e a criança ficou sozinha vagando de um vilarejo para o outro, sendo às vezes abrigada e às vezes expulsa.

Os vilarejos nos quais ele passaria os quatro anos seguintes eram diferentes etnicamente da região de seu nascimento. Os camponeses locais, isolados e parentes consanguíneos, tinham pele clara com cabelo louro e olhos azuis ou cinzentos. O garoto tinha pele escura, cabelo escuro e olhos pretos. Ele falava uma língua de classe estudada, uma língua praticamente ininteligível para os camponeses do leste.

Era considerado cigano ou judeu desgarrado, e abrigar ciganos ou judeus, cujos lugares eram em guetos e campos de extermínio, expunha indivíduos e comunidades às penalidades mais severas nas mãos dos alemães.

Os vilarejos daquela região tinham sido negligenciados por séculos. Inacessíveis e distantes dos centros urbanos, eram as partes mais atrasadas do Leste Europeu. Não havia escolas nem hospitais, poucas estradas pavimentadas e pontes, nada de eletricidade. As pessoas viviam em pequenos povoados da mesma forma que seus bisavós. Os aldeões lutavam por direitos sobre rios, bosques e lagos. A única lei era o tradicional direito do mais forte e do mais rico sobre o mais fraco e o mais pobre. Divididos entre as fés católicas romana e ortodoxa, as pessoas só se uniam pela superstição extrema e pelas doenças inumeráveis que assolavam tanto os homens quanto os animais.

Eles eram ignorantes e brutais, mas não por escolha. O solo era ruim e o clima era severo. Os rios, amplamente desprovidos de peixes, costumavam inundar pastos e campos, transformando-os em pântanos. Grandes brejos e atoleiros cortavam a região, enquanto densas florestas costumavam abrigar bandos de rebeldes e foragidos.

A ocupação daquela parte do país pelos alemães só aumentou sua miséria e retrocesso. Os camponeses tinham que entregar uma grande parte das parcas colheitas às tropas regulares por um lado e aos partisans *do outro. A recusa podia resultar em invasões punitivas aos vilarejos, deixando-os em ruínas fumacentas.*

1

Eu morava na cabana de Marta e esperava que meus pais fossem me buscar a qualquer dia, a qualquer hora. Chorar não ajudava, e Marta não prestava atenção aos meus choramingos.

Ela era velha e vivia curvada, como se quisesse se partir ao meio mas não conseguisse. O cabelo comprido, nunca penteado, tinha se enrolado em inúmeras tranças grossas impossíveis de desembaraçar. Ela chamava de mechas de elfos. Forças malignas se escondiam nas mechas de elfos, enrolando-as e induzindo lentamente à senilidade.

Ela mancava de um lado para o outro, apoiada em um galho retorcido, murmurando sozinha em uma língua que eu não conseguia entender. O rosto pequeno e maltratado era coberto por uma teia de rugas, e a pele era de um marrom-avermelhado, como uma maçã cozida demais. O corpo murcho tremia constantemente, como se sacudido por um vento interior, e os dedos das mãos ossudas com juntas grossas de doença nunca paravam de tremer, enquanto a cabeça, sobre o pescoço comprido e fino, assentia em todas as direções.

A visão dela era ruim. Ela olhava para a luz por frestas apertadas inseridas embaixo de sobrancelhas grossas. Suas pálpebras pareciam sulcos em solo arado. Sempre havia lágrimas escorrendo pelos cantos dos olhos, descendo pelo rosto em canais fundos, para se juntar aos fios gelatinosos pendurados no nariz e à saliva cheia de bolhas que pingava dos lábios. Ela parecia um cogumelo verde-acinzentado velho, podre por dentro e esperando um último sopro de vento para espalhar a poeira preta e seca que tinha em seu interior.

No começo, eu tinha medo dela e fechava os olhos sempre que ela se aproximava de mim. Só sentia o cheiro horrível do seu corpo. Ela sempre dormia de roupa. De acordo com ela, era a melhor defesa contra o perigo das numerosas doenças que o ar fresco podia soprar para o aposento.

Para manter a saúde, alegava, uma pessoa só devia se lavar duas vezes por ano, no Natal e na Páscoa, e mesmo assim bem de leve e sem se despir. Ela usava água quente só para aliviar os incontáveis calos, joanetes e unhas encravadas nos pés retorcidos. Era por isso que os mergulhava em água uma ou duas vezes por semana.

Era comum que acariciasse meu cabelo com as mãos velhas e trêmulas que pareciam tanto ancinhos de jardim. Ela me encorajava a brincar no pátio e fazer amizade com os animais domésticos.

Eu acabei percebendo que eles eram menos perigosos do que pareciam. Eu me lembrava das histórias sobre eles, que a minha babá lia num livrinho infantil. Aqueles animais tinham vida própria, amores e discordâncias, e tinham discussões numa língua própria.

As galinhas lotavam o galinheiro, brigando para pegar os grãos que eu jogava para elas. Algumas andavam em pares, outras bicavam as mais fracas e tomavam banhos solitários em poças depois da chuva, ou abriam as penas pretensiosamente sobre os ovos e pegavam no sono rapidamente.

Coisas estranhas aconteciam na fazenda. Pintinhos amarelos e pretos saíam dos ovos, parecendo ovinhos vivos sobre pernas finas. Uma vez, um pombo solitário se juntou ao bando. Ele não foi bem recebido. Quando pousou com uma agitação de asas e terra no meio das galinhas, elas saíram correndo, assustadas. Quando começou a cortejá-las, arrulhando guturalmente quando se aproximava delas com um passo curto, elas ficaram indiferentes e olharam para ele com desdém. Invariavelmente corriam cacarejando quando ele chegava perto.

Um dia, quando o pombo estava tentando, como sempre, se juntar aos pintos e galinhas, uma pequena forma preta apareceu vinda das nuvens. As galinhas voltaram para o celeiro e para o galinheiro aos gritos. A bola preta caiu como uma pedra no meio deles. Só que o pombo não tinha onde se esconder. Antes mesmo de ele ter tempo de abrir as asas, uma ave preta poderosa com bico afiado em gancho o prendeu no chão e o bicou. As penas do pombo ficaram manchadas de sangue. Marta veio correndo da cabana, balançando uma vara, mas o falcão saiu voando tranquilamente, carregando no bico o corpo inerte do pombo.

Marta tinha uma cobra em um jardinzinho especial de pedras, cercado com muito cuidado. A cobra deslizava sinuosamente entre as folhas, balançando a língua bipartida como uma bandeira numa parada militar. Parecia indiferente ao mundo; eu nunca soube se ela me notava.

Em uma ocasião, a cobra se escondeu embaixo do musgo nos seus aposentos particulares e ficou lá por muito tempo sem comida e água, participando de mistérios estranhos sobre os quais até Marta preferiu não dizer nada. Quando acabou saindo, a cabeça estava brilhando como uma ameixa oleosa. Uma performance incrível aconteceu em seguida. A cobra ficou imóvel, apenas com tremores bem lentos percorrendo seu corpo enrolado. Em seguida, deslizou calmamente para fora da pele, parecendo de repente mais magra e mais jovem. Ela não balançou mais a língua, mas pareceu esperar a nova pele endurecer. A pele velha e semitransparente tinha sido completamente descartada e estava sendo invadida por moscas desrespeitosas. Marta ergueu a pele com reverência e a escondeu em um lugar secreto. Uma pele daquelas tinha propriedades curativas valiosas, mas ela disse que eu era novo demais para entender a natureza delas.

Marta e eu observamos essa transformação impressionados. Ela me contou que a alma humana descarta o corpo de forma similar e depois voa até os pés de Deus. Depois da longa viagem, Deus a pega com as mãos quentes, a revive com Sua respiração e a transforma num anjo celestial ou a joga no inferno para a tortura eterna pelo fogo.

Um esquilinho vermelho costumava visitar a cabana. Depois de comer, ele dançava no quintal, batendo o rabo, dando gritinhos, rolando, pulando e aterrorizando galinhas e pombos.

O esquilo me visitava diariamente, sentava-se no meu ombro, beijava minhas orelhas, pescoço e bochechas, mexia no meu cabelo com o toque leve. Depois de brincar, ele sumia, voltava para o bosque do outro lado do campo.

Um dia, eu ouvi vozes e corri até uma elevação próxima. Escondido nos arbustos, fiquei horrorizado de ver alguns garotos do vilarejo caçando meu esquilo no campo. Correndo freneticamente, ele tentava chegar à segurança da floresta. Os garotos jogavam pedras na frente dele para fazê-lo parar. A criaturinha foi ficando fraca, os saltos foram ficando curtos e lentos. Os garotos finalmente o pegaram, mas ele continuou a lutar e morder bravamente. Os garotos, inclinados sobre o animal, derramaram um líquido de uma lata nele. Por sentir que algo horrível seria feito, tentei desesperadamente pensar em uma forma de salvar meu amiguinho. Mas era tarde demais.

Um dos garotos tirou um pedaço de madeira fumegante da lata pendurada no ombro e encostou no animal. Jogou o esquilo no chão, onde ele explodiu em chamas na mesma hora. Com um grito que fez meu coração parar, ele pulou, como se quisesse escapar do fogo. As chamas o cobriram; só o rabo peludo ainda balançou por um segundo. O corpinho fumegante rolou no chão e logo ficou imóvel. Os garotos ficaram olhando, riram e o cutucaram com um graveto.

Com meu amigo morto, eu não tinha mais ninguém para esperar de manhã. Contei a Marta o que tinha acontecido, mas ela não pareceu entender. Murmurou alguma coisa baixinho, rezou e lançou seu encantamento secreto na casa para afastar a morte, que, ela insistia, estava se esgueirando por perto e tentando entrar.

Marta ficou doente. Reclamou de umas pontadas embaixo das costelas, onde o coração bate, eternamente enjaulado. Ela me contou que Deus ou o Diabo tinha enviado uma doença para lá, para destruir mais um ser humano, e assim botar fim ao tempo dela na Terra. Eu não conseguia entender por que Marta não mudava de pele como a cobra e começava a vida toda de novo.

Quando eu sugeri isso, ela ficou com raiva e me amaldiçoou por ser um bastardo cigano blasfemo, parente do Diabo. Disse que a doença entra em uma pessoa quando ela menos espera. Podia estar sentada atrás de você em uma carroça, pular nos seus ombros quando você se inclina para colher frutas silvestres na floresta ou sair se esgueirando da água quando você atravessa o rio a barco. A doença penetra no corpo invisivelmente, de forma ardilosa, pelo ar, água ou pelo contato com um animal ou outra pessoa, ou até — e aqui ela me deu um olhar de cautela — por um par de olhos pretos posicionados perto demais de um nariz de bico. Olhos assim, conhecidos como olhos de cigano ou de bruxa, podiam trazer doenças incapacitantes, peste ou morte. Era por isso que ela me proibia de olhar diretamente nos olhos dela ou até mesmo nos dos animais domésticos. Ela me mandava cuspir rapidamente três vezes e me persignar se eu olhasse sem querer nos olhos de algum animal ou nos dela.

Ela costumava ficar furiosa quando a massa que sovava para o pão não crescia. Ela me culpava por lançar um feitiço e me dizia que eu não ganharia pão por dois dias como punição. Para tentar agradar a Marta e não olhar nos olhos dela, eu andava pela cabana de olhos fechados, tropeçando nos móveis, derrubando baldes e pisando em canteiros de flores lá fora, esbarrando em tudo como uma mariposa cega pela luz repentina. Enquanto isso, Marta pegava frutas silvestres e espalhava sobre carvões acesos. Soprava essa fumaça por todo o aposento, acompanhada de encantamentos feitos para exorcizar o feitiço maligno.

Ela acabava anunciando que o feitiço tinha sido removido. E estava certa, pois o pão seguinte sempre ficava bom.

Marta não sucumbiu à doença e à dor. Ela travou uma batalha constante e matreira contra as duas coisas. Quando as dores começavam a incomodar, ela pegava um pedaço de carne crua, cortava pequenininho e colocava em um pote de barro. Em seguida, jogava dentro água tirada de um poço logo antes do amanhecer. O pote era enterrado fundo em um canto da cabana. Isso trazia alívio das dores por alguns dias, ela dizia, até a carne se decompor. Mas depois, quando as dores voltavam, ela fazia todo o trabalhoso procedimento outra vez.

Marta nunca bebia nada na minha presença, e nunca sorria. Ela acreditava que, se fizesse isso, eu poderia ter a oportunidade de contar os dentes dela, e que cada dente contado subtrairia um ano de sua vida. É verdade que ela não tinha muitos dentes. Mas percebi que, na idade dela, cada ano era muito precioso.

Eu tentava beber e comer sem mostrar meus dentes, e praticava olhar para o meu reflexo na superfície espelhada preto-azulada do poço, sorrindo para mim mesmo com a boca fechada.

Eu nunca tinha permissão de pegar nenhum dos cabelos dela caídos no chão. Era sabido que mesmo um único fio de cabelo perdido, se visto por um olhar maligno, podia ser a causa de problemas sérios na garganta.

À noite, Marta se sentava junto ao fogão, assentindo e murmurando orações. Eu me sentava perto, pensando nos meus pais. Relembrava meus brinquedos, que deviam agora pertencer a outras crianças. Meu ursinho de pelúcia grande com olho de vidro, o avião com hélices que giravam e os passageiros com rostos visíveis pelas janelas, o tanque pequeno que se movia e o carro de bombeiros com a escada extensível.

De repente, a cabana de Marta ficava mais quente, quando as imagens ficavam mais apuradas, mais reais. Eu via minha mãe sentada ao piano. Ouvia a letra de suas músicas. Relembrava meu medo antes de uma cirurgia de apêndice quando eu tinha só quatro anos, o piso brilhante do hospital, a máscara que os médicos colocaram no meu rosto e que me impediu de contar até dez.

Mas esse meu passado estava virando rapidamente uma ilusão, como uma das fábulas incríveis da minha antiga babá. Eu me perguntei se meus pais algum dia me encontrariam de novo. Eles sabiam que nunca deviam beber nem sorrir na presença de pessoas de olhar maligno que poderiam contar os dentes deles? Eu me lembrava do sorriso largo e relaxado do meu pai e começava a me preocupar; ele mostrava tantos dentes que, se um olhar maligno os contasse, ele certamente morreria em bem pouco tempo.

Uma manhã, quando acordei, a cabana estava fria. O fogo no fogão tinha se apagado, e Marta ainda estava sentada no meio da sala, as muitas saias puxadas e os pés descalços descansando em um balde cheio de água.

Tentei falar com ela, mas ela não respondeu. Fiz cócegas na mão fria e dura, mas os dedos nodosos não se moveram. A mão pendia do braço da cadeira como um lençol molhado em um varal em um dia sem vento. Quando levantei a cabeça dela, os olhos aquosos pareciam estar me encarando. Eu tinha visto olhos assim antes, quando o riacho jogava na margem os corpos de peixes mortos.

Concluí que Marta estava esperando a mudança de pele, e, como a cobra, ela não podia ser incomodada num momento assim. Embora sem saber o que fazer, eu tentei ser paciente.

Era final do outono. O vento fazia os galhos secos estalarem. Arrancou as últimas folhas enrugadas e as jogou no céu. As galinhas estavam empoleiradas nos galinheiros como corujas, sonolentas e deprimidas, abrindo com desprazer um olho de cada vez. Estava frio, e eu não sabia acender o fogo. Todos os meus esforços para falar com Marta não geraram resposta. Ela ficou parada imóvel, olhando fixamente para alguma coisa que eu não conseguia ver.

Eu voltei a dormir, por não ter mais nada a fazer, confiante de que, quando acordasse, Marta estaria andando pela cozinha murmurando seus salmos de luto. Mas, quando acordei à noite, ela ainda estava com os pés de molho. Eu estava com fome e com medo do escuro.

Decidi acender o lampião a óleo. Comecei a procurar os fósforos que Marta escondia bem. Tirei o lampião da prateleira com cuidado, mas ele escorregou da minha mão e derramou querosene no chão.

Os fósforos se recusaram a acender. Quando um finalmente pegou fogo, quebrou e caiu no chão, na poça de querosene. No começo, a chama parou timidamente ali, exalando uma nuvem de fumaça azul. De repente, pulou com ousadia para o meio do aposento.

Não estava mais escuro e eu conseguia ver Marta claramente. Ela não pareceu notar o que estava acontecendo. Não pareceu se incomodar com a chama, que já tinha ido até a parede e subido pelas pernas da cadeira de vime.

Não estava mais frio. A chama estava agora perto do balde onde Marta estava com os pés enfiados. Ela devia ter sentido o calor, mas não se moveu. Eu admirei sua resistência. Depois de ter ficado sentada ali a noite toda e o dia todo, ela continuou sem se mexer.

Ficou muito quente na sala. As chamas subiam pelas paredes como hera. Oscilavam e estalavam como ervilhas secas no chão, principalmente perto da janela, por onde uma brisa fraca conseguia entrar. Fiquei parado perto da porta, pronto para correr, ainda esperando que Marta se movesse. Mas ela ficou sentada, rígida, como se não percebesse nada. As chamas começaram a lamber suas mãos inertes como faria um cão afetuoso. Deixaram agora marcas roxas nas mãos e subiram na direção de seu cabelo sujo.

As chamas cintilaram como uma árvore de Natal e explodiram num fogo alto, formando um chapéu de chamas na cabeça de Marta. Ela virou uma tocha. As chamas a envolveram carinhosamente por todos os lados, e a água no balde chiou quando pedaços da jaqueta rasgada de pele de coelho caíram dentro. Eu via debaixo das chamas partes da pele enrugada e frouxa e pontos brancos dos braços ossudos.

Eu a chamei uma última vez quando corri para o quintal lá fora. As galinhas estavam cacarejando furiosamente e batendo as asas no galinheiro adjacente à casa. A vaca, normalmente plácida, estava mugindo e batendo com a cabeça na porta do celeiro. Eu decidi não esperar a permissão de Marta e comecei a soltar as galinhas por minha conta. Elas correram histericamente e tentaram levantar voo com asas desesperadas. A vaca conseguiu quebrar a porta do celeiro. Ela assumiu um ponto de observação a uma distância segura do fogo, ruminando pensativamente.

Agora, o interior da cabana já estava uma fornalha. As chamas pulavam pelas janelas e buracos. O teto de palha, por estar pegando fogo por baixo, soltava uma fumaça ameaçadora. Fiquei impressionado com a Marta. Ela estava mesmo tão indiferente àquilo tudo? Os feitiços e encantamentos dela tinham lhe dado imunidade contra um fogo que transformava tudo em volta em cinzas?

Ela ainda não tinha saído. O calor estava ficando insuportável. Tive que ir para a extremidade do quintal. Os galinheiros e o celeiro estavam agora pegando fogo. Vários ratos, assustados pelo calor, corriam loucamente pelo quintal. Os olhos amarelos de um gato, refletindo as chamas, espiava das extremidades escuras do campo.

Marta não apareceu, apesar de eu ainda estar convencido de que ela sairia ilesa. Mas, quando uma das paredes desabou, engolindo o interior queimado da cabana, eu comecei a duvidar que a veria outra vez.

Nas nuvens de fumaça subindo para o céu, pensei ter visto uma forma oblonga estranha. O que era? Poderia ser a alma de Marta fazendo sua fuga para os céus? Ou seria a própria Marta, revivida pelo fogo, aliviada da velha pele enrugada, saindo da terra numa vassoura incendiada, como a bruxa na história que a minha mãe me contava?

Ainda olhando para o espetáculo de fagulhas e chamas, fui arrancado do meu devaneio pelo som de vozes de homens e cachorros latindo. Os fazendeiros estavam chegando. Marta sempre me avisava sobre as pessoas do vilarejo. Ela dizia que, se me pegassem sozinho, elas me afogariam como um gatinho sarnento ou me matariam com um machado.

Eu saí correndo assim que as primeiras figuras humanas apareceram dentro do círculo de luz. Elas não me viram. Eu corri como louco, batendo em tocos de árvore e arbustos espinhentos que não via. Eu finalmente caí numa ravina. Ouvi vozes distantes de gente e o estrondo de paredes caindo, então adormeci.

Acordei ao amanhecer, meio congelado. Uma névoa pairava entre as beiradas da ravina como uma teia de aranha. Eu voltei para o alto da colina. Filetes de fumaça e uma chama ocasional ainda eram vistos na pilha de madeira queimada e cinzas, onde antes ficava a cabana de Marta.

Tudo em volta estava em silêncio. Eu acreditei que agora encontraria meus pais na ravina. Acreditei que, mesmo de longe, eles deviam saber tudo que tinha acontecido comigo. Eu não era filho deles? Para que serviam os pais se não era para estar com os filhos em momentos de perigo?

Só para o caso de eles estarem chegando, eu os chamei. Mas ninguém respondeu.

Eu estava fraco e com frio e com fome. Não tinha ideia do que fazer e nem para onde ir. Meus pais ainda não estavam lá.

Eu tremi e vomitei. Eu tinha que encontrar pessoas. Tinha que ir ao vilarejo.

Manquei com pés e pernas machucados, seguindo com cautela pela grama amarelada de outono na direção do vilarejo distante.

2

Meus pais não estavam em lugar nenhum. Eu comecei a correr pelo campo na direção das cabanas dos camponeses. Havia um crucifixo podre, antes pintado de azul, no cruzamento. Uma imagem sagrada estava pendurada em cima, da qual um par de olhos quase impossíveis de ver, mas parecendo manchados de lágrimas, olhavam os campos vazios e o brilho vermelho do sol nascente. Uma ave cinza estava pousada em um braço da cruz. Ao me ver, ela abriu as asas e sumiu.

O vento carregou o cheiro de queimado da cabana de Marta pelos campos. Um fio fino de fumaça subia das ruínas na direção do céu gelado.

Com frio e apavorado, entrei no vilarejo. As cabanas, meio afundadas na terra, com tetos baixos de sapê e janelas fechadas com tábuas, ocupavam os dois lados da rua de terra batida.

Os cachorros presos às cercas repararam em mim e começaram a uivar e puxar as correntes. Com medo de me mover, eu parei no meio da rua, esperando que um deles se soltasse a qualquer momento.

A ideia monstruosa de que meus pais não estavam ali, e nem estariam, passou pela minha mente. Eu me sentei e comecei a chorar de novo, chamando meu pai e minha mãe e até minha babá.

Um grupo de homens e mulheres estava se reunindo ao meu redor, falando num dialeto que eu desconhecia. Fiquei com medo dos olhares e movimentos desconfiados. Vários estavam segurando cachorros, que rosnavam e tentavam vir para cima de mim.

Alguém me cutucou por trás com um ancinho. Dei um pulo para o lado. Outra pessoa me cutucou com um forcado afiado. Novamente, pulei para longe com um grito alto.

A multidão ficou mais agitada. Uma pedra me acertou. Eu me deitei, o rosto na terra, sem querer saber o que podia acontecer em seguida. Minha cabeça estava sendo bombardeada com bosta de vaca seca, batatas mofadas, miolos de maçã, punhados de terra e pedras pequenas. Eu cobri o rosto com as mãos e gritei na poeira que cobria a rua.

Alguém me puxou do chão. Um camponês alto e ruivo me segurou pelo cabelo e me arrastou na direção dele, torcendo minha orelha com a outra mão. Eu resisti desesperadamente. A multidão berrou de tanto rir. O homem me empurrou e me chutou com o sapato com sola de madeira. A multidão berrou, os homens segurando as barrigas, tremendo de tanto rir, e os cachorros tentaram chegar mais perto de mim.

Um camponês com um saco de juta abriu caminho na multidão. Ele me segurou pelo pescoço e enfiou o saco na minha cabeça. Em seguida, ele me jogou no chão e tentou empurrar o resto do meu corpo para o solo preto fedido.

Eu ataquei com os pés e as mãos, mordi e arranhei. Mas uma pancada na minha nuca logo me fez perder a consciência.

Acordei com dor. Enfiado no saco, eu estava sendo carregado nos ombros de alguém cujo calor suado eu sentia pelo pano podre. O saco estava amarrado com um barbante acima da minha cabeça. Quando tentei me soltar, o homem me botou no chão e me deixou sem ar e grogue com vários chutes. Com medo de me mexer, fiquei encolhido, como se em estupor.

Nós chegamos a uma fazenda. Eu senti cheiro de esterco e ouvi o balido de um bode e o mugido de uma vaca. Fui jogado no chão de uma cabana, e alguém bateu no saco com um chicote. Eu pulei de dentro do saco e saí pela abertura amarrada como se queimado. O camponês estava com um chicote na mão. Ele bateu nas minhas pernas. Eu pulei como um esquilo e ele continuou me batendo. Pessoas entraram no aposento: uma mulher com um avental manchado amarrado, crianças pequenas que engatinharam como baratas da cama de pena e de trás do fogão e dois funcionários da fazenda.

Eles me cercaram. Um tentou tocar no meu cabelo. Quando me virei para ele, ele puxou a mão rapidamente. Eles trocaram comentários sobre mim. Apesar de não entender direito, eu ouvi a palavra "cigano" muitas vezes. Tentei dizer alguma coisa para eles, mas minha língua e o modo como eu falava só os fez rir.

O homem que me levou começou a bater nos meus tornozelos de novo. Fui pulando cada vez mais alto, enquanto as crianças e os adultos berravam de tanto rir.

Eles me deram um pedaço de pão e me trancaram no armário da lenha. Meu corpo estava ardendo dos açoites do chicote e não consegui pegar no sono. Estava escuro no armário, e ouvi ratos andando perto de mim. Quando eles tocaram nas minhas pernas, eu gritei, assustando as galinhas dormindo do outro lado da parede.

Nos dias seguintes, camponeses e suas famílias foram à cabana me olhar. O dono chicoteava minhas pernas cobertas de vergões para eu pular como uma rã. Eu estava quase nu, exceto pelo saco que me deram para vestir, com dois buracos cortados embaixo para as pernas. O saco muitas vezes caía quando eu pulava. Os homens urravam, e as mulheres davam risadinhas, me olhando enquanto eu tentava cobrir meu penduricalho. Eu encarava alguns, e eles desviavam o olhar ou cuspiam três vezes e abaixavam os olhos.

Um dia, uma mulher idosa chamada Olga, a Sábia, foi até a cabana. O dono a tratou com respeito óbvio. Ela me olhou todo, observou meus olhos e dentes, tateou meus ossos e me mandou urinar num potinho. Ela examinou a minha urina.

Em seguida, por um longo tempo, contemplou a cicatriz comprida, lembrança da minha apendicectomia, e apertou minha barriga com as mãos. Depois da inspeção, ela discutiu longa e ferozmente com o camponês, até que finalmente amarrou uma corda no meu pescoço e me levou. Eu tinha sido comprado.

Comecei a viver em sua cabana. Era um abrigo de dois aposentos, cheio de pilhas de gramas, folhas e arbustos secos, pedras coloridas de formas estranhas, rãs, toupeiras e potes de lagartos e minhocas se remexendo. No centro da cabana, havia caldeirões suspensos sobre um fogo aceso.

Olga me mostrou tudo. A partir daquele momento, eu tinha que cuidar do fogo, pegar feixes na floresta e limpar as baias dos animais. A cabana era cheia de pós variados, que Olga preparava num pilão grande, moendo e misturando os diferentes componentes. Eu tinha que ajudá-la com isso.

De manhã cedo, ela me levava para visitar as cabanas do vilarejo. As mulheres e homens se persignavam quando nos viam, mas também nos cumprimentavam com educação. Os doentes esperavam do lado de dentro.

Quando nós vimos uma mulher gemendo e segurando o abdome, Olga me mandou massagear a barriga quente e úmida da mulher e ficar olhando sem parar enquanto ela murmurava algumas palavras e fazia vários sinais no ar acima das nossas cabeças. Uma vez, nós cuidamos de uma criança com a perna podre, coberta de pele marrom enrugada, da qual escorria um pus amarelado com sangue misturado. O fedor da perna era tão forte que até Olga tinha que abrir a porta de tempos em tempos para deixar entrar um pouco de ar fresco.

O dia todo, fiquei olhando para a perna gangrenada enquanto a criança alternava entre chorar e adormecer. A família, apavorada, estava sentada do lado de fora, rezando alto. Quando a criança desviou a atenção, Olga aplicou na perna dela um ferro quente que estava pronto no fogo para queimar com cuidado toda a ferida. A criança se debateu, gritou loucamente, desmaiou e recuperou a consciência. O cheiro de carne queimada se espalhou pelo ambiente. O ferimento chiou, como se pedaços de bacon estivessem sendo fritos numa frigideira. Depois que a ferida foi queimada, Olga o cobriu com pedaços de pão molhado no qual foram misturados mofo e teias de aranha recém-recolhidas.

Olga tinha tratamento para quase todas as doenças, e minha admiração só foi aumentando. As pessoas iam até ela com uma variedade enorme de reclamações, e ela sempre conseguia ajudá-las. Quando os ouvidos de um homem estavam doendo, Olga os lavou com óleo de alcaravia, inseriu em cada orelha um pedaço de linho enrolado em forma de corneta e molhado em cera quente e botou fogo no linho por fora. O paciente, amarrado numa mesa, gritou de dor enquanto o fogo queimava o que restava do pano dentro do ouvido. Ela imediatamente soprou o resíduo, "serragem", como ela chamou, do ouvido e cobriu a área queimada com uma pomada feita do suco de uma cebola espremida, bile de um bode ou de um coelho e um toque de vodca.

Ela também conseguia cortar fora furúnculos, tumores e cistos, além de arrancar dentes podres. Guardava os furúnculos arrancados em vinagre até eles ficarem marinados e ela poder usar como remédio. Drenava com cuidado o pus que supurava das feridas em xícaras especiais e o deixava fermentando por vários dias. Quanto aos dentes extraídos, eu os moía no pilão grande, e o pó resultante era seco sobre pedaços de casca de árvore em cima do fogão.

Às vezes, na escuridão da noite, um camponês assustado procurava Olga, e lá ia ela fazer um parto, cobrindo-se com um xale grande e tremendo do frio e da falta de sono. Quando era chamada para um dos vilarejos vizinhos e só voltava vários dias depois, eu cuidava da cabana, alimentava os animais e mantinha o fogo aceso.

Embora Olga falasse num dialeto estranho, nós passamos a nos entender muito bem. No inverno, quando uma tempestade caía e o vilarejo era envolvido em neve intransponível, nós ficávamos sentados na cabana quente, e Olga me contava sobre todos os filhos de Deus e todos os espíritos de Satanás.

Ela me chamava de O Sombrio. Com ela, aprendi que eu era possuído por um espírito maligno, que ficava encolhido em mim como uma toupeira numa toca funda e de cuja presença eu não estava ciente. Uma pessoa sombria como eu, possuída por esse espírito maligno, podia ser reconhecida pelos olhos pretos enfeitiçados que não piscavam quando encaravam olhos claros. Portanto, Olga declarou, eu podia encarar outras pessoas e, sem querer, lançar um feitiço nelas.

Olhos enfeitiçados podem não só lançar feitiços, mas também retirá-los, explicou ela. Eu precisava tomar cuidado ao olhar para pessoas e animais e até grãos, para manter a mente vazia de qualquer coisa além da doença que estava ajudando a retirar deles. Pois quando olhos enfeitiçados encaram uma criança saudável, ela vai começar a definhar na mesma hora; se for um bezerro, ele vai cair morto de uma doença repentina; se for a grama, o feno vai apodrecer depois da colheita.

Esse espírito maligno que habitava em mim atraía por sua própria natureza outros seres misteriosos. Espectros vagavam ao meu redor. Um espectro é silencioso, reticente e raramente se vê. Mas é persistente: faz as pessoas tropeçarem nos campos e florestas, espia dentro de cabanas, pode se transformar em um gato feroz ou em um cachorro raivoso e geme quando furioso. À meia-noite, vira piche quente.

Fantasmas se sentem atraídos por um espírito maligno. São pessoas que morreram há muito tempo, condenadas à danação eterna, que voltam à vida só na lua cheia, têm poderes sobre-humanos e olhos sempre voltados pesarosamente para o leste.

Vampiros, talvez os mais perigosos dessas ameaças intangíveis porque muitas vezes assumem forma humana, também se sentem atraídos por uma pessoa possuída. Os vampiros são pessoas que se afogaram antes de terem sido batizadas ou que foram abandonadas pelas mães. Eles crescem até os sete anos na água ou nas florestas, onde assumem forma humana de novo e, depois de se transformarem em andarilhos, tentam insaciavelmente ganhar acesso a igrejas católicas ou *sui iuris* sempre que podem. Depois de fazerem ninho lá, se agitam com inquietação em volta dos altares, sujam maliciosamente as imagens dos santos, mordem, quebram ou destroem os objetos sagrados e, sempre que podem, sugam sangue de homens adormecidos.

Olga desconfiava que eu fosse um vampiro e de vez em quando me dizia isso. Para conter os desejos do meu espírito maligno e impedir a metamorfose em fantasma ou espectro, ela preparava todas as manhãs um elixir amargo que eu tinha que beber enquanto comia um pedaço de carvão com alho. Outras pessoas também tinham medo de mim. Sempre que eu tentava andar pelo vilarejo sozinho, as pessoas viravam a cabeça e faziam o sinal da cruz. Além disso, as mulheres grávidas fugiam de mim, em pânico. Os camponeses mais ousados soltavam cachorros em cima de mim, e se eu não tivesse aprendido a fugir rapidamente e sempre ficar perto da cabana de Olga, não teria voltado vivo de muitas dessas saídas.

Eu normalmente ficava na cabana, impedindo um gato albino de matar uma galinha enjaulada, que era preta e de grande raridade e muito valiosa para Olga. Eu também olhava nos olhos vazios de sapos pulando em uma panela alta, mantinha o fogo aceso no fogão, mexia em caldos fervendo e descascava batatas podres para recolher cuidadosamente, em uma xícara, o mofo esverdeado que Olga aplicava em feridas e hematomas.

Olga era muito respeitada no vilarejo, e quando eu a acompanhava não tinha medo de ninguém. Muitas vezes, era chamada para borrifar os olhos do gado, para protegê-los de qualquer feitiço malicioso enquanto eram levados para o mercado. Ela mostrava aos camponeses o modo como eles deviam cuspir três vezes quando compravam um porco e como alimentar uma novilha com pão preparado especialmente, contendo uma erva santificada, antes de ela cruzar com um touro. Ninguém no vilarejo comprava um cavalo ou uma vaca enquanto Olga não tivesse decretado que o animal ficaria saudável. Ela jogava água em cima e, depois de ver como ele se sacudia, dava o veredito do qual o preço, e muitas vezes a própria venda, dependia.

A primavera estava chegando. O gelo estava se quebrando no rio e os raios baixos do sol penetravam nos redemoinhos da água agitada. Libélulas azuis pairavam sobre a correnteza, lutando com os sopros repentinos de vento frio e úmido. Nuvens de umidade subindo da superfície do lago aquecida pelo sol eram capturadas pelos sopros e pelos redemoinhos de vento, espalhadas como fios de lã e jogadas no ar turbulento.

Mas quando o tempo mais quente, ansiosamente esperado, finalmente chegou, trouxe junto uma peste. As pessoas que atingiu se contorciam de dor como minhocas hipnotizadas, eram abaladas por um calafrio horrível e morriam sem recuperar a consciência. Eu corri com Olga de cabana em cabana, olhei os pacientes para afastar a doença deles, mas de nada adiantou. A doença era forte demais.

Por trás de janelas bem fechadas, dentro da penumbra das cabanas, os moribundos e sofredores gemiam e gritavam. Mulheres apertavam junto ao peito os corpinhos bem enrolados dos bebês, cujas vidas se esvaíam rapidamente. Homens, em desespero, cobriam as esposas acometidas pela febre com colchões de penas e pele de ovelha. Crianças olhavam chorosas para os rostos manchados de azul dos pais mortos.

A peste persistiu.

Os aldeões paravam na soleira das cabanas, erguiam os olhos da poeira no chão e procuravam Deus. Ele era o único que poderia aliviar a dor amarga que eles sentiam. Ele era o único que poderia conceder a misericórdia do sono sereno naqueles atormentados corpos humanos. Ele era o único que poderia transformar os enigmas horríveis da doença em saúde atemporal. Ele era o único que poderia acabar com a dor de uma mãe lamentando o filho perdido. Ele era o único...

Mas Deus, com Sua sabedoria impenetrável, esperou. Fogos queimavam em volta das cabanas, e os caminhos e jardins e quintais foram defumados. Os golpes ecoantes de machados e o estrondo de árvores caídas podiam ser ouvidos das florestas vizinhas, quando os homens cortavam a madeira necessária para manter os fogos acesos. Eu ouvia os sons secos e agudos da lâmina do machado no tronco cortando o ar claro e parado. Quando chegavam nos pastos e no vilarejo, eles ficavam estranhamente abafados e distantes. Da mesma forma que uma neblina esconde e diminui a chama de uma vela, o ar silencioso e pesado, carregado de doença, absorvia e envolvia esses sons em uma rede envenenada.

Uma noite, meu rosto começou a arder e eu sofri de tremores incontroláveis. Olga olhou por um momento nos meus olhos e colocou a mão fria na minha testa. Rápida e silenciosamente, me arrastou na direção de um campo remoto. Ela cavou um buraco fundo, tirou as minhas roupas e me mandou pular dentro.

Quando eu estava lá dentro, tremendo de febre e calafrios, Olga jogou a terra no buraco até eu estar enterrado até o pescoço. Em seguida, ela pisoteou o solo ao meu redor e bateu nele com a pá até a superfície estar bem lisa. Depois de verificar se não havia nenhum formigueiro ao redor, ela fez três fogueiras fumacentas de turfa.

Plantado assim na terra fria, meu corpo resfriou completamente em pouco tempo, como a raiz de uma erva-daninha murchando. Eu perdi a consciência. Como uma cabeça de repolho abandonada, eu me tornei parte do grande campo.

Olga não me esqueceu. Várias vezes ao longo do dia, ela levou bebidas frescas, que dava na minha boca e que pareciam drenar pelo meu corpo para a terra. A fumaça das fogueiras, que ela alimentava com musgo fresco, fazia meus olhos lacrimejarem e minha garganta arder. Visto da superfície da terra quando o vento afastava ocasionalmente a fumaça, o mundo parecia um tapete áspero. As plantinhas crescendo ao redor eram altas como árvores. Quando Olga se aproximava, ela lançava uma sombra de gigante na paisagem.

Depois de me alimentar no crepúsculo pela última vez, ela jogou turfa nas fogueiras e voltou para a cabana para dormir. Fiquei no campo sozinho, enfiado na terra, que parecia me puxar cada vez mais para baixo.

As fogueiras ardiam lentamente e as fagulhas pulavam como pirilampos na escuridão infinita. Parecia que eu era uma planta tentando me aproximar do sol, sem conseguir esticar os galhos, presa na terra. Ou eu sentia que a minha cabeça tinha adquirido vida própria, rolando cada vez mais rápido, alcançando uma velocidade vertiginosa até finalmente bater no disco do sol que tinha graciosamente esquentado ao longo do dia.

Às vezes, ao sentir o vento na testa, eu ficava paralisado de horror. Na minha imaginação, eu vi exércitos de formigas e baratas chamando umas às outras e correndo na direção da minha cabeça, para algum lugar debaixo do topo do meu crânio, onde construiriam novos ninhos. Lá, elas se proliferariam e comeriam meus pensamentos, um atrás do outro, até eu ficar tão vazio quanto a casca de uma abóbora da qual toda a polpa foi retirada.

Barulhos me acordaram. Eu abri os olhos, inseguro dos meus arredores. Estava fundido com a terra, mas os pensamentos se agitavam na minha cabeça pesada. O mundo estava ficando cinza. As fogueiras tinham se apagado. Nos lábios, senti o frio do orvalho. Gotas se formaram no meu rosto e no meu cabelo.

Os sons voltaram. Um bando de corvos voou em círculos sobre a minha cabeça. Um pousou perto, com asas amplas e barulhentas. Aproximou-se lentamente da minha cabeça enquanto os outros começaram a pousar.

Apavorado, vi as caudas com penas pretas brilhantes e os olhos agitados. Eles foram chegando perto, cada vez mais perto, virando a cabeça para mim, sem saber se eu estava morto ou vivo.

Eu não esperei o que viria em seguida. Gritei. Os corvos, sobressaltados, pularam para trás. Vários subiram um pouco no ar, mas tocaram no chão de novo não muito longe. Eles me olharam com desconfiança e começaram a marcha circular.

Eu gritei de novo. Mas desta vez eles não ficaram com medo, e com ousadia cada vez maior, foram chegando ainda mais perto. Meu coração disparou. Eu não sabia o que fazer. Gritei outra vez, mas agora os pássaros não demonstraram medo. Eles estavam só a sessenta centímetros de mim. As formas foram ficando maiores aos meus olhos, os bicos mais e mais malignos. As garras abertas e curvas nos pés pareciam ancinhos enormes.

Um dos corvos parou na minha frente, a centímetros do meu nariz. Eu gritei na cara dele, mas o corvo só tremeu de leve e abriu o bico. Antes que eu pudesse gritar de novo, ele bicou minha cabeça, e vários fios do meu cabelo apareceram no bico dele. O pássaro atacou de novo e arrancou outro tufo de cabelo.

Virei a cabeça de um lado para o outro e soltei a terra em volta do meu pescoço. Mas meus movimentos só deixaram os pássaros mais curiosos. Eles me cercaram e me bicaram onde conseguiram. Eu gritei alto, mas minha voz estava fraca demais para subir acima da terra e só penetrou de volta no solo, sem chegar na cabana onde Olga dormia.

Os pássaros brincaram comigo livremente. Quanto mais furiosamente eu virava a cabeça de um lado para o outro, mais empolgados e ousados eles ficavam. Parecendo evitar meu rosto, eles atacaram a parte de trás da minha cabeça.

Minha força foi se esvaindo. Cada vez que girava a minha cabeça era como mover um saco enorme de grãos de um lugar para o outro. Eu estava louco e vi tudo como se através de uma névoa fedorenta.

Eu desisti. Agora, era um pássaro também. Estava tentando soltar minhas asas frias da terra. Estiquei os membros e me juntei ao bando de corvos. Carregado abruptamente em um sopro de vento fresco e revigorante, eu voei direto para um raio de sol esticado no horizonte como uma corda de arco puxada, e meus grasnidos alegres foram imitados por meus companheiros alados.

Olga me encontrou no meio de um bando de corvos. Eu estava quase congelado, e minha cabeça estava profundamente lacerada pelas aves. Ela me tirou rapidamente do buraco.

Depois de vários dias, minha saúde voltou. Olga disse que a terra fria tinha tirado a doença de mim. Disse que a doença foi capturada por um bando de fantasmas transformados em corvos que experimentaram meu sangue para ter certeza de que eu era um deles. Esse era o único motivo, garantiu ela, para eles não terem bicado meus olhos.

Semanas transcorreram. A peste foi passando, e a grama fresca cresceu nos muitos túmulos novos, grama em que ninguém podia tocar porque continha veneno das vítimas da peste.

Uma bela manhã, Olga foi chamada para a beira do rio. Os camponeses estavam tirando da água um bagre enorme com bigodes compridos e rígidos saindo da cara. Era um peixe monstruoso de aparência poderosa, um dos maiores já vistos naquela região. Quando o estava pegando, um dos pescadores cortou uma veia com a rede. Enquanto Olga estava fazendo um torniquete no braço dele para estancar o sangue que jorrava, os outros removeram as entranhas do peixe e, para a alegria de todos, extraíram a bexiga natatória, que estava intacta.

De repente, em um momento em que eu estava completamente relaxado e não desconfiava de nada, um homem gordo me ergueu alto e gritou alguma coisa para os outros. A multidão aplaudiu e fui passado rapidamente de mão em mão. Antes de eu perceber o que eles estavam fazendo, a bexiga grande foi jogada na água e fui jogado em cima. A bexiga afundou um pouco. Alguém a empurrou com o pé. Eu saí flutuando para longe da margem, abraçando febrilmente a boia com as pernas e mãos, mergulhando de vez em quando no rio amarronzado frio, gritando e suplicando por misericórdia.

Mas eu estava indo cada vez para mais longe. As pessoas correram pela margem e balançaram as mãos. Algumas jogaram pedras, que caíram ao meu lado. Uma quase acertou a bexiga. A correnteza estava me carregando rapidamente para o meio do rio. Ambas as margens pareciam inalcançáveis. As pessoas desapareceram atrás de uma colina.

Uma brisa fresca, que eu nunca tinha sentido em terra, ondulava a água. Eu me desloquei suavemente riacho abaixo. Várias vezes a bexiga afundou quase completamente debaixo das ondas leves. Mas subia de novo, navegando lenta e majestosamente. De repente, fui puxado por um redemoinho. A bexiga girou e girou, se afastando e voltando para o mesmo ponto.

Tentei subir e descer com ela e jogá-la para fora do circuito com os movimentos do meu corpo. Fiquei agonizado com o pensamento de que teria que passar a noite toda dessa forma. Eu sabia que, se a bexiga estourasse, eu me afogaria imediatamente. Eu não sabia nadar.

O sol estava se pondo lentamente. Cada vez que a bexiga girava, o sol brilhava diretamente nos meus olhos, e o reflexo cegante dançava na superfície reluzente. Foi ficando frio e o vento, mais turbulento. A bexiga, empurrada por um novo sopro, saiu do redemoinho.

Eu estava a quilômetros do vilarejo de Olga. A correnteza me carregou para uma margem obscurecida por uma sombra. Comecei a discernir pântanos, os amontoados altos de juncos, os ninhos escondidos de patos adormecidos. A bexiga se moveu lentamente pelos tufos de grama. Moscas d'água pairavam nervosamente em todos os lados do meu corpo. Os cálices amarelos de lírios se balançavam, e uma rã assustada arrotou em uma vala. De repente, um caniço perfurou a bexiga. Eu fiquei em pé no fundo esponjoso.

Fiquei completamente imóvel. Conseguia ouvir vozes vagas, humanas ou animais, nos bosques de amieiro e nos pântanos úmidos. Meu corpo estava curvado de câimbras e todo arrepiado. Ouvi com atenção, mas o silêncio estava em toda parte.

3

Fiquei com medo ao me ver completamente sozinho. Mas me lembrei das duas coisas que, de acordo com Olga, eram necessárias para a sobrevivência sem ajuda humana. A primeira era conhecimento de plantas e animais, familiaridade com venenos e ervas medicinais. A outra era posse de fogo, um "cometa" próprio. A primeira era difícil de obter — exigia muita experiência. A segunda consistia apenas em uma lata de conserva aberta em uma ponta e com muitos buraquinhos feitos por pregos nas laterais. Um aro de fio de noventa centímetros era preso no alto da lata como se fosse uma alça, para que fosse possível rodá-la como um laço ou como um defumador na igreja.

Um forninho portátil assim podia servir como fonte constante de calor e como cozinha em miniatura também. Era só enchê-lo com qualquer tipo de combustível disponível, sempre mantendo algumas brasas no fundo. Ao balançar a lata de forma energética, o ar era bombeado pelos buracos, como o ferreiro faz com o fole, enquanto a força centrífuga mantinha o combustível no lugar. Uma escolha cuidadosa de combustível e o movimento apropriado permitiam o aumento de calor adequado a vários propósitos, ao mesmo tempo que mexer com frequência impedia que o "cometa" se apagasse. Por exemplo, assar batatas, nabos ou peixe exigia um fogo lento de turfa e folhas úmidas, e assar uma ave recém-morta exigia a chama alta de galhos secos e feno. Ovos de aves tirados do ninho cozinhavam melhor em um fogo de caules de batata.

Para manter o fogo aceso por toda a noite, o cometa tinha que estar cheio de musgo úmido recolhido da base de árvores altas. O musgo queimava com um brilho fraco e produzia uma fumaça que repelia cobras e insetos. Em caso de perigo, podia passar a produzir calor branco com alguns movimentos. Em dias úmidos de neve, o cometa tinha que ser alimentado frequentemente com madeira resinosa seca ou casca de árvore e exigia muito movimento. Em dias de vento ou dias quentes e secos, o cometa não precisava de muito movimento, e a queima podia ficar ainda mais lenta adicionando grama fresca ou respingando água.

O cometa também era uma proteção indispensável de cachorros e pessoas. Até o mais feroz dos cachorros parava quando via um objeto movido loucamente, chovendo fagulhas que ameaçavam botar fogo no pelo dele. Nem mesmo o mais ousado dos homens queria arriscar perder a visão ou sofrer queimaduras no rosto. Um homem armado com um cometa carregado se tornava uma fortaleza e podia ser atacado com segurança só com uma vara comprida ou por arremesso de pedras.

Era por isso que a extinção de um cometa era uma coisa extremamente séria. Podia acontecer por descuido, excesso de sono ou uma chuva repentina. Fósforos eram escassos na região. Eram caros e difíceis de obter. Quem tinha fósforos adquiria o hábito de partir cada um no meio por economia.

O fogo era preservado de forma escrupulosa em fogões ou fornos. Antes de ir dormir à noite, as mulheres faziam montinhos de cinzas para garantir que as brasas continuassem acesas até de manhã. No alvorecer, elas faziam reverentemente o sinal da cruz antes de soprar o fogo para lhe dar vida novamente. O fogo, diziam, não é amigo natural do homem. Era por isso que tinham que fazer o que ele queria. Também se acreditava que, ao compartilhar o fogo, principalmente ao emprestá-lo, o resultado só podia ser infortúnio. Afinal, os que pegam fogo emprestado nesta terra podem ter que devolver no inferno. E carregar fogo para fora de casa podia fazer as vacas secarem ou ficarem estéreis. Além disso, um fogo que se apagava podia produzir consequências desastrosas em caso de parto.

Assim como o fogo era essencial para o cometa, o cometa era essencial para a vida. Um cometa era necessário para se aproximar de assentamentos humanos, que eram sempre protegidos por matilhas de cachorros selvagens. E, no inverno, um cometa extinto podia levar à geladura, além de falta de comida cozida.

As pessoas sempre carregavam pequenos sacos nas costas ou nos cintos para coletar combustível para os cometas. Durante o dia, camponeses trabalhando em campos assavam vegetais, aves e peixes neles.

À noite, homens e garotos voltando para casa balançavam os cometas com toda força e deixavam que voassem para o céu, ardendo intensamente, como discos voadores vermelhos. Os cometas voavam em um arco amplo, e as caudas de fogo marcavam o caminho. Foi assim que eles ganharam esse nome. Realmente pareciam cometas nos céus, com as caudas chamejantes, cuja aparência, como Olga explicou, significava guerra, peste e morte.

Era muito difícil obter uma lata para um cometa. Elas só eram encontradas ao longo de trilhos de trem que carregavam cargas militares. Os camponeses locais impediam que forasteiros as pegassem e colocavam um preço alto nas latas que encontravam. As comunidades dos dois lados dos trilhos brigavam pelas latas. Todos os dias, grupos de homens e meninos equipados com sacos eram enviados para pegarem qualquer lata que conseguissem encontrar, armados com machados para espantarem concorrentes.

Ganhei meu primeiro cometa de Olga, que o tinha recebido como pagamento por tratar um paciente. Eu cuidei muito bem dele, martelei os buracos que ameaçaram ficar grandes demais, ajeitei amassados e poli o metal. Ansioso para não ser roubado do meu único bem importante, enrolei uma parte do fio preso à alça no meu pulso e nunca me separava do meu cometa. O fogo ativo e cintilante me enchia de um sentimento de segurança e orgulho. Eu nunca perdia uma oportunidade de encher meu saco com os tipos certos de combustível. Olga me enviava para o bosque para buscar certas plantas e ervas com propriedades curativas, e eu me sentia perfeitamente seguro desde que tivesse meu cometa comigo.

Mas Olga estava longe agora, e eu estava sem o cometa. Eu tremi de frio e medo, e meus pés estavam sangrando dos cortes das lâminas afiadas dos juncos. Tirei das panturrilhas e das coxas as sanguessugas que inchavam visivelmente enquanto sugavam meu sangue. Sombras compridas e tortas caíam no rio, e sons abafados se espalhavam pelas margens lamacentas. No estalo dos galhos grossos de faias, na agitação dos salgueiros passando as folhas na água, eu ouvia os murmúrios dos seres místicos de quem Olga tinha falado. Eles assumiam formas peculiares, compridos e com rostos pontudos, com cabeça de morcego e corpo de cobra. E se enrolavam em torno das pernas de um homem, arrancando a vontade dele de viver até ele se sentar no chão em busca de um sono do qual não havia despertar. Eu tinha visto algumas vezes essas cobras de formato estranho nos celeiros, onde apavoravam as vacas e as faziam mugir com agitação. Diziam que elas tomavam o leite da vaca ou, pior, que entravam dentro dos animais e consumiam toda a comida que eles comiam até as vacas morrerem de fome.

Atravessando os juncos e a grama alta, corri para longe do rio, abrindo caminho por barricadas de mato emaranhado, agachado para passar debaixo dos obstáculos de galhos baixos, quase me empalando em juncos afiados e espinhos.

Uma vaca mugiu ao longe. Subi rapidamente numa árvore e, depois de procurar a altura dela no campo, reparei no brilho dos cometas. As pessoas estavam voltando do pasto para casa. Segui cautelosamente na direção delas, ouvindo o som do cachorro que chegava até mim pela vegetação.

As vozes estavam bem próximas. Havia um caminho por trás de um muro denso de folhagem, obviamente. Ouvi a movimentação das vacas andando e as vozes dos jovens pastores. De vez em quando, algumas fagulhas dos cometas iluminavam o céu escuro e ziguezagueavam para o nada. Eu os segui pelos arbustos, determinado a atacar os pastores e pegar um cometa.

O cachorro que eles tinham farejou meu cheiro várias vezes. Ele correu para os arbustos, mas evidentemente não se sentia seguro no escuro. Quando sibilei como uma cobra, ele voltou para o caminho e rosnou de tempos em tempos. Os pastores, sentindo perigo, ficaram em silêncio e prestaram atenção aos sons da floresta.

Eu me aproximei da via. As vacas quase roçavam os flancos nos galhos atrás dos quais eu estava escondido. Estavam tão próximas que eu sentia o cheiro delas. O cachorro tentou outro ataque, mas meu sibilar o fez voltar para o caminho.

Quando as vacas chegaram perto demais de mim, eu cutuquei duas delas com uma vareta afiada. Elas berraram e saíram trotando, seguidas pelo cachorro. Em seguida, eu gritei com um uivo longo e vibrante de banshee e bati na cara do pastor mais próximo. Antes que ele tivesse tempo de perceber o que estava acontecendo, eu peguei o seu cometa e corri de volta para o mato.

Os outros garotos, assustados pelo uivo sinistro e pelo pânico das vacas, correram na direção do vilarejo, arrastando o pastor, atordoado, junto. Eu entrei fundo na floresta e sufoquei o fogo alto do cometa com folhas frescas.

Quando estava bem longe, eu soprei o cometa. A luz dele atraiu montes de insetos estranhos da escuridão. Vi bruxas penduradas nas árvores. Elas ficaram me olhando, tentando me desviar e me confundir. Ouvi distintamente os tremores de almas andarilhas que tinham escapado dos corpos de pecadores penitentes. No brilho enferrujado do meu cometa, vi árvores se curvando na minha direção. Ouvi as vozes suplicantes e os movimentos estranhos de fantasmas e carniçais tentando sair de dentro de troncos.

Aqui e ali, vi cortes de machado nos troncos das árvores. Lembrei que Olga tinha me dito que esses cortes eram feitos por camponeses tentando lançar feitiços malignos nos inimigos. Ao acertar a polpa da árvore com o machado, era preciso dizer o nome de uma pessoa odiada e visualizar o rosto dela. O corte levaria doença e morte ao inimigo. Havia muitas marcas assim nas árvores ao meu redor. As pessoas ali deviam ter tido muitos inimigos e se ocuparam muito no esforço de levar o desastre a elas.

Assustado, balancei o cometa loucamente. Vi fileiras infinitas de árvores se curvando obsequiosamente para mim, me convidando a entrar mais fundo no meio delas.

Mais cedo ou mais tarde eu teria que aceitar o convite. Eu queria ficar longe dos vilarejos ribeirinhos.

Segui em frente, convencido de que os feitiços de Olga acabariam me levando de volta para ela. Ela não dizia sempre que, se eu tentasse fugir, ela podia enfeitiçar meus pés e fazê-los andarem de volta até ela? Eu não tinha nada a temer. Uma força desconhecida, de cima ou de dentro de mim, estava me levando inevitavelmente para a velha Olga.

4

Eu estava morando agora na casa do moleiro, que os aldeões apelidaram de Ciumento. Ele era mais taciturno do que o habitual na região. Mesmo quando os vizinhos iam fazer uma visita, ele só ficava sentado, tomava um gole ocasional de vodca e dizia uma palavra aqui e outra ali, perdido em pensamentos ou olhando uma mosca seca grudada na parede.

Ele abandonava o devaneio só quando a esposa entrava no aposento. Igualmente calada e reticente, ela sempre se sentava atrás do marido, baixava o olhar com modéstia quando homens entravam na sala e olhavam furtivamente para ela.

Eu dormia no sótão, diretamente acima do quarto deles. À noite, era acordado pelas brigas dos dois. O moleiro desconfiava que a esposa flertava e exibia lascivamente o corpo nos campos e no moinho na frente de um jovem lavrador. A esposa não negava, ficava sentada passiva e imóvel. Às vezes, a briga não terminava. O moleiro, furioso, acendia velas no quarto, calçava as botas e batia na esposa. Eu me agarrava a uma rachadura no piso e via o moleiro açoitando a esposa nua com um chicote de cavalo. A mulher se escondia embaixo de uma colcha de penas tirada da cama, mas o homem a puxava, jogava no chão e, parado na frente dela com as pernas bem abertas, continuava a açoitar seu corpo roliço. Depois de cada golpe, linhas vermelhas inchadas de sangue apareciam na pele macia.

O moleiro era implacável. Com um grande movimento de braço, ele passava a ponta de couro do chicote nas nádegas e coxas dela, batia nos seios e pescoço, marcava os ombros e canelas. A mulher enfraquecia e se deitava, choramingando como um cachorrinho. Depois, engatinhava até as pernas do marido, suplicando por perdão.

Por fim, o moleiro jogava o chicote de lado e, depois de soprar a vela, ia para a cama. A mulher ficava gemendo. No dia seguinte, ela cobria as feridas, movia-se com dificuldade e limpava as lágrimas com mãos machucadas e cortadas.

Havia outro habitante na cabana: uma gata malhada bem alimentada. Um dia, ela foi tomada de um frenesi. Em vez de miar, soltou gritinhos meio sufocados. Ela se esfregou nas paredes, sinuosa como uma cobra, balançou os flancos pulsantes e arranhou as saias da esposa do moleiro. Rosnou com uma voz estranha e gemeu, os gritos agitados deixando todos inquietos. No crepúsculo, a gata choramingou insanamente, a cauda batendo nos flancos, empurrando o focinho para a frente.

O moleiro trancou a fêmea inflamada no porão e foi para o moinho, dizendo para a esposa que traria o lavrador para jantar em casa. Sem dizer nada, a mulher começou a preparar a comida e a mesa.

O lavrador era órfão. Era a primeira estação em que trabalhava na fazenda do moleiro. Era um jovem alto e plácido com cabelo louro, que ele costumava empurrar para trás da testa suada. O moleiro sabia que os aldeões fofocavam sobre sua esposa e o garoto. Diziam que ela mudava quando encarava os olhos azuis do garoto. Diziam que, alheia ao risco de ser notada pelo marido, ela puxava impulsivamente a saia acima dos joelhos com uma das mãos e com a outra empurrava para baixo o corpete do vestido para exibir os seios, o tempo todo encarando os olhos do garoto.

O moleiro voltou com o jovem, carregando em um saco pendurado no ombro um gato emprestado de um vizinho. O gato tinha a cabeça do tamanho de um nabo e uma cauda longa e forte. A gata estava uivando lascivamente no porão. Quando o moleiro a soltou, ela correu para o centro da sala. Os dois gatos começaram a circular um ao outro com desconfiança, ofegando, chegando cada vez mais perto.

A esposa do moleiro serviu o jantar. Eles comeram em silêncio. O moleiro se sentou ao meio da mesa, a esposa em uma ponta e o lavrador na outra. Eu comi minha refeição agachado junto ao fogão. Admirei os apetites dos dois homens: pedaços enormes de carne e pão, acompanhados de goles de vodca, desapareciam pela garganta deles como avelãs.

A mulher era a única que mastigava a comida lentamente. Quando curvou a cabeça sobre a tigela, o lavrador lançou um olhar mais rápido do que um raio para o corpete volumoso.

No centro da sala, a gata arqueou o corpo de repente, mostrou dentes e garras e atacou o gato. Ele parou, esticou as costas e cuspiu saliva direto nos olhos inflamados dela. A fêmea o circulou, pulou na direção dele, recuou e o atacou no focinho. Agora, o gato andava em volta dela com cautela, farejando o odor intoxicante. Ele arqueou o rabo e tentou se aproximar dela por trás. Mas a fêmea não deixou; encostou o corpo no chão e se virou como uma pedra de moer, acertando o nariz dele com as garras rígidas esticadas.

Fascinado, o moleiro e os outros dois olharam em silêncio enquanto comiam. A mulher estava sentada com o rosto vermelho; até seu pescoço ruborizava. O lavrador ergueu os olhos, só para baixá-los imediatamente. O suor escorreu pelo cabelo curto, e ele ficava empurrando os fios da testa quente. Só o moleiro continuava comendo calmamente, olhando os gatos e observando casualmente a esposa e o convidado.

O gato de repente tomou uma decisão. Seus movimentos ficaram mais leves. Ele avançou. Ela se moveu de um jeito brincalhão, como se fosse recuar, mas o macho pulou alto e caiu em cima dela com as quatro patas. Afundou os dentes no pescoço dela e, com muita atenção e rigidez, a penetrou diretamente, sem se contorcer nem nada. Quando estava saciado e exausto, ele relaxou. A gata, grudada no chão, deu um grito agudo e saiu correndo de debaixo dele. Ela pulou em cima do forno frio e rolou como um peixe, passando as patas no pescoço, esfregando a cabeça na parede quente.

A esposa do moleiro e o lavrador pararam de comer. Eles se olharam, boquiabertos, com a boca cheia de comida. A mulher respirou pesadamente, colocou as mãos debaixo dos seios e os apertou, obviamente sem perceber o que estava fazendo. O lavrador olhava alternadamente para os gatos e para ela, lambia os lábios secos e comia a comida com dificuldade.

O moleiro engoliu o restante da comida, inclinou a cabeça para trás e tomou abruptamente o copo de vodca inteiro. Apesar de bêbado, ele se levantou, pegou a colher de ferro, bateu com ela na mão e se aproximou do lavrador. O jovem permaneceu sentado, confuso. A mulher puxou a saia e começou a mexer no fogo.

O moleiro se curvou na frente do lavrador e sussurrou alguma coisa na orelha vermelha dele. O jovem deu um pulo como se tivesse sido cutucado com uma faca e começou a negar alguma coisa. O moleiro perguntou alto se o garoto desejava sua esposa. O lavrador corou, mas não respondeu. A esposa do moleiro se virou e continuou limpando as panelas.

O moleiro apontou para o gato e sussurrou novamente alguma coisa no ouvido do jovem. O garoto se levantou com esforço, na intenção de sair da sala. O moleiro se aproximou, virou o banco e, antes que o jovem percebesse, o empurrou de repente na parede, apertou um braço no pescoço e enfiou o joelho na barriga dele. O garoto não conseguiu se mexer. Apavorado, ofegando alto, ele balbuciou alguma coisa.

A mulher correu na direção do marido, suplicando e chorando. A gata malhada, acordada, deitada no fogão, olhou para o espetáculo, enquanto o gato, assustado, subia na mesa.

Com um único chute, o moleiro tirou a mulher do caminho. E com um movimento rápido como o de mulheres acostumadas a cortar os pontos podres enquanto descascam batatas, ele enfiou a colher em um dos olhos do garoto e a girou.

O olho pulou da cara dele como a gema de um ovo quebrado e rolou pela mão do moleiro até o chão. O lavrador berrou e chorou, mas a mão do moleiro o segurou na parede. Em seguida, a colher coberta de sangue mergulhou no outro olho, que pulou fora ainda mais rápido. Por um momento, o olho ficou na bochecha do garoto, como se não soubesse o que fazer; mas finalmente rolou pela camisa até cair no chão.

Tudo aconteceu em um instante. Eu não estava acreditando no que tinha visto. Uma coisa que parecia um brilho de esperança surgiu na minha mente, de que os olhos arrancados podiam ser colocados de volta no lugar. A esposa do moleiro estava gritando como louca. Ela correu até o aposento adjacente e acordou os filhos, que também começaram a chorar de medo. O lavrador gritou e depois ficou em silêncio, cobrindo o rosto com as mãos. Filetes de sangue escorriam entre os dedos dele e pelos braços, até pingarem lentamente na camisa e na calça.

O moleiro, ainda furioso, empurrou-o na direção da janela como se sem saber que o jovem estava cego. O garoto tropeçou, gritou e quase derrubou uma mesa. O moleiro o segurou pelos ombros, abriu a porta com o pé e o chutou para fora. O garoto gritou de novo, tropeçou pela porta e caiu no jardim. Os cachorros começaram a latir, apesar de não saberem o que tinha acontecido.

Os globos oculares ficaram no chão. Eu os contornei sob o olhar firme deles. Os gatos foram timidamente até o meio da sala e começaram a brincar com os olhos como se fossem novelos de lã. As pupilas deles se apertaram por causa da luz do lampião a óleo. Os gatos rolaram os olhos, farejaram-nos, lamberam e os passaram de um para o outro gentilmente, com as patas macias. Agora, parecia que os olhos estavam me olhando de todos os cantos da sala, como se tivessem adquirido uma nova vida e movimentos próprios.

Eu os observei com fascínio. Se o moleiro não estivesse lá, eu os teria pegado. Eles ainda deviam enxergar. Eu os guardaria no bolso e os levaria para fora quando fosse necessário, para colocá-los sobre os meus. Assim, enxergaria o dobro, talvez até mais. Talvez eu pudesse prendê-los na parte de trás da cabeça, e eles me diriam, embora eu não soubesse bem como, o que estava acontecendo atrás de mim. Melhor ainda, eu poderia deixar os olhos em algum lugar e eles me diriam depois o que tinha acontecido na minha ausência.

Talvez os olhos não tivessem intenção de servir a ninguém. Eles podiam facilmente escapar dos gatos e sair rolando pela porta. Podiam vagar por campos, lagos e florestas, vendo tudo ao redor, livres como pássaros libertados de uma arapuca. Não morreriam mais, pois estavam livres, e, por serem pequenos, poderiam se esconder facilmente em vários lugares e observar as pessoas em segredo. Animado, decidi fechar a porta silenciosamente e capturar os olhos.

O moleiro, evidentemente irritado com a brincadeira dos gatos, expulsou os animais aos chutes e esmagou os globos oculares com as botas pesadas. Algo estourou debaixo da sola grossa. Um espelho maravilhoso, que poderia refletir o mundo todo, estava quebrado. No chão só restou um pouco de geleia esmagada. Tive uma terrível sensação de perda.

O moleiro, sem prestar atenção em mim, se sentou no banco e oscilou de leve enquanto adormecia. Eu me levantei com cautela, ergui a colher ensanguentada do chão e comecei a recolher os pratos. Era meu dever manter a sala arrumada e o chão varrido. Enquanto eu limpava, fiquei longe dos olhos esmagados, por não saber o que fazer com eles. Por fim, olhei para o outro lado e varri rapidamente a gosma para a pá e joguei dentro do forno.

De manhã, acordei cedo. Debaixo de mim, ouvi o moleiro e a esposa roncando. Com cuidado, arrumei uma sacola de comida, enchi o cometa de brasas quentes, subornei o cachorro no jardim com um pedaço de linguiça e fugi da cabana.

Na parede do moinho, ao lado do celeiro, o lavrador estava caído. Eu pretendia passar rapidamente, mas parei quando me dei conta de que ele estava cego. Ele ainda estava atordoado. Estava cobrindo o rosto com as mãos, gemendo e chorando. Havia sangue seco no rosto, nas mãos e na camisa dele. Tive vontade de dizer alguma coisa, mas fiquei com medo de ele me perguntar sobre os olhos, e aí eu teria que dizer para ele esquecer, porque o moleiro tinha pisado neles até só sobrar uma polpa. Senti uma pena enorme dele.

Eu me perguntei se a perda de um olho privaria a pessoa também da lembrança de tudo que tinha sido visto antes. Se sim, o homem não conseguiria mais enxergar nem em sonhos. Se não, se quem não tem olhos ainda conseguisse enxergar pela memória, talvez não fosse tão ruim assim. O mundo parecia ser igual em toda parte, e apesar de as pessoas serem diferentes umas das outras, assim como os animais e as árvores, era possível saber direitinho como essas coisas eram depois de vê-las por anos. Eu só tinha vivido sete anos, mas me lembrava de muitas coisas. Quando fechava os olhos, muitos detalhes voltavam ainda mais vívidos. Quem sabe, talvez sem os olhos, o lavrador começasse a ver um mundo totalmente novo e mais fascinante.

Ouvi um som vindo do vilarejo. Com medo do moleiro acordar, eu segui caminho, tocando nos olhos de tempos em tempos. Eu andei com mais cuidado agora, pois sabia que globos oculares não tinham raízes fortes. Quando a pessoa se curvava, eles ficavam pendurados como maçãs numa árvore e podiam cair com facilidade. Decidi pular as cercas com a cabeça erguida, mas na primeira tentativa eu tropecei e caí. Levei os dedos aos olhos com medo, para ver se ainda estavam lá. Depois de verificar com cuidado que estavam se abrindo e fechando direito, reparei com prazer nas perdizes e nos tordos voando. Eles voavam muito rápido, mas minha visão conseguiu acompanhá-los e até ir mais rápido quando eles voaram debaixo das nuvens, tornando-se menores do que gotas de chuva. Fiz uma promessa para mim mesmo de me lembrar de tudo que via; se alguém arrancasse meus olhos, eu ainda guardaria a lembrança de tudo que tinha visto enquanto vivesse.

5

Meu dever era montar armadilhas para Lekh, que vendia pássaros em vários vilarejos vizinhos. Ninguém podia competir com ele nisso. Ele trabalhava sozinho. Acabou me acolhendo porque eu era muito pequeno, magro e leve. Por isso, conseguia montar armadilhas em lugares em que Lekh não alcançava: em galhos finos de árvores, em amontoados densos de urtiga e espinheiro, nas ilhotas dos pântanos e brejos.

Lekh não tinha família. A cabana dele era cheia de pássaros de todos os tipos, desde o pardal comum à sábia coruja. Os camponeses trocavam comida pelas aves de Lekh, e ele não precisava se preocupar com o essencial: leite, manteiga, creme azedo, queijos, pão, linguiça rústica, vodca, frutas e até tecido. Ele recolhia isso tudo nos vilarejos vizinhos enquanto carregava seus pássaros em gaiolas e exaltava a beleza e capacidade de canto deles.

Lekh tinha o rosto cheio de espinhas e sardas. Os camponeses alegavam que esse tipo de rosto era de quem roubava ovos de ninhos de andorinhas; o próprio Lekh dizia que era por ele ter tido o descuido de cuspir numa fogueira na juventude, alegando que o pai era um escriba de vilarejo que queria que ele fosse padre. Mas ele se sentia atraído pelas florestas. Ele observava o comportamento dos pássaros e sentia inveja da capacidade de voar. Um dia, fugiu da cabana do pai e começou a vagar de vilarejo em vilarejo, de floresta em floresta, como um pássaro selvagem e abandonado. Com o tempo, começou a pegar pássaros. Ele observou os hábitos impressionantes de codornas e cotovias, conseguia imitar o canto livre do cuco, o berro da pega, o piado da coruja. Conhecia os hábitos de cortejo do dom-fafe; a fúria ciumenta do codornizão, circulando um ninho abandonado pela fêmea; e a dor da andorinha cujo ninho fora deliberadamente destruído por garotos. Entendia os segredos do voo do falcão e admirava a paciência da cegonha caçando rãs. Invejava a música do rouxinol.

Assim, ele passou a juventude em meio a pássaros e árvores. Agora, estava ficando careca rapidamente, os dentes estavam apodrecendo, a pele do rosto estava flácida e ele estava ficando meio míope. Assim, acomodou-se em uma cabana que ele mesmo construiu, na qual ocupava um canto e enchia os outros de gaiolas de pássaros. Embaixo de uma dessas gaiolas, um espaço estreito foi encontrado para mim.

Lekh falava muito dos pássaros. Eu ouvia avidamente tudo que ele tinha a dizer. Aprendi que bandos de cegonhas sempre vinham de além de oceanos distantes no dia de São José e ficavam no vilarejo até São Bartolomeu jogar todas as rãs na lama com varetas para as trepadeiras. A lama enchia a boca das rãs, e as cegonhas, sem ouvir o coaxar, não conseguiam pegá-las e, portanto, tinham que ir embora. As cegonhas levavam sorte para as casas nas quais faziam ninho.

Lekh era o único homem da região que sabia preparar um ninho de cegonha adiantado, e os ninhos dele nunca ficavam sem residente. Ele cobrava um preço alto para construir esses ninhos, e só os fazendeiros mais ricos podiam pagar os serviços dele.

Lekh montava os ninhos com muito cuidado. No telhado selecionado, primeiro colocava uma grade na metade, para ter uma base para a estrutura. Sempre ficava meio inclinada para oeste, para que os ventos não danificassem muito o ninho. Em seguida, Lekh enfiava pregos longos na grade, tendo assim ancoragem para os gravetos e a palha que as cegonhas recolhiam. Pouco antes da chegada delas, ele colocava um pedaço grande de pano vermelho no meio da grade para atrair a atenção das cegonhas.

Era sabido que dava sorte ver a primeira cegonha da primavera voando; mas ver a primeira cegonha da primavera chocando era augúrio de um ano de problemas e infortúnios. As cegonhas também ofereciam pistas do que acontecia no vilarejo. Elas nunca voltavam para um telhado sob o qual algum delito tinha sido cometido na ausência delas ou sob o qual as pessoas viviam em pecado.

Eram aves estranhas. Lekh me contou que tinha sido bicado por uma fêmea chocando os ovos quando tentou ajeitar a posição do ninho. Ele se vingou colocando um ovo de ganso no meio dos outros ovos de cegonha. Quando os filhotes nasceram, as cegonhas olharam os filhotes, impressionadas. Um era deformado, tinha pernas curtas e arqueadas e o bico chato. O Pai Cegonha acusou a esposa de adultério e quis matar o filhote bastardo na hora. A Mãe Cegonha achava que o bebê tinha que ser mantido no ninho. A discussão familiar continuou por vários dias. Por fim, a fêmea decidiu sozinha salvar a vida do filhote e o empurrou com cuidado pelo telhado de sapê, do qual ele caiu sem se machucar em uma pilha de palha.

Era de se pensar que isso encerraria a questão e que a harmonia matrimonial seria restaurada. Mas quando chegou a hora de sair voando, todas as cegonhas fizeram uma conferência, como sempre. Depois do debate, ficou decidido que a fêmea era culpada de adultério e não merecia acompanhar o marido. A sentença foi executada. Antes de as aves levantarem voo com sua formação impecável, a esposa infiel foi atacada com bicos e asas. Ela caiu morta perto da casa na qual tinha morado com o marido. Ao lado do corpo, os camponeses encontraram um filhote de ganso derramando lágrimas amargas.

As andorinhas também tinham vidas interessantes. As aves favoritas da Virgem Maria, elas eram arautas da primavera e da alegria. No outono, tinham que voar para longe da vida humana, para se empoleirarem, cansadas e sonolentas, nos juncos que cresciam nos pântanos distantes. Lekh disse que elas ficavam descansando num junco até que ele quebrasse com o peso, derrubando-as na água. Elas tinham que ficar debaixo da água durante todo o inverno, seguras na casa gelada.

A voz do cuco podia significar muitas coisas. Um homem que o ouvisse pela primeira vez na estação podia começar a balançar moedas no bolso e contar seu dinheiro na mesma hora para garantir pelo menos a mesma quantia pelo ano todo. Ladrões tinham que ter o cuidado de lembrar quando ouviam o primeiro cuco do ano. Se fosse antes de haver folhas nas árvores, era melhor abandonar os planos de roubo, que não seriam bem-sucedidos.

Lekh tinha um carinho especial por cucos. Ele os via como pessoas transformadas em pássaros: nobres, suplicando a Deus em vão para transformá-los de volta em humanos. Percebia um sinal da ancestralidade nobre na forma como eles criavam os pequenos. Ele disse que os cucos nunca assumiam a educação dos próprios filhotes. Contratavam lavandiscas para alimentar e cuidar dos pequenos enquanto continuavam voando pela floresta, pedindo ao Senhor para transformá-los de volta em cavalheiros.

Lekh via morcegos com repulsa e os considerava como metade pássaros e metade ratos. Chamava-os de emissários de espíritos malignos, procurando novas vítimas, capazes de se agarrarem ao couro cabeludo humano e inserirem desejos pecaminosos no cérebro. Mas até os morcegos tinham suas utilidades. Lekh pegou uma vez um morcego no sótão. Ele o capturou com uma rede e o colocou em um formigueiro do lado de fora da casa. No dia seguinte, só restavam os ossos brancos. Lekh recolheu meticulosamente o esqueleto e pegou o osso da sorte, que passou a usar pendurado no peito. Depois de moer o resto dos ossos até virarem pó, ele os misturou com um copo de vodca e deu para a mulher que amava. Ele disse que isso garantiria o desejo cada vez maior dela por ele.

Lekh me ensinou que um homem devia sempre observar os pássaros com cuidado e tirar conclusões do comportamento deles. Se fossem vistos voando em um pôr do sol vermelho em grandes quantidades, era óbvio que espíritos malignos procurando almas condenadas estavam montados nas asas deles. Quando corvos e gralhas se reuniam num campo, a reunião costumava ser inspirada por algum Demônio, que tentava incutir neles o ódio por outros pássaros. A aparição de corvos brancos de asas longas sinalizava um aguaceiro; gansos selvagens voando baixo na primavera significavam um verão chuvoso e colheita ruim.

Ao alvorecer, quando os pássaros estavam dormindo, nós saíamos para chegar perto dos ninhos. Lekh ia na frente, pulando com cuidado os arbustos e o mato. Eu ia logo atrás. Mais tarde, quando a luz do dia chegava nos cantos mais escuros das florestas e campos, nós pegávamos os pássaros desesperados, debatendo-se nas armadilhas que tínhamos montado dias antes. Lekh os tirava com cautela, falando de forma tranquilizadora ou ameaçando-os de morte. Em seguida, colocava-os num saco grande pendurado no ombro, no qual eles lutavam e se agitavam até a força acabar e eles se acalmarem. Cada novo prisioneiro enfiado no saco gerava nova agitação e fazia o saco tremer e balançar nas costas de Lekh. Acima das nossas cabeças, os amigos e familiares dos prisioneiros voavam em círculos, piando xingamentos. Lekh olhava por baixo de suas sobrancelhas cinzentas e gritava insultos para eles. Quando as aves persistiam, Lekh botava o saco no chão, tirava um estilingue, colocava uma pedra afiada dentro e, depois de mirar com cuidado, disparava na revoada. Ele nunca errava; de repente, um pássaro imóvel caía do céu. Lekh nem se dava ao trabalho de procurar o cadáver.

Quando o meio-dia se aproximava, Lekh acelerava o passo e limpava o suor da testa com mais frequência. A hora mais importante do dia estava chegando. Uma mulher apelidada na região de Ludmila Burra o esperava em uma clareira distante conhecida apenas pelos dois. Eu andava com orgulho atrás dele, o saco de pássaros agitados pendurado no ombro.

A floresta foi ficando cada vez mais densa e ameaçadora. Os troncos listrados e gosmentos dos álamos-brancos cor de cobra subiam na direção das nuvens. As tílias, que, de acordo com Lekh, se lembravam do comecinho da raça humana, eram largas, com troncos parecendo cotas de malha decoradas com a pátina cinzenta do musgo. Os carvalhos se esticavam dos troncos como o pescoço de aves famintas pedindo comida e obscureciam o sol com galhos pesados, deixando os pinheiros e álamos e tílias na sombra. Às vezes, Lekh parava e olhava em silêncio para esporos nos vãos da casca podre e nos nós de árvores e bugalhos cheios de buracos pretos e curiosos em cujo interior brilhava a madeira branca exposta. Nós passávamos por bosques de bétulas jovens com galhinhos finos e frágeis, flexionando timidamente os brotos e galhos delgados e pequenos.

Pela cortina fina da folhagem, nós éramos notados por bandos de pássaros pousados, que ficavam com medo e voavam para longe batendo as asas. O chilreio deles se misturava com o coral das abelhas murmurando à nossa volta, como uma nuvem agitada e reluzente. Lekh protegia o rosto com as mãos e fugia das abelhas para uma vegetação mais densa, enquanto eu corria atrás segurando o saco de pássaros e a cesta de armadilhas, balançando a mão para afastar o enxame intimidador e vingativo.

Ludmila Burra era uma mulher estranha, e eu tinha cada vez mais medo dela. Era mais corpulenta e mais alta do que as outras mulheres. O cabelo dela, que parecia nunca ter sido cortado, caía pelos ombros. Tinha seios grandes, que pendiam até quase a barriga, e panturrilhas fortes e musculosas. No verão, andava usando só um saco desbotado que revelava os seios e um amontoado de pelos ruivos na virilha. Homens e garotos contavam de peças que pregavam em Ludmila quando ela estava disposta. As mulheres do vilarejo tentavam pegá-la, mas

Lekh dizia, com orgulho, que Ludmila era virada no vento e que ninguém a pegava contra a vontade. Ela desaparecia na vegetação como um estorninho e saía quando não tinha ninguém por perto.

Ninguém sabia onde ficava a casa dela. Às vezes, ao amanhecer, quando os camponeses andavam para os campos, gadanhas nos ombros, eles viam Ludmila Burra acenando amorosamente de longe. Eles paravam e acenavam para ela, esticando os braços preguiçosamente, conforme a vontade de trabalhar diminuía. Só o chamado das esposas e mães se aproximando com foices e enxadas os trazia de volta a si. As mulheres costumavam soltar os cachorros em cima de Ludmila. O maior e mais perigoso enviado para atacá-la decidiu não voltar. Depois disso, ela sempre aparecia segurando o animal por uma corda. Os outros cachorros fugiam com o rabo entre as pernas.

Diziam que Ludmila Burra morava com aquele cachorro enorme como se fosse um homem. Outros previam que um dia ela daria à luz crianças cujos corpos estariam cobertos de pelo canino e que teriam orelhas lupinas e quatro patas, e que esses monstros viveriam em algum lugar da floresta.

Lekh nunca repetia essas histórias sobre Ludmila. Ele só mencionou uma vez que, quando ela era muito nova e inocente, os pais mandaram que ela se casasse com o filho do salmista do vilarejo, notório pela feiura e crueldade. Ludmila recusou, enfurecendo o noivo de tal forma que ele a atraiu para fora do vilarejo, onde um grupo de camponeses bêbados estuprou a garota até ela perder a consciência. Depois disso, ela se tornou uma mulher diferente; sua mente ficou confusa. Como ninguém se lembrava da família dela e ela era considerada não muito inteligente, ela foi apelidada de Ludmila Burra.

Ela morava nas florestas, atraía homens para o mato e os satisfazia tanto com sua voluptuosidade que depois eles nem conseguiam olhar para as esposas gordas e fedorentas. Um homem não a satisfazia; ela precisava ter vários, um após o outro. Ainda assim, era o grande amor de Lekh. Ele criava músicas carinhosas para ela, nas quais ela aparecia como um pássaro de cor estranha voando para mundos distantes, livre e veloz, mais brilhante e mais bonito do que as outras criaturas. Para Lekh, ela parecia pertencer àquele reino pagão e primitivo de pássaros e florestas em que tudo era infinitamente abundante, selvagem, florescente e majestoso na perpétua decadência, morte e renascimento; ilícito e se chocando com o mundo humano.

Todos os dias, ao meio-dia, Lekh e eu andávamos na direção da clareira onde ele tinha esperanças de encontrar Ludmila. Quando nós chegávamos, Lekh piava imitando uma coruja. Ludmila Burra se erguia acima da grama alta, com marianinhas e papoulas entrelaçadas no cabelo. Lekh corria ansiosamente até ela e eles ficavam juntos, oscilando de leve como a grama ao redor, quase se mesclando como troncos de árvore subindo de uma única raiz.

Eu os olhava da extremidade da clareira, por trás das folhas de samambaia. Os pássaros no meu saco ficavam agitados com a imobilidade repentina e piavam e voavam e batiam as asas com agitação, uns em cima dos outros. O homem e a mulher beijavam o cabelo e os olhos um do outro e esfregavam bochecha com bochecha. Ficavam intoxicados pelo toque e pelo cheiro dos corpos, e aos poucos as mãos iam ficando mais ousadas. Lekh passava as mãos grandes e calejadas pelos braços macios da mulher, enquanto ela puxava o rosto dele para perto do dela. Juntos, eles se deitavam na grama alta, que agora tremia acima dos corpos dos dois, escondendo-os parcialmente do olhar curioso dos pássaros voando sobre a clareira. Lekh dizia depois que, enquanto eles se deitavam na grama, Ludmila contava histórias da vida e dos sofrimentos dela, revelando as peculiaridades e excentricidades dos seus sentimentos estranhos e indomados, todos os caminhos e passagens secretas que a mente frágil percorria.

Estava quente. Não havia um sopro de vento, e as copas das árvores estavam imóveis. Os gafanhotos e libélulas zumbiam; uma borboleta suspensa em uma brisa invisível pairava sobre a clareira embranquecida pelo sol. O pica-pau parou de bicar, o cuco ficou em silêncio. Eu adormeci. E fui despertado por vozes. O homem e a mulher estavam agarrados um no outro como se grudados na terra, dizendo palavras que eu não entendia. Eles se separaram com relutância; Ludmila Burra balançou a mão. Lekh veio andando na minha direção, virando-se repetidamente para olhar para ela enquanto cambaleava, um sorriso saudoso nos lábios.

No caminho de casa, nós montamos mais armadilhas; Lekh estava cansado e introspectivo. À noite, quando os pássaros pegaram no sono, ele se animou. Inquieto, falou sobre Ludmila. Seu corpo tremeu, ele riu e fechou os olhos. As bochechas brancas com espinhas ficaram coradas.

Às vezes, dias se passavam e Ludmila Burra não aparecia na floresta. Lekh ficava tomado de uma fúria silenciosa. Ele olhava solenemente para as aves nas gaiolas, murmurando alguma coisa sozinho. Por fim, depois de prolongado escrutínio, ele escolhia o pássaro mais forte, o amarrava no pulso e preparava tintas fedorentas de cores diferentes, que misturava a partir de componentes bem variados. Quando as cores o satisfaziam, Lekh virava o pássaro e pintava as asas, a cabeça e o peito em tons do arco-íris até que ele ficasse mais manchado e vívido do que um buquê de flores selvagens.

Em seguida, nós entrávamos na parte densa da floresta. Lá, Lekh pegava o pássaro pintado e me mandava segurar na mão e apertar de leve. O pássaro começava a gorjear e atraía um bando da mesma espécie, que voava nervosamente acima das nossas cabeças. Nosso prisioneiro, ao ouvi-los, tentava ir na direção deles, cantando mais alto, o coraçãozinho, preso no peito recém-pintado, batendo violentamente.

Quando uma quantidade suficiente de pássaros se reunia acima das nossas cabeças, Lekh me dava um sinal para soltar o prisioneiro. Ele voava, feliz e livre, um ponto de arco-íris com o fundo das nuvens atrás, e mergulhava no bando marrom que aguardava. Por um instante, os pássaros ficavam confusos. O pássaro pintado circulava de uma ponta do bando à outra, tentando, em vão, convencer os outros de que era parte do grupo. Mas, atordoados pelas cores brilhantes, eles voavam ao redor, nem um pouco convencidos. O pássaro pintado era forçado a ficar cada vez mais longe enquanto se esforçava para entrar no meio do bando. Nós víamos um pássaro atrás do outro iniciar um ataque feroz. Em pouco tempo, a forma colorida perdia seu lugar no céu e caía no chão. Quando nós encontrávamos o pássaro pintado, ele normalmente estava morto. Lekh examinava atentamente o número de bicadas que o pássaro tinha recebido. O sangue escorria pelas asas coloridas, diluindo a tinta e sujando as mãos de Lekh.

Ludmila Burra não voltou. Lekh, emburrado e mal-humorado, tirou um pássaro atrás do outro das gaiolas, pintou cada um de cores ainda mais berrantes e os soltou no ar para serem mortos pelos companheiros. Um dia, ele pegou um corvo grande, cujas asas pintou de vermelho, o peito de verde e a cauda de azul. Quando um bando de corvos apareceu acima da nossa cabana, Lekh libertou o pássaro pintado. Assim que se juntou ao bando, uma batalha desesperada começou. O pássaro modificado foi atacado de todos os lados. Penas pretas, vermelhas, verdes e azuis começaram a cair aos nossos pés. Os corvos voaram furiosamente pelo céu, e de repente o corvo pintado despencou na terra recém-arada. Ainda estava vivo, abrindo o bico e tentando mover as asas em vão. Os olhos tinham sido bicados, e sangue fresco escorria pelas penas pintadas. Ele fez outra tentativa de voar da terra úmida, mas sua força tinha acabado.

Lekh foi ficando magro e passava mais tempo na cabana, tomando vodca caseira e cantando músicas sobre Ludmila. Às vezes, ele se sentava de lado na cama, inclinado sobre o piso de terra, e desenhava alguma coisa com uma vareta comprida. Gradualmente, o contorno ia ficando claro: era a figura de uma mulher de seios fartos e cabelo comprido.

Quando não havia mais pássaros para serem pintados, Lekh começou a andar pelos campos com uma garrafa de vodca aparecendo embaixo da jaqueta. Às vezes, enquanto eu andava atrás, com medo de acontecer alguma coisa com ele no pântano, eu o ouvia cantar. A voz grave e lamentosa do homem ficava alta e espalhava dor pelos brejos como uma neblina pesada de inverno. A música subia com os bandos de aves migratórias, mas ficava remota quando chegava às profundezas abismais das florestas.

Nos vilarejos, as pessoas riam de Lekh. Diziam que Ludmila Burra tinha lançado um feitiço sobre ele e botado fogo na virilha dele, um fogo que o deixaria louco. Lekh protestava e lançava os xingamentos mais cruéis para elas, ameaçava enviar aves contra elas, para bicar os olhos delas. Uma vez, ele se aproximou rapidamente de mim e bateu na minha cara. Gritou que a minha presença assustara a mulher dele porque tinha medo dos meus olhos de cigano. Nos dois dias seguintes, ele ficou deitado, doente. Quando levantou, ele fez a bolsa, pegou um pão e foi para a floresta depois de me mandar ficar montando novas armadilhas e pegar pássaros novos.

Semanas se passaram. As armadilhas que montei de acordo com as ordens de Lekh mais pegavam os fios tênues e finos de teias de aranha que voavam pelo ar. As cegonhas e andorinhas tinham ido embora. A floresta estava ficando deserta; só as cobras e lagartos aumentavam em número. As aves empoleiradas nas gaiolas se inflavam, as asas ficando cinzentas e imóveis.

Aí, veio um dia nublado. Nuvens de formatos indiscerníveis cobriram o céu como uma cama de penas densas, escondendo o sol anêmico. O vento soprou nos campos, fazendo a grama murchar. As cabanas, encolhidas sobre a terra, foram cercadas de restolho solto, empretecido e amarronzado de bolor. Na vegetação rasteira, onde pássaros descuidados já tinham se debatido, o vento açoitou e cortou impiedosamente a pelugem cinzenta dos cardos altos e deslocou os caules apodrecidos das plantas de batata de um lugar para outro.

De repente, Ludmila Burra apareceu, puxando o cachorro enorme por uma corda. O comportamento dela estava estranho. Ela ficou perguntando sobre Lekh; e quando falei que ele tinha partido muitos dias antes e que eu não sabia onde ele estava, ela alternou entre chorar e rir, andando de um canto da cabana até o outro, observada pelo cachorro e pelos pássaros. Ela reparou no gorro antigo de Lekh, apertou-o nas bochechas e caiu no choro. Abruptamente, jogou o gorro no chão e o pisoteou. Encontrou uma garrafa de vodca que Lekh tinha deixado debaixo da cama. Tomou tudo, se virou e, olhando furtivamente para mim, me mandou ir com ela para o pasto. Eu tentei fugir, mas ela botou o cachorro para cima de mim.

O pasto começava atrás do cemitério. Algumas vacas estavam pastando não muito longe, e vários camponeses jovens se aqueciam em volta de uma fogueira. Para evitar que nos notassem, nós atravessamos rapidamente o cemitério e subimos um muro alto. Do outro lado, onde não podíamos ser vistos, Ludmila Burra amarrou o cachorro em uma árvore, me ameaçou com um cinto e me mandou tirar a calça. Ela saiu do saco que usava e, nua, me puxou para perto.

Depois de um momento lutando e me contorcendo, ela puxou meu rosto para perto do dela e me mandou me deitar entre suas coxas. Eu tentei me soltar, mas ela me bateu com o cinto. Meus gritos atraíram os outros pastores.

Ludmila Burra reparou na aproximação do grupo de camponeses e abriu ainda mais as pernas. Os homens se aproximaram lentamente e ficaram olhando o corpo dela.

Sem dizer nada, eles a cercaram. Dois começaram a tirar a calça na mesma hora. Os outros estavam indecisos. Ninguém prestou atenção em mim. O cachorro foi acertado por uma pedra e ficou lambendo as costas feridas.

Um pastor alto montou na mulher enquanto ela se contorcia embaixo, uivando a cada movimento dele. O homem deu tapas de mão aberta nos seios dela, se inclinou e mordeu os mamilos e massageou a barriga. Quando terminou e se levantou, outro homem ocupou o lugar dele. Ludmila Burra gemeu e tremeu, puxando o homem para perto com os braços e as pernas. Os outros homens ficaram agachados ali perto, olhando, rindo e fazendo piadas.

De trás do cemitério apareceu um grupo de mulheres do vilarejo com ancinhos e pás. Era liderado por várias jovens que gritavam e balançavam as mãos. Os pastores vestiram as calças, mas não fugiram; seguraram Ludmila, que lutava desesperadamente. O cachorro puxou a coleira e rosnou, mas a corda grossa não se afrouxou. As mulheres chegaram mais perto. Fiquei sentado a uma distância segura perto do muro do cemitério. Só então reparei em Lekh correndo pelos pastos.

Ele devia ter voltado ao vilarejo e ouvido o que ia acontecer. As mulheres estavam bem perto agora. Antes que Ludmila Burra tivesse tempo de se levantar, o último dos homens fugiu para o muro do cemitério. As mulheres a pegaram. Lekh ainda estava longe. Exausto, ele precisou ir mais devagar. O passo dele estava cambaleante, e ele tropeçou várias vezes.

As mulheres seguraram Ludmila Burra deitada na grama. Sentaram-se nas mãos e pernas dela e começaram a bater com os ancinhos, a cortar a pele com as unhas, a arrancar o cabelo e cuspir na cara dela. Lekh tentou passar, mas barraram a passagem dele. Ele tentou lutar, mas elas o derrubaram e bateram nele brutalmente. Ele parou de lutar, e várias mulheres o viraram de costas e montaram nele. As mulheres mataram o cachorro de Ludmila com golpes terríveis de pá. Os camponeses estavam sentados no muro. Quando chegaram perto de mim, eu me afastei, pronto para fugir a qualquer momento para o cemitério, onde ficaria protegido entre os túmulos. Eles tinham medo dos espíritos e carniçais que diziam residir lá.

Ludmila Burra estava sangrando. Hematomas azuis apareceram no seu corpo maltratado. Ela gemeu alto, arqueou as costas, tremeu, tentando em vão se libertar. Uma das mulheres se aproximou segurando uma garrafa com rolha contendo esterco preto-amarronzado. Junto às risadas estrondosas e encorajamentos intensos das outras, ela se ajoelhou entre as pernas de Ludmila e enfiou a garrafa inteira dentro da abertura abusada e maltrata, enquanto ela começava a gemer e uivar como um animal. As outras mulheres olharam calmamente. De repente, com toda a força, uma delas chutou a garrafa aparecendo na virilha de Ludmila Burra. Houve um barulho abafado de vidro quebrando lá dentro. Agora, todas as mulheres começaram a chutar; o sangue jorrava em volta das botas e tornozelos delas. Quando a última mulher terminou de chutar, Ludmila estava morta.

Com a fúria saciada, as mulheres voltaram para o vilarejo conversando alto. Lekh se levantou, o rosto ensanguentado. Balançou sobre pernas fracas e cuspiu vários dentes. Chorando, se jogou sobre a mulher morta. Tocou no corpo mutilado, fazendo o sinal da cruz e falando com os lábios inchados.

Fiquei sentado encolhido e com frio no muro do cemitério, sem ousar me mexer. O céu ficou cinzento e escureceu. Os mortos estavam sussurrando sobre a alma andarilha de Ludmila Burra, que agora pedia misericórdia por todos os seus pecados. A lua surgiu. A luz fria, pálida e fraca iluminou só a forma escura do homem ajoelhado e o cabelo claro da mulher morta deitada no chão.

Eu dormi e acordei algumas vezes. O vento soprava os túmulos, pendurando folhas molhadas nos braços das cruzes. Os espíritos gemeram, e os cachorros podiam ser ouvidos uivando no vilarejo.

Quando acordei, Lekh ainda estava ajoelhado ao lado do corpo de Ludmila, as costas curvadas sacudidas por soluços. Falei com ele, mas ele não deu atenção. Eu estava com medo demais para voltar para a cabana. Decidi ir embora. Acima de nós voou um bando de pássaros, gorjeando e gritando de todas as direções.

6

O carpinteiro e a esposa estavam convencidos de que o meu cabelo preto atrairia um raio para a fazenda deles. Era verdade que em noites quentes e secas, quando o carpinteiro encostava uma pedra ou um pente de osso, fagulhas amarelo-azuladas pulavam na minha cabeça como "piolho do Diabo". No vilarejo, as tempestades arrebatadoras caíam abrupta e frequentemente, provocando incêndios e matando gente e gado. Os relâmpagos sempre eram descritos como um grande raio de fogo lançado dos céus. Portanto, os aldeões não se esforçavam para apagar esses incêndios, acreditando que nenhum poder humano poderia extingui-los, assim como uma pessoa acertada por um raio não poderia ser salva. Diziam que quando um raio cai em uma casa, ele penetra fundo na terra, onde se agacha pacientemente, crescendo em potência, e a cada sete anos atrai um novo raio para o mesmo local. Até os objetos recuperados de uma casa incendiada que tinha sido atingida por um raio ficavam igualmente possuídos e podiam atrair mais raios.

Ao anoitecer, quando as chamas fracas de velas e lampiões de querosene começavam a tremeluzir nas cabanas, era comum que o céu ficasse velado por nuvens pesadas que navegavam obliquamente sobre telhados de sapê. Os aldeões ficavam em silêncio, olhando com medo pelas janelas, ouvindo o ribombar crescente. Mulheres idosas agachadas em frente a fornos de azulejos rachados interrompiam as orações e discutiam quem seria recompensado desta vez pelo Todo-Poderoso ou quem seria punido pelo onipresente Satanás, sobre quem o fogo e a destruição, a morte ou uma doença incapacitante recairia. Os gemidos de portas, o suspiro de árvores curvadas pela tempestade e o assovio do vento soavam aos ouvidos dos aldeões como xingamentos de pecadores mortos, atormentados pela incerteza do limbo ou assando lentamente nos fogos infinitos do inferno.

Em momentos assim, o carpinteiro jogava com mãos trêmulas uma jaqueta grossa nos ombros e, enquanto se persignava muitas vezes, passava uma corrente com cadeado em volta do meu tornozelo e prendia a outra ponta em um arreio gasto pesado. Em uma ventania, em meio a raios estrondosos, ele me colocava numa carroça e, batendo freneticamente no boi, me levava para fora do vilarejo, para um campo distante, e me deixava lá. Era longe de árvores e de habitação humana, e o carpinteiro sabia que a corrente e o arreio me impediriam de voltar à cabana.

Eu ficava sozinho, com medo, ouvindo o barulho da carroça se afastando. Um relâmpago caía perto e revelava de repente os contornos de cabanas distantes, que sumiam em seguida como se nem tivessem existido.

Por um tempo, uma tranquilidade maravilhosa se prolongava, e a vida das plantas e animais parecia em pausa. Mas eu ouvia os gemidos dos campos desolados e troncos de árvores, e o grunhido das campinas. Ao meu redor, os lobisomens da floresta se aproximavam lentamente. Demônios translúcidos vinham voando batendo asas dos pântanos fumegantes, e carniçais de cemitério colidiam no ar com um estalo de ossos. Eu sentia o toque seco na pele, os esbarrões trêmulos e as brisas geladas das asas congeladas. Apavorado, parava de pensar. Eu me jogava na terra, nas poças amplas, arrastando o arreio encharcado pela corrente. Acima de mim, o Próprio Deus se esticava, suspenso no espaço, marcando o tempo do espetáculo horrendo com o relógio perpétuo. Entre mim e Ele, a noite turva ficava mais escura.

Agora, a escuridão podia ser tocada, segurada como um coágulo de sangue, espalhada no meu rosto e no meu corpo. Eu a bebia, engolia, me sufocava com ela. Delineava novas estradas em volta de mim e transformava o campo plano em um abismo sem fundo. Erigia montanhas intransponíveis, achatava colinas, enchia rios e vales. Com seu abraço, matava vilarejos, florestas, templos de estrada, corpos humanos. Além dos limites do conhecido, o Diabo ficava sentado jogando raios amarelo-enxofre, soltando trovões ribombantes por trás das nuvens. Cada trovão sacudia a terra na base e fazia as nuvens afundarem mais e mais, até a parede de chuva transformar tudo em pântano.

Horas depois, ao alvorecer, quando a lua branca como osso tinha dado espaço ao sol fraco, o carpinteiro seguia até o campo e me levava de volta para a cabana.

Em uma tarde de tempestade, o carpinteiro caiu doente. A esposa ficou em volta dele preparando sucos amargos e não pôde me levar para fora do vilarejo. Quando os primeiros trovões soaram, eu me escondi no celeiro, debaixo do feno.

Em um instante, o celeiro foi sacudido por um trovão sinistro. Um tempo depois, uma parede explodiu em chamas, o fogo alto crescendo nas tábuas cobertas de resina. Abanado pelo vento, o fogo ardeu alto, as pontas das asas longas se estendendo até a cabana e o celeiro das vacas.

Eu corri para o pátio em total confusão. Nas cabanas em volta, as pessoas se moviam no escuro. O vilarejo estava agitado; gritos podiam ser ouvidos de todas as direções. Uma multidão atordoada e amontoada, carregando machados e ancinhos, correu na direção do celeiro em chamas do carpinteiro. Os cachorros uivaram, e as mulheres com bebês nos braços lutaram para segurar as saias que o vento levantava, sem nenhuma vergonha, até o rosto delas. Todas as criaturas vivas tinham corrido para o lado de fora. Com as caudas erguidas, vacas furiosas berrando, empurradas por cabos de machado e pás, saíram correndo, enquanto os bezerros com pernas magras e trêmulas tentavam em vão se agarrar às tetas das mães. Pisoteando as cercas, quebrando portas de celeiro, colidindo em estupor com paredes invisíveis de casas, os bois corriam com as cabeças pesadas abaixadas. Galinhas frenéticas batiam asas no ar.

Depois de um momento, eu fugi. Acreditei que meu cabelo tinha atraído o raio para o celeiro e para as cabanas e que as pessoas me matariam se me vissem.

Lutando com o vendaval barulhento, tropeçando em pedras, caindo em trincheiras e buracos cheios de água, cheguei na floresta. Quando consegui chegar nos trilhos do trem, a tempestade tinha passado e foi seguida de uma noite cheia de sons altos de gotas caindo. Em um bosque próximo, encontrei um buraco protegido. Depois de me agachar nele, ouvi as confissões dos musgos e esperei a noite toda lá.

Um trem passaria ao amanhecer. O trilho servia para transportar madeira de uma estação até outra, separadas por duas dezenas de quilômetros. Os vagões carregando os troncos eram puxados por uma locomotiva pequena e lenta.

Quando o trem se aproximou, eu corri ao lado do último vagão por um tempo, pulei em um degrau baixo e fui levado para o interior seguro da floresta. Depois de um tempo, reparei em uma parte plana na lateral da pista e pulei, mergulhando na vegetação densa, sem ser visto pelo guarda na locomotiva.

Enquanto andava pela floresta, descobri uma estrada de pedra coberta de mato e abandonada havia tempos. No fim dela havia um bunker militar abandonado com paredes enormes de concreto reforçado.

O silêncio era absoluto. Eu me escondi atrás de uma árvore e joguei uma pedra na porta fechada. A pedra quicou. O eco voltou rapidamente, e o silêncio retornou. Andei em volta do bunker, pisando em caixas quebradas de munição, pedaços de metal e latas vazias. Subi em um terraço em cima do monte e até o topo, onde encontrei latas tortas e, um pouco mais longe, uma abertura. Quando me inclinei sobre a abertura, senti um cheiro ruim de decomposição e umidade; de dentro, ouvi um guincho abafado. Peguei um elmo velho e larguei na abertura. Os guinchos se multiplicaram. Eu comecei a jogar rapidamente montes de terra no buraco, seguidos de partes de aros de metal das caixas e pedaços de concreto. Os guinchos ficaram mais altos; havia animais vivendo e se debatendo ali dentro.

Encontrei um pedaço de uma folha lisa de metal e refleti um raio de sol lá dentro. Vi claramente agora: alguns metros abaixo da abertura havia um mar agitado de ratos, ondulando e correndo. A superfície tremia num ritmo irregular, cintilando com incontáveis olhos. A luz revelou costas molhadas e caudas peladas. Várias vezes, como o borrifo de uma onda, dezena de ratos magros e compridos atacaram com saltos espasmódicos a parede lisa interna do bunker, só para cair nas costas dos outros.

Olhei para o amontoado agitado e vi que os ratos estavam matando e comendo uns aos outros, atacando uns aos outros, mordendo furiosamente pedaços de carne e pele. Os jorros de sangue provocaram mais ratos a brigar. Cada rato tentava sair do meio da massa viva, competindo por um lugar no alto, para mais uma tentativa de subir pela parede, para outro pedaço de anca ser arrancado.

Cobri rapidamente a abertura com um painel de lata e acelerei minha jornada pela floresta. No caminho, comi frutas silvestres. Eu esperava chegar a um vilarejo antes do anoitecer.

No fim da tarde, quando o sol estava se pondo, vi as primeiras construções de uma fazenda. Quando me aproximei, uns cachorros pularam de trás de uma cerca e correram para cima de mim. Eu me agachei na frente da cerca, balançando as mãos vigorosamente, pulando como uma rã, uivando e jogando pedras. Os cachorros pararam, atônitos, sem saber quem eu era e como agir. Um ser humano tinha adquirido repentinamente dimensões desconhecidas para eles. Enquanto me olhavam, perplexos, os focinhos inclinados para o lado, eu pulei a cerca.

O latido deles e meus gritos fizeram o dono da cabana sair. Quando o vi, percebi na mesma hora que, por uma peça infeliz pregada pelo destino, eu tinha voltado ao mesmo vilarejo do qual tinha fugido na noite anterior. O rosto do camponês era familiar, familiar demais: eu o tinha visto muitas vezes na cabana do carpinteiro.

Ele me reconheceu na mesma hora e gritou alguma coisa para um ajudante, que correu na direção da cabana do carpinteiro enquanto um outro ajudante ficava me vigiando, segurando os cachorros nas coleiras. O carpinteiro veio, seguido da esposa.

O primeiro golpe me jogou da cerca diretamente aos pés dele. Ele me levantou e me segurou para eu não cair, e me bateu de novo e de novo. Em seguida, me segurando pelo pescoço como um gato, me arrastou até a fazenda, na direção do cheiro queimado das ruínas fumegantes do celeiro. Chegando lá, ele me jogou em uma pilha de bosta. Deu mais um tapa na minha cabeça, e eu desmaiei.

Quando voltei a mim, o carpinteiro estava parado ali perto, preparando um saco de um tamanho razoável. Lembrei que ele afogava gatos doentes em sacos como aquele. Eu me joguei aos pés dele, mas o camponês me chutou sem dizer palavra e continuou calmamente preparando o saco.

De repente, lembrei que o carpinteiro tinha contado uma vez para a esposa sobre *partisans* que escondiam os troféus de guerra e suprimentos em bunkers antigos. Engatinhei na direção dele, desta vez jurando que, se ele não me afogasse, eu mostraria a ele um esconderijo cheio de botas, uniformes e cintos militares velhos, que eu tinha descoberto durante minha escapada.

O carpinteiro ficou intrigado, mas fingiu não acreditar. Agachou-se ao meu lado e me segurou com força. Repeti minha oferta, tentando garantir da forma menos apaixonada possível que os objetos eram de grande valor.

Ao amanhecer, ele prendeu um boi na carroça, me amarrou com uma corda à mão dele, pegou um machado grande e, sem dizer nada para a esposa e para os vizinhos, partiu comigo.

No caminho, fundi o cérebro procurando uma forma de me soltar; a corda era forte demais. Depois que chegamos, o carpinteiro parou a carroça e nós andamos na direção do bunker. Subimos até o telhado;

por um tempo, eu agi como se tivesse esquecido a direção da abertura. Finalmente, nós chegamos. O carpinteiro empurrou avidamente o painel de metal para o lado. O fedor atingiu nossas narinas, e de dentro os ratos guincharam, cegos com a luz. O camponês se inclinou pela abertura, mas não conseguiu ver por um momento, porque seus olhos não estavam acostumados ao escuro.

Eu me movi lentamente até o lado oposto da abertura, que agora separava o carpinteiro de mim, o que esticou a corda com a qual eu estava amarrado. Eu sabia que, se eu não conseguisse fugir nos segundos seguintes, o camponês me mataria e me jogaria lá dentro.

Abalado pelo horror, puxei a corda de repente, com tanta força que cortou meu pulso até o osso. Meu pulo abrupto puxou o carpinteiro para a frente. Ele tentou se levantar, gritou, balançou a mão e caiu no buraco do bunker com um baque seco. Eu apertei os pés no rebordo irregular de concreto sobre o qual a placa estava apoiada. A corda ficou mais esticada, raspou a borda áspera da abertura e se rompeu. Ao mesmo tempo, ouvi de baixo o grito e o choro entrecortado e desconexo de um homem. Um tremor leve sacudiu as paredes de concreto do bunker. Engatinhei apavorado até a abertura, dirigindo para dentro um raio de luz refletido num pedaço de folha de metal.

O corpo enorme do carpinteiro só estava parcialmente visível. O rosto e metade dos braços estavam perdidos debaixo da superfície do mar de ratos, e onda após onda dos animais subia pela barriga e pelas pernas dele. O homem desapareceu completamente, e o mar de ratos tremeu com mais violência ainda. As costas dos ratos em movimento ficaram manchadas do tom vermelho-amarronzado de sangue. Os animais agora estavam brigando para terem acesso ao corpo — ofegando, balançando os rabos, os dentes brilhando debaixo das bocas semiabertas, os olhos refletindo a luz do dia como se fossem contas de um terço.

Observei esse espetáculo como se estivesse paralisado, incapaz de me afastar da abertura, sem força de vontade suficiente para cobri-la com o painel de metal. De repente, o mar agitado de ratos se abriu e, lentamente, com a braçada de um nadador, a mão ossuda com dedos ossudos abertos subiu, seguida do braço todo do homem. Por um momento, ficou imóvel acima dos ratos; mas, de repente, o impulso dos animais jogou para a superfície todo o esqueleto branco-azulado do carpinteiro, em parte sem carne e em parte coberto de pedaços de pele avermelhada e roupa cinza. Entre as costelas, debaixo das axilas e no lugar onde ficava a barriga, roedores esqueléticos lutavam bravamente pelos restos de músculos e intestinos. Enlouquecidos de fome, eles arrancavam uns dos outros pedaços de roupa, pele e partes disformes do tronco. Mergulhavam no centro do corpo do homem só para sair por outro buraco roído. O cadáver afundou debaixo de ataques renovados. Quando subiu novamente à superfície do mar sangrento e agitado, era um esqueleto completamente exposto.

Freneticamente, peguei o machado do carpinteiro e fugi. Cheguei na carroça sem fôlego; o boi inocente estava pastando calmamente. Pulei no assento e puxei as rédeas, mas o animal não queria se mover sem o dono. Olhei para trás, convencido de que a qualquer momento o mar de ratos sairia atrás de mim, e bati no boi com o chicote. Ele olhou para trás sem acreditar, hesitou, mas os golpes seguintes o convenceram de que nós não esperaríamos o carpinteiro.

A carroça tremeu furiosamente sobre as raízes da longa estrada desconhecida; as rodas arrancaram arbustos e esmagaram as ervas-daninhas crescendo por toda trilha. Eu não conhecia a estrada e só estava tentando ir o mais longe possível do bunker e do vilarejo do carpinteiro. Conduzi num ritmo frenético pelas florestas e clareiras, evitando estradas com sinais recentes de veículos de camponeses. Quando a noite caiu, eu camuflei a carroça nos arbustos e dormi na caçamba.

Passei os dois dias seguintes viajando, e uma vez passei perto de um posto militar numa serraria. O boi foi ficando magro, seus flancos mais estreitos. Mas eu segui a toda até ter certeza de que estava bem longe.

Nós estávamos nos aproximando de um pequeno vilarejo; eu entrei calmamente e parei na primeira cabana que apareceu, onde um camponês se persignou assim que me viu. Eu ofereci a carroça e o boi em troca de abrigo e comida. Ele coçou a cabeça, consultou a esposa e os vizinhos e acabou concordando depois de olhar com desconfiança os dentes do boi — e os meus.

7

O vilarejo ficava longe da linha ferroviária e do rio. Três vezes por ano, destacamentos de soldados alemães chegavam para coletar os alimentos e materiais que os camponeses eram obrigados a fornecer ao exército.

Eu estava sendo abrigado por um ferreiro que também era o camponês-chefe do vilarejo. Ele era respeitado e estimado pelos aldeões. Por esse motivo, fui mais bem tratado ali. No entanto, de vez em quando, depois de beber, os camponeses diziam que eu só levaria azar para a comunidade e que os alemães, se soubessem do moleque cigano, puniriam o vilarejo todo. Mas ninguém ousava dizer essas coisas diretamente na cara do ferreiro, e em geral eu era deixado em paz. Era verdade que o ferreiro gostava de estapear minha cara quando estava bêbado e eu o atrapalhava, mas não havia outras consequências. Os dois temporários contratados preferiam pegar no pé um do outro e não no meu, e o filho do ferreiro, que era conhecido no vilarejo pelos feitos amorosos, quase nunca estava na fazenda.

Logo cedo todos os dias, a esposa do ferreiro me dava um copo de *borscht* quente e um pedaço de pão duro, que, molhado na sopa, ganhava sabor tão rapidamente quanto ela perdia. Depois, eu acendia o fogo no meu cometa e levava o gado para o pasto antes dos outros criadores de gado.

À noite, a esposa do ferreiro fazia as orações, ele roncava perto do forno, os temporários cuidavam do gado e o filho do ferreiro andava pelo vilarejo. A esposa do ferreiro me dava a jaqueta do marido para que eu tirasse os piolhos. Eu me sentava na parte mais clara da sala, dobrava a jaqueta em vários pontos nas costuras e caçava os insetos brancos cheios de sangue que se moviam preguiçosamente. Eu os pegava, botava na mesa e esmagava com a unha. Quando os piolhos estavam excepcionalmente numerosos, a esposa do ferreiro se juntava a mim à mesa e rolava uma garrafa por cima dos piolhos assim que eu botava vários na superfície. Os piolhos explodiam com um estalo, os cadáveres achatados caídos em pocinhas de sangue escuro. Os que caíam no chão de terra corriam em todas as direções. Era quase impossível esmagá-los com o pé.

A esposa do ferreiro não me deixava matar todos os piolhos e percevejos. Sempre que nós encontrávamos um piolho especificamente grande e vigoroso, ela o pegava com cuidado e o guardava em uma xícara que servia a esse propósito. Normalmente, quando o número de piolhos assim chegava a doze, a esposa os levava para fora e esmagava numa massa. A isso ela acrescentava urina de um humano pequeno e de um cavalo, uma quantidade grande de estrume e uma pitada de excremento de gato. Essa preparação era considerada o melhor remédio para dor de barriga. Quando o ferreiro sofria da dor de barriga periódica que tinha, ele precisava comer várias bolas dessa mistura. Isso levava a vômito e, como a esposa garantia, à derrota total da doença, que saía imediatamente do corpo dele. Exausto de vomitar e tremendo como vara verde, o ferreiro se deitava na esteira no pé do fogão e ofegava como um fole. Recebia água morna e mel, que o acalmavam. Mas quando a dor e a febre não passavam, a esposa preparava mais remédios. Pulverizava ossos de cavalo até virarem uma farinha fina, acrescentava uma xícara de uma mistura de percevejos e formigas do campo, que começavam a lutar uns com os outros, misturava tudo com vários ovos de galinha e acrescentava um toque de querosene. O paciente tinha que engolir tudo de uma vez e era recompensado com um copo de vodca e um pedaço de linguiça.

De tempos em tempos, o ferreiro era visitado por cavaleiros misteriosos, que carregavam fuzis e revólveres. Eles revistavam a casa e se sentavam à mesa com o ferreiro. Na cozinha, a esposa do ferreiro e eu preparávamos garrafas de vodca caseira, cordões de linguiça apimentada, queijos, ovos cozidos e acompanhamentos de porco assado.

Os homens armados eram *partisans*. Eles iam com frequência ao vilarejo, sem aviso. Pior ainda, lutavam uns contra os outros. O ferreiro explicou para a esposa que os *partisans* tinham se dividido em facções: os "brancos", que queriam lutar tanto com os alemães quanto com os russos, e os "vermelhos", que queriam ajudar o Exército Vermelho.

Boatos variados circulavam pelo vilarejo. Os "brancos" também queriam reter a propriedade privada dos imóveis, deixando os donos de terras onde estavam. Os "vermelhos", apoiados pelos soviéticos, lutavam pela reforma agrária. Cada facção exigia assistência cada vez maior dos vilarejos.

Os *partisans* "brancos", que cooperavam com os proprietários de terras, se vingavam de todos que eram suspeitos de ajudar os "vermelhos". Os "vermelhos" favoreciam os pobres e penalizavam os vilarejos por qualquer ajuda que eles dessem aos "brancos". Eles perseguiam as famílias dos camponeses ricos.

O vilarejo também era revistado por tropas alemãs, que interrogavam os camponeses sobre visitas de *partisans* e atiravam em um ou dois camponeses para dar o exemplo. Nesses casos, o ferreiro me escondia na cava enquanto tentava amaciar os comandantes alemães, prometendo entregas pontuais de alimentos e grãos extras.

Às vezes, as facções de *partisans* se atacavam e se matavam enquanto visitavam o vilarejo. O vilarejo virava um campo de batalha; metralhadoras rugiam, granadas explodiam, cabanas pegavam fogo, gado e cavalos abandonados berravam e crianças seminuas choravam. Os camponeses se escondiam em porões abraçando as mulheres, que rezavam. Mulheres velhas meio cegas, surdas e desdentadas, balbuciando orações e se persignando com mãos artríticas, andavam diretamente para o meio do fogo das metralhadoras, xingando os combatentes e apelando ao céu por vingança.

Depois da batalha, o vilarejo retomava a vida lentamente. Mas havia brigas entre os camponeses e os garotos pelas armas, uniformes e botas abandonados pelos *partisans*, e também discussões sobre onde enterrar os mortos e quem deveria cavar os túmulos. Dias se passavam em discussão enquanto os cadáveres se decompunham, farejados por cachorros durante o dia e roídos por ratos à noite.

Uma noite, fui acordado pela esposa do ferreiro, que me mandou fugir. Mal tive tempo de pular da cama quando vozes masculinas e armas puderam ser ouvidas cercando a cabana. Eu me escondi no sótão com um saco jogado por cima do corpo, agarrado a uma rachadura nas tábuas, pela qual via uma parte grande do curral.

Uma voz masculina firme mandou o ferreiro sair. Dois *partisans* armados arrastaram o ferreiro seminu para o jardim, onde ele ficou parado, tremendo de frio e puxando a calça que caía. Com um quepe alto e dragonas com estrelas nos ombros, o líder do bando se aproximou do ferreiro e perguntou alguma coisa. Eu captei um fragmento de frase: "... você ajudou inimigos da Pátria".

O ferreiro levantou as mãos, jurando em nome do Filho e da Santíssima Trindade. O primeiro tapa o derrubou. Ele continuou negando e se levantou lentamente. Um dos homens arrancou uma estaca da cerca, moveu-a no ar e bateu na cara do ferreiro. O ferreiro caiu, e os *partisans* começaram a chutá-lo todo com as botas pesadas. O ferreiro gemeu, se contorcendo de dor, mas os homens não pararam. Inclinaram-se por cima dele girando suas orelhas, pisando na genitália, quebrando os dedos com os calcanhares.

Quando ele parou de gemer e o corpo ficou inerte, os *partisans* tiraram de casa os dois temporários, a esposa do ferreiro e o filho, que resistiu. Eles abriram as portas do celeiro e jogaram a mulher e os homens sobre o eixo de uma carroça de modo que, com o eixo debaixo da barriga, eles ficaram pendurados como sacos de grãos. Os *partisans* arrancaram as roupas das vítimas e amarraram suas mãos aos pés. Dobraram as mangas e, com varas de aço cortadas de placas de sinalização ferroviária, começaram a bater nos corpos que se contorciam.

O estalo dos golpes ecoava alto nas nádegas esticadas enquanto as vítimas se remexiam, se encolhendo e inchando, e uivavam como uma matilha de cachorros surrados. Eu tremi e suei de medo.

Os golpes caíram um em seguida do outro. Só a esposa do ferreiro continuou a gritar enquanto os *partisans* trocavam comentários ferinos sobre as coxas magras e tortas dela. Como a mulher não parou de gemer, eles a viraram de rosto para o céu, os seios brancos caindo para os dois lados. Os homens bateram nela acaloradamente, a intensidade crescente dos golpes cortando o corpo e a barriga da mulher, agora escurecido por fios de sangue. Os corpos no eixo ficaram inertes. Os torturadores vestiram as jaquetas e entraram na cabana, demoliram os móveis e pegaram tudo que estava à vista.

Eles entraram no sótão e me encontraram. Seguraram-me pelo pescoço, me viraram, me deram socos e me puxaram pelo cabelo. Eles supuseram na mesma hora que eu era um cigano enjeitado. E deliberaram em voz alta sobre o que fazer comigo. Um deles decidiu que eu devia ser entregue no posto avançado alemão a vinte quilômetros da cabana. De acordo com ele, isso deixaria o comandante do posto menos desconfiado do vilarejo, que já estava atrasado nas entregas obrigatórias. Outro homem concordou, acrescentando rapidamente que o vilarejo todo poderia ser queimado por causa de um único cigano bastardo.

Minhas mãos e pés foram amarrados e fui carregado para o lado de fora. Os *partisans* convocaram dois camponeses, a quem explicaram cuidadosamente alguma coisa enquanto apontavam para mim. Os camponeses ouviram obedientemente, com movimentos obsequiosos de cabeça. Fui colocado numa carroça e amarrado a uma ripa de madeira. Os camponeses subiram e partiram comigo.

Os *partisans* escoltaram a carroça por vários quilômetros, balançando livremente nas selas, compartilhando a comida do ferreiro. Quando nós entramos na parte mais densa da floresta, eles falaram novamente com os camponeses, açoitaram seus cavalos e desapareceram no mato.

Cansado pelo sol e pela posição desconfortável, cochilei num sono leve. Sonhei que era um esquilo, agachado em um buraco escuro de árvore e observando com ironia o mundo abaixo. De repente, me tornei um gafanhoto com pernas compridas e finas, com as quais saltei por grandes áreas de terra. De vez em quando, como se por uma neblina, eu ouvia as vozes dos condutores, o relinchar do cavalo e o gemido das rodas.

Nós chegamos à estação ferroviária ao meio-dia e fomos imediatamente cercados por soldados alemães com uniformes desbotados e botas surradas. Os camponeses se curvaram a eles e entregaram um bilhete escrito pelos *partisans*. Enquanto um guarda ia chamar um oficial, vários soldados se aproximaram da carroça e me olharam, trocando comentários. Um deles, um homem um tanto idoso, claramente cansado pelo calor, estava usando óculos embaçados pelo suor. Ele se inclinou para dentro da carroça e me observou com atenção, com olhos azuis aguados e desapaixonados. Eu sorri para ele, mas ele não correspondeu. Olhei nos olhos dele e me perguntei se isso lançaria um feitiço maligno nele. Eu achava que ele poderia cair doente, mas, com pena dele, baixei o olhar.

Um jovem oficial saiu da estação e se aproximou da carroça. Os soldados ajeitaram rapidamente os uniformes e fizeram posição de sentido. Os camponeses, sem saber direito o que fazer, tentaram imitar os soldados e também se empertigaram servilmente.

O oficial disse alguma coisa seca para um dos soldados, que se adiantou da fila, se aproximou de mim, bateu no meu cabelo grosseiramente com a mão, olhou nos meus olhos enquanto levantava minhas pálpebras e inspecionou as cicatrizes nos meus joelhos e tornozelos. Em seguida, fez um relato para o oficial. O oficial se virou para o soldado mais velho de óculos, deu uma ordem e saiu.

Os soldados se afastaram. Do prédio da estação, uma melodia alegre foi ouvida. Na torre de vigia alta com o posto da metralhadora, os guardas estavam ajeitando os capacetes.

O soldado de óculos se aproximou de mim, desamarrou a corda com a qual eu tinha sido preso à carroça sem dizer nada, passou uma ponta da corda no pulso e, com um movimento da mão, me mandou ir atrás. Olhei para os dois camponeses; eles já estavam na carroça, balançando as rédeas.

Nós passamos pelo prédio da estação. No caminho, o soldado parou num armazém, onde recebeu uma latinha de gasolina. Nós andamos pelo trilho do trem na direção da floresta alta.

Tive certeza de que o soldado tinha recebido ordens de atirar em mim, jogar gasolina no meu corpo e queimá-lo. Eu já tinha visto isso acontecer muitas vezes. Lembrei que os *partisans* tinham atirado num camponês que foi acusado de ser informante. Nesse caso, a vítima recebeu ordens de cavar uma vala, na qual o cadáver foi jogado depois. Eu me lembrava dos alemães terem atirado num *partisan* ferido que estava fugindo para a floresta e da chama alta subindo depois do corpo dele.

Eu tinha medo de dor. O tiro certamente seria doloroso, e a queimadura com gasolina mais ainda. Mas não podia fazer nada. O soldado estava carregando um fuzil, e a corda amarrada na minha perna estava presa ao pulso dele.

Eu estava descalço, e o trilho, quente do sol, queimou meus pés. Fui pulando os pedaços afiados de cascalho caídos entre os dormentes. Tentei várias vezes andar no trilho, mas a corda amarrada na minha perna me impedia de manter o equilíbrio. Era difícil ajustar meus passinhos aos passos largos e calculados do soldado.

Ele me olhou e deu um sorriso leve pela minha tentativa de fazer acrobacia no trilho. O sorriso foi breve demais para significar qualquer coisa; ele ia me matar.

Nós já tínhamos saído da área da estação e agora estávamos passando pelo último aparelho de mudança de via. Estava escurecendo. Chegamos mais perto da floresta e o sol estava se pondo atrás das árvores. O soldado parou, botou a lata de gasolina no chão e passou o fuzil para o braço esquerdo. Sentou-se na beirada do trilho e, depois de dar um suspiro profundo, esticou as pernas no barranco ao lado. Tirou calmamente os óculos, limpou o suor das sobrancelhas grossas com a manga e soltou a pequena pá que havia pendurada no cinto. Ele tirou um cigarro do bolso do peito e o acendeu, depois apagou o fósforo com cuidado.

Silenciosamente, ele viu minha tentativa de afrouxar a corda, que estava arranhando a pele da minha perna. Tirou um canivete do bolso da calça, abriu-o e, chegando perto, segurou minha perna com uma das mãos enquanto cortava a corda cuidadosamente com a outra. Ele a enrolou e jogou pelo barranco com um gesto amplo.

Eu sorri em uma tentativa de demonstrar gratidão, mas ele não sorriu para mim. Agora, estávamos sentados, ele fumando o cigarro e eu observando a fumaça azulada subindo em aros.

Comecei a pensar nas muitas formas que existiam de morrer. Até agora, só duas tinham me impressionado.

Eu lembrava bem a ocasião, nos primeiros dias da guerra, em que uma bomba caiu numa casa em frente à casa dos meus pais. Nossas janelas explodiram. Nós fomos atacados por paredes caindo, pelo tremor da terra abalada, pelos gritos de pessoas desconhecidas morrendo. Eu vi as superfícies marrons de portas, tetos, paredes com os quadros ainda pendurados desesperadamente a elas, tudo caindo no buraco. Como uma avalanche correndo para a rua, vieram majestosos pianos de cauda abrindo e fechando a tampa no voo, poltronas obesas e desajeitadas, bancos trêmulos e banquinhos para pés. Foram seguidos de candelabros que estavam se desfazendo com gritos estridentes, panelas polidas, chaleiras e penicos reluzentes de alumínio. Páginas arrancadas de livros caíram, batendo como bandos de pássaros assustados. Banheiras se soltaram lenta e deliberadamente dos canos, se misturando magicamente nos nós e rolos de corrimões e amuradas e calhas de chuva.

Quando a poeira baixou, a casa partida exibiu timidamente suas entranhas. Corpos humanos inertes estavam caídos nas beiradas irregulares do chão, e tetos quebrados como trapos cobrindo a abertura. Eles estavam começando a absorver a tinta vermelha. Pequenas partículas de papel rasgado, gesso e tinta estavam agarrados nos trapos vermelhos grudentos como moscas famintas. Tudo ao redor ainda estava em movimento; só os corpos pareciam em paz.

Logo vieram os gemidos e gritos de pessoas presas por vigas caídas, empaladas por varas e canos, parcialmente rasgadas e esmagadas debaixo de pedaços de parede. Só uma mulher idosa saiu do poço escuro. Ela se agarrou desesperadamente a tijolos, e quando sua boca desdentada se abriu para falar, ela ficou repentinamente incapaz de emitir som. Estava seminua, os seios murchos pendendo do peito ossudo. Quando chegou no fim da cratera, na pilha de destroços entre o poço e a rua, ela se levantou por um momento na crista. Mas caiu para trás e desapareceu atrás dos destroços.

Era possível morrer de forma menos espetacular nas mãos de outro homem. Não muito tempo antes, quando eu morava com Lekh, dois camponeses começaram a brigar em uma recepção. No meio da cabana, eles correram um para cima do outro, agarraram um o pescoço do outro e caíram no chão de terra. Eles morderam com os dentes como cachorros raivosos, arrancando pedaços de roupa e carne. As mãos e joelhos e ombros e pés ávidos pareciam ter vida própria. Eles pularam agarrando, batendo, arranhando, torcendo numa dança louca. Dedos expostos socaram crânios como martelos, e ossos estalaram sob o impacto.

Os convidados, observando calmamente em círculo, ouviram um som de esmagamento e um chiado rouco. Um dos homens ficou em cima mais tempo. O outro ofegou e pareceu estar enfraquecendo, mas ainda ergueu a cabeça e cuspiu na cara do vitorioso. O homem em cima não perdoou. Ele se inflou triunfantemente como um sapo e deu um golpe amplo, esmagando a cabeça do outro com uma força terrível. A cabeça não lutou mais para se levantar, mas pareceu se dissolver em uma poça crescente de sangue. O homem estava morto.

Eu me sentia agora como o cachorro sarnento que os *partisans* tinham matado. Eles primeiro fizeram carinho na cabeça dele e coçaram atrás das orelhas. O cachorro, tomado de felicidade, latiu com amor e gratidão. Eles jogaram um osso para ele. Ele correu atrás, balançando o rabo desgrenhado, assustando as borboletas e pisando nas flores. Quando pegou o osso e o ergueu com orgulho, os homens atiraram.

O soldado puxou o cinto. O movimento dele chamou minha atenção e parei de pensar por um momento.

Tentei calcular a distância até a floresta e o tempo que levaria para ele pegar o fuzil e atirar se eu tentasse fugir de repente. A floresta ficava longe demais; eu morreria no meio do caminho, na crista arenosa. No máximo, chegaria numa área de mato, onde ainda estaria visível e sem conseguir correr rápido.

O soldado se levantou e se espreguiçou com um gemido. O silêncio nos envolveu. O vento suave levou o cheiro de gasolina e trouxe de volta uma fragrância de manjerona e resina de abeto.

Ele poderia, claro, atirar em mim pelas costas, pensei. As pessoas preferiam matar outra sem olhar nos olhos dela.

O soldado se virou na minha direção e, apontando para a floresta, fez um gesto com a mão que parecia dizer "corre, vai embora!". Então o fim estava chegando. Eu fingi que não entendi e cheguei perto dele. Ele se moveu para trás violentamente, como se com medo de que eu fosse tocar nele, e apontou com raiva para a floresta, protegendo os olhos com a outra mão.

Achei que esse era um jeito inteligente de me enganar; ele estava fingindo não olhar. Eu fiquei grudado no lugar. Ele olhou para mim com impaciência e disse alguma coisa na língua dele. Sorri adoravelmente para ele, mas isso só o exasperou mais. Novamente, ele moveu o braço na direção da floresta. Novamente, eu não me mexi. Ele se deitou entre os trilhos, por cima do fuzil, do qual ele tinha tirado o ferrolho.

Calculei a distância novamente; parecia que desta vez o risco era pequeno. Quando comecei a me afastar, o soldado sorriu afavelmente. Quando cheguei no limite do barranco, eu olhei para trás; ele ainda estava deitado imóvel, cochilando no sol quente.

Acenei rapidamente e pulei como uma lebre pelo barranco até a vegetação rasteira da floresta fresca e cheia de sombras. Arranhei a pele nas samambaias enquanto fugia cada vez mais para longe, até perder o fôlego e cair no musgo úmido e tranquilizador.

Enquanto ficava deitado ouvindo os sons da floresta, eu ouvi dois tiros vindos da direção dos trilhos do trem. Aparentemente, o soldado estava simulando minha execução.

Aves despertaram e começaram a balançar a folhagem. Ao meu lado, um lagartinho pulou de uma raiz e me olhou com atenção. Eu poderia tê-lo esmagado com uma batida da mão, mas estava cansado demais.

8

Depois que um outono antecipado destruiu algumas colheitas, um inverno severo começou. Primeiro, nevou por muitos dias. As pessoas conheciam o tempo e imediatamente armazenaram comida para si e para os animais, fecharam os buracos das casas e celeiros com palha e protegeram chaminés e telhados contra o vento forte. A geada chegou e congelou tudo embaixo da neve.

Ninguém queria ficar comigo. A comida era escassa e toda boca era um fardo para alimentar. Além do mais, não havia trabalho para eu fazer. Não dava nem para tirar esterco dos celeiros, que estavam com neve até as calhas. As pessoas compartilhavam o abrigo com galinhas, bezerros, coelhos, porcos, bodes e cavalos, homens e animais se aquecendo com o calor dos seus corpos. Mas não havia espaço para mim.

O inverno não afrouxou as garras. O céu pesado, coberto de nuvens de chumbo, parecia forçar os tetos de palha. Às vezes, uma nuvem mais escura do que as outras corria como um balão, deixando para trás uma sombra lúgubre que a perseguia como um espírito maligno persegue um pecador. As pessoas sopravam para abrir postigos e espiar pelas janelas congeladas. Quando viam a sombra sinistra passar sobre o vilarejo, faziam o sinal da cruz e murmuravam orações. Estava óbvio que o Diabo estava montando a nuvem escura sobre o campo, e, enquanto ele estivesse ali, era para esperar o pior.

Enrolado em trapos velhos, pedaços de pele de coelho e couro de cavalo, eu andei de um vilarejo para outro, aquecido apenas pelo calor do cometa que fiz de uma lata que encontrei no trilho do trem. Eu carregava nas costas um saco de combustível, que reabastecia com ansiedade a cada oportunidade. Assim que meu saco ficava leve, eu ia para a floresta, quebrava galhos, arrancava um pouco da casca e cavava turfa e musgo. Quando o saco estava cheio, eu continuava o caminho com uma sensação de contentamento e segurança, girando meu cometa e apreciando o calor dele.

Comida não era difícil de obter. A neve infinita deixava as pessoas dentro das cabanas. Eu podia cavar com segurança a neve que cobria celeiros e obter as melhores batatas e beterrabas, que depois assava no meu cometa. Mesmo quando alguém me via, um amontoado disforme de trapos se movendo com dificuldade pela neve, a pessoa me confundia com um espírito e só mandava os cachorros atrás de mim. Os cachorros ficavam relutantes de saírem dos abrigos nas cabanas quentes e andavam lentamente pela neve profunda. Quando chegavam até mim, eu conseguia assustá-los facilmente com meu cometa quente. Com frio e cansados, eles voltavam para as cabanas.

Eu usava sapatos grandes de madeira presos com longas tiras de pano. A largura do calçado, mais meu peso leve, me permitia andar pela neve sem afundar até a cintura. Enrolado até os olhos, eu vagava livremente pelo campo, encontrando apenas corvos.

Eu dormia na floresta, enfiado em um vão embaixo de raízes de árvores, a neve como telhado. Carregava o cometa com turfa úmida e folhas podres, que aqueciam meu abrigo com fumaça cheirosa. O fogo durava a noite toda.

Finalmente, depois de semanas de ventos brandos, a neve começou a derreter, e os camponeses começaram a sair. Eu não tive escolha. Cachorros descansados agora vagavam pelas fazendas, e eu não podia mais roubar comida e tinha que estar alerta o tempo todo. Tive que procurar um vilarejo remoto, a uma distância segura dos postos avançados alemães.

Durante minhas caminhadas pela floresta, bolas de neve derretendo caíam em mim e ameaçavam afogar meu cometa. No segundo dia, fui parado por um grito. Agachei-me atrás de um arbusto, com medo de me mover, ouvindo com atenção o movimento das árvores. Eu ouvi o grito de novo. Acima, corvos bateram as asas, assustados com alguma coisa. Movendo-me sorrateiramente de um esconderijo para outro, eu me aproximei da fonte do som. Em uma estrada estreita e enlameada, vi uma carroça virada e um cavalo, mas não havia sinal de gente.

Quando o cavalo me viu, ele ergueu as orelhas e balançou a cabeça. Eu cheguei mais perto. O animal estava tão magro que dava para ver todos os ossos. Cada músculo atrofiado pendia como corda molhada. Ele olhou para mim com olhos vermelhos e fracos que pareciam quase se fechar. Moveu a cabeça debilmente, e um grunhido de sapo surgiu do pescoço fino.

Uma das pernas do cavalo estava quebrada acima do gínglimo. Uma lasca afiada de osso aparecia, e cada vez que o animal movia a perna, o osso cortava mais a pele.

Corvos circulavam sobre o animal abalado, voando para lá e para cá, mantendo uma vigília persistente. De vez em quando, um deles se empoleirava nas árvores e fazia montes de neve derretida caírem no chão com o barulho de panquecas de batata viradas numa frigideira. A cada som, o cavalo levantava a cabeça com cautela, abria os olhos e olhava em volta.

Quando me viu contornar a carroça, ele balançou a cauda de forma convidativa. Eu me aproximei dele e ele apoiou sua cabeça pesada no meu ombro e se esfregou na minha bochecha. Quando acariciei as narinas secas, ele moveu o focinho e me puxou para mais perto.

Eu me inclinei para examinar a perna dele. O cavalo virou a cabeça para mim, como se esperando meu veredito. Eu o encorajei a dar um ou dois passos. Ele tentou, gemendo e tropeçando, mas não adiantou. Ele baixou a cabeça, envergonhado e resignado. Eu segurei o pescoço dele, sentindo-o ainda pulsar com vida. Tentei persuadi-lo de me seguir; ficar na floresta seria a morte para ele. Falei com ele sobre o estábulo quente, o cheiro de feno, e garanti que um homem poderia consertar o osso e curá-lo com ervas.

Contei sobre as campinas verdejantes ainda embaixo da neve, só esperando a primavera. Admiti que, se conseguisse levá-lo até o vilarejo e devolvê-lo ao dono, minhas relações com o povo local poderiam melhorar. Eu talvez pudesse até ficar na fazenda. Ele ouviu, apertando os olhos para mim de tempos em tempos para ter certeza de que eu estava falando a verdade.

Eu cheguei para trás e mandei que ele andasse dando uma batida leve com um graveto. Ele oscilou e levantou a perna ferida. Mancou, mas eu finalmente o persuadi a se mover. O progresso foi lento e doloroso. O cavalo de vez em quando parava e ficava imóvel. Eu passava o braço em volta do pescoço dele, o abraçava e levantava a perna quebrada. Depois de um tempo, ele começava a andar de novo, como se movido por alguma lembrança, por algum pensamento que tinha fugido temporariamente da mente dele. Ele errava um passo, perdia o equilíbrio, tropeçava. Sempre que andava com a perna quebrada, o pedaço de osso aparecia debaixo da pele, de forma que ele andou na neve e na lama quase com esse cotoco do osso exposto. Cada um dos relinchos de dor me deixava arrasado. Eu me esqueci dos cachorros atrás de mim e senti por um momento como se eu estivesse andando com as bordas irregulares das minhas tíbias, dando um gemido de dor a cada passo.

Exausto, coberto de lama, cheguei ao vilarejo com o cavalo. Fomos cercados imediatamente por uma matilha de cachorros rosnando. Eu os mantive longe com meu cometa depois de queimar o pelo dos mais ferozes. O cavalo ficou parado, impassível, mergulhado em um torpor.

Muitos camponeses saíram das cabanas. Um deles era o agradavelmente surpreso dono do cavalo, que tinha fugido dois dias antes. Ele afastou os cachorros e examinou a perna quebrada, mas declarou em seguida que o cavalo teria que ser morto. A única utilidade dele seria fornecer carne, pele para ser curtida e ossos para propósitos medicinais. Na verdade, na região, os ossos eram o item mais valioso. O tratamento de uma doença séria consistia em vários goles de uma infusão de ervas misturadas com ossos de cavalo moídos. Dor de dente era tratada com uma compressa feita de perna de rã com dentes de cavalo em pó. Cascos de cavalo queimados eram garantia de cura de resfriado em dois dias, enquanto os ossos do quadril de um cavalo, colocados no corpo de um epilético, ajudavam o paciente a não ter convulsões.

Fiquei de lado enquanto o camponês verificava o cavalo. Minha vez veio em seguida. O homem me olhou com atenção e perguntou onde eu estava antes e o que tinha feito. Respondi com o máximo de cautela, querendo evitar histórias que pudessem despertar desconfiança. Ele quis que eu repetisse o que tinha falado várias vezes e riu da minha tentativa malsucedida de falar o dialeto local. Perguntou repetidamente se eu era um órfão judeu ou cigano. Jurei por tudo e todo mundo em quem consegui pensar que eu era um bom cristão e trabalhador obediente. Outros homens parados ali perto me observavam de forma crítica. Mesmo assim, o fazendeiro decidiu ficar comigo como mão de obra para o jardim e para os campos. Eu caí de joelhos e beijei os pés dele.

Na manhã seguinte, o fazendeiro pegou dois cavalos grandes e fortes no estábulo. Prendeu-os a um arado e conduziu-os até o cavalo aleijado, que esperava pacientemente junto a uma cerca. Ele jogou uma corda no pescoço do cavalo aleijado e amarrou a outra ponta no arado. Os cavalos fortes tremeram as orelhas e olharam com indiferença para a vítima. Ele respirou fundo e torceu o pescoço, que estava sendo apertado pela corda. Fiquei olhando e me perguntando como poderia salvar a vida dele, como poderia convencê-lo de que não tinha ideia de que estaria levando-o de volta para a fazenda para aquilo... Quando o fazendeiro se aproximou do cavalo para verificar a posição da corda, o aleijado virou a cabeça de repente e lambeu a cara do fazendeiro. O homem não olhou para ele, só deu um tapa forte de mão aberta no focinho. O cavalo virou a cara, magoado e humilhado.

Senti vontade de me jogar nos pés do fazendeiro e suplicar pela vida do cavalo, mas vi o olhar de reprovação do animal. Ele estava me encarando. Lembrei o que aconteceria se um homem ou animal prestes a morrer contasse os dentes da pessoa responsável pela morte dele. Tive medo de emitir uma palavra enquanto o cavalo me observava com aquela expressão resignada e terrível. Eu esperei, mas ele não desviou o olhar de mim.

De repente, o fazendeiro cuspiu nas mãos, pegou um chicote com nós e bateu nas ancas dos dois cavalos fortes. Eles dispararam violentamente, a corda ficou esticada e o laço apertou o pescoço do condenado. Chiando com rouquidão, ele foi arrastado e caiu como uma cerca soprada pelo vento. Eles o puxaram na terra macia de forma brutal por mais alguns passos. Quando os cavalos ofegantes pararam, o fazendeiro andou até a vítima e a chutou algumas vezes no pescoço e nos joelhos. O animal não se moveu. Os cavalos fortes, farejando morte, bateram com os pés nervosamente, como se tentando evitar o olhar dos olhos arregalados e mortos.

Passei o restante do dia ajudando o fazendeiro a esfolar a pele e cortar a carcaça.

Semanas se passaram e o vilarejo me deixou em paz. Alguns dos meninos diziam de vez em quando que eu devia ser entregue ao quartel-general alemão, ou que os soldados deviam saber sobre o bastardo cigano no vilarejo. Mulheres me evitavam na estrada e cobriam com cuidado a cabeça das crianças. Os homens me olhavam em silêncio e cuspiam casualmente na minha direção.

Eram gente de fala lenta e deliberada que media as palavras com cuidado. Seu costume exigia que economizassem palavras como se economiza sal, e uma língua frouxa era vista como o pior inimigo de um homem. Quem falava rápido era visto como diabólico e desonesto, tendo sido obviamente treinado por adivinhos judeus ou ciganos. As pessoas se sentavam em um silêncio pesado quebrado raramente por algum comentário insignificante. Sempre que falavam ou riam, todos cobriam a boca com a mão para evitar mostrar os dentes para quem lhes desejasse mal. Só a vodca conseguia afrouxar as línguas e relaxar seus modos.

Meu senhor era amplamente respeitado e muitas vezes convidado para casamentos e comemorações locais. Às vezes, se os filhos estivessem bem e a esposa e a sogra não protestassem, eu também era levado. Nessas recepções, ele me mandava exibir minha linguagem urbana para os convidados e recitar os poemas e histórias que eu tinha aprendido antes da guerra com a minha mãe e as minhas babás. Em comparação à fala suave e arrastada da região, minha fala da cidade, cheia de consoantes duras que chacoalhavam como fogo de metralhadora, parecia uma caricatura. Antes da minha apresentação, eu era obrigado pelo meu fazendeiro a tomar um copo de vodca de uma vez só. Eu tropeçava com pés que tentavam me derrubar e mal chegava no centro do aposento.

Eu começava meu show na mesma hora, tentando evitar olhar para os olhos ou dentes das pessoas. Sempre que recitava poesia em grande velocidade, os camponeses arregalavam os olhos, impressionados, achando que eu estava louco e que minha fala rápida era algum tipo de enfermidade.

Eles achavam muita graça das fábulas e histórias rimadas sobre animais. Ao ouvirem histórias sobre um bode viajando pelo mundo em busca da capital da bodelândia, sobre um gato usando botas de sete léguas, sobre o touro Ferdinando, sobre Branca de Neve e os Sete Anões, sobre Mickey Mouse e Pinóquio, os convidados riam, engasgavam com a comida e cuspiam vodca.

Depois da apresentação, eu era chamado para uma mesa após a outra para repetir alguns poemas e era obrigado a fazer novos brindes e beber. Quando recusava, eles viravam a bebida na minha garganta. Normalmente, eu ficava bem bêbado no meio da noite e nem sabia direito o que estava acontecendo. Os rostos ao meu redor começavam a assumir as feições dos animais das histórias que eu recitava, como ilustrações vivas dos livros infantis dos quais eu ainda me lembrava. Parecia que eu estava caindo num poço fundo com paredes macias e úmidas cobertas de musgo esponjoso. No fundo do poço, em vez de água, havia minha cama quente e segura, onde eu podia dormir com segurança e esquecer tudo.

O inverno estava terminando. Eu ia todos os dias com meu fazendeiro pegar madeira na floresta. Uma umidade quente enchia o ar e inchava os musgos macios pendurados nos galhos das árvores grandes como peles de coelho cinzentas e meio congeladas. Estavam encharcados, pingando gotas escuras sobre as folhas de casca de árvore arrancada. Riachos corriam em todas as direções, subindo aqui e descendo ali debaixo de raízes para sair e continuar alegremente sua corrida infantil e errática.

Uma família vizinha fez uma grande recepção de casamento para a linda filha. Camponeses, com suas melhores roupas de domingo, dançaram no curral, que tinha sido limpo e decorado para a ocasião. O noivo seguiu uma tradição antiga e beijou todo mundo na boca. A noiva, tonta de tantos brindes, chorava e ria alternadamente, prestando pouca atenção nos homens que beliscavam suas nádegas ou colocavam as mãos nos seios.

Quando o local esvaziou e os convidados começaram a dançar, eu corri para a mesa para comer a refeição que tinha ganhado com a minha apresentação. Sentei-me no canto mais escuro, querendo evitar o gracejo dos bêbados. Dois homens entraram com os braços nos ombros um do outro em um abraço de amigos. Eu conhecia os dois. Eles estavam entre os fazendeiros mais prósperos do vilarejo. Cada um tinha várias vacas, um grupo de cavalos e as melhores terras.

Eu me escondi atrás de uns barris vazios no canto. Os homens se sentaram em um banco junto à mesa, ainda cheia de comida, e conversaram lentamente. Eles ofereceram porções de comida um para o outro e, como era costume, evitaram os olhos um do outro e se mantiveram sérios. Um deles enfiou a mão lentamente no bolso. Enquanto segurava um pedaço de linguiça com uma das mãos, ele pegou uma faca de lâmina comprida e pontuda com a outra. E a enfiou com toda força nas costas do companheiro desavisado.

Sem olhar para trás, ele saiu do local mastigando a linguiça com prazer. O homem esfaqueado tentou se levantar. Olhou em volta com olhos vidrados; quando me viu, tentou dizer alguma coisa, mas a única coisa que saiu pela boca foi um pedaço de repolho meio mastigado. Novamente, ele tentou se levantar, mas cambaleou e escorregou devagar entre o banco e a mesa. Depois de ter certeza de que não havia mais ninguém por perto e tentando em vão parar de tremer, eu saí correndo pela porta entreaberta como um rato e corri para o celeiro.

No crepúsculo, os rapazes do vilarejo estavam pegando garotas e as puxando para o celeiro. Em uma pilha de feno, um homem com as nádegas expostas estava com uma mulher deitada de costas de pernas abertas. Bêbados cambalearam pela eira, praguejando uns com os outros e vomitando, assediando os amantes e acordando os adormecidos. Puxei uma tábua nos fundos do celeiro e me espremi pela abertura. Corri até o celeiro do meu fazendeiro e subi rapidamente na pilha de feno no estábulo que era meu local de dormir.

O corpo do homem assassinado não foi removido da casa logo depois do casamento. Foi colocado em um dos aposentos laterais enquanto a família do morto se reunia na sala principal. Enquanto isso, uma das mulheres mais velhas do vilarejo tinha exposto o braço do cadáver e o lavado com uma mistura marrom. Homens e mulheres sofrendo de bócio entraram no quarto um a um, os sacos feios de pele inchada pendendo embaixo do queixo e se espalhando pelo pescoço. A mulher idosa levou cada um até o corpo, fez alguns gestos sobre a parte afligida e levantou a mão sem vida para tocar no inchaço sete vezes. O paciente, pálido de medo, tinha que repetir com ela: "Que a doença vá para onde essa mão vai".

Depois do tratamento, os pacientes pagavam à família do morto pela cura. O cadáver ficou no quarto. A mão esquerda ficou apoiada no peito; uma vela sagrada tinha sido colocada na mão direita rígida. No quarto dia, quando o odor no aposento ficou mais forte, um padre foi convocado ao vilarejo e os preparos para o enterro começaram.

Bem depois do enterro, a esposa do fazendeiro ainda se recusava a lavar as manchas de sangue no salão do casamento. Estavam claramente visíveis no chão e na mesa, como um fungo cor de ferrugem escura inserido na madeira para sempre. Todo mundo acreditava que aquelas manchas, por serem testemunhas do crime, cedo ou tarde atrairiam o assassino de volta ao local contra a vontade e levariam à morte dele.

No entanto, o assassino, de cujo rosto eu me lembrava muito bem, jantava com frequência na mesma sala onde tinha matado, enchendo a pança com as refeições fartas servidas lá. Eu não conseguia entender como ele podia viver sem medo daquelas manchas. Costumava observá-lo com mórbida fascinação quando ele andava por cima, fumando o cachimbo sem se perturbar ou mordendo um pedaço de picles depois de virar um copo de vodca num gole só.

Nessas ocasiões, eu ficava tenso como um estilingue puxado. Esperava um evento revolucionário: um abismo escuro que se abriria embaixo das manchas de sangue e o engoliria sem deixar rastros ou uma convulsão de dança de São Vito. Mas o assassino pisava destemidamente nas manchas. Às vezes, eu me perguntava à noite se as manchas tinham perdido o poder de vingança. Afinal, estavam meio desbotadas agora; gatinhos a tinham sujado, e a própria mulher, tendo esquecido a resolução, muitas vezes passou pano no chão.

Por outro lado, eu sabia que os trabalhos da justiça costumavam ser excessivamente lentos. No vilarejo, eu tinha ouvido uma história de um crânio que caiu de um túmulo e foi rolando por uma ribanceira, entre cruzes, evitando cautelosamente canteiros de flores. O sacristão tentou fazer o crânio parar usando uma pá, mas ele escapou do homem e seguiu na direção do portão do cemitério. Um guarda florestal viu e tentou impedi-lo atirando nele com o rifle. O crânio, inabalado por todos os obstáculos, rolou regularmente pelo caminho que levava ao vilarejo. Aguardou o momento oportuno e se jogou embaixo dos cascos dos cavalos de um fazendeiro local. Eles correram, a carroça virou e matou o condutor na hora.

Quando as pessoas souberam do acidente, elas ficaram curiosas e investigaram melhor a história. Descobriram que o crânio tinha "pulado" do túmulo do irmão mais velho da vítima do acidente. Dez anos antes, o irmão mais velho estava prestes a herdar a propriedade do pai. O irmão mais novo e a esposa ficaram com inveja óbvia da sorte dele. Uma noite, o irmão mais velho morreu subitamente. O irmão dele e a cunhada decidiram fazer um enterro apressado, que nem permitiu que os parentes do morto visitassem o corpo.

Vários boatos sobre a causa de uma morte tão repentina circularam no vilarejo, mas ninguém sabia nada de definitivo. Gradualmente, o irmão mais novo, que acabou assumindo a propriedade, prosperou em riqueza e estima geral.

Depois do acidente junto ao portão do cemitério, o crânio parou de se deslocar e ficou parado tranquilamente na terra da estrada. Uma inspeção detalhada revelou que um prego grande e enferrujado tinha sido enfiado fundo no osso.

Portanto, depois de muitos anos, a vítima puniu o executor, e a justiça prevaleceu. E assim, acreditava-se que nem chuva, nem fogo, nem vento podiam apagar a mancha de um crime. Pois a justiça paira sobre o mundo como um grande martelo erguido por um braço poderoso, que precisa parar por um tempo antes de descer com força terrível sobre a bigorna desavisada. Como diziam nos vilarejos, até uma partícula de poeira aparece no sol.

Embora os adultos normalmente me deixassem em paz, eu tinha que ter cuidado com os garotos do vilarejo. Eles eram grandes caçadores; eu era a caça. Até meu fazendeiro me avisou para ficar longe deles. Eu levava o gado para a extremidade do pasto, bem longe dos outros garotos. A grama era mais verdejante lá, mas era preciso ficar sempre de olho nas vacas para elas não irem para os campos adjacentes e estragarem os plantios. Mas lá eu ficava seguro de ataques e não chamava atenção. De vez em quando, alguns pastores se aproximavam de mim e faziam um ataque surpresa. Eu levava uma surra e tinha que fugir para os campos. Eu os avisava alto naquelas ocasiões que, se as vacas estragassem alguma plantação quando eu estivesse longe, meu fazendeiro os puniria. A ameaça costumava dar certo, e eles voltavam para suas vacas.

Mesmo assim, eu tinha medo desses ataques e não tinha um momento de paz. Cada movimento dos pastores, cada aglomeração, cada sinal de ação na minha direção me enchia de apreensão de algum plano estar em andamento.

Os outros jogos e planos deles giravam em torno de equipamentos militares encontrados na floresta, em geral cartuchos de rifle e minas terrestres, chamadas localmente de "sabão" por causa da forma. Para encontrar um esconderijo de munição, bastava andar alguns quilômetros na floresta e revirar a vegetação. As armas tinham sido deixadas por dois destacamentos de *partisans* que travaram uma batalha prolongada lá alguns meses antes. Barras de "sabão" eram particularmente abundantes. Alguns camponeses diziam que tinham sido deixadas pelos *partisans* "brancos" que fugiram; outros juravam que eram pilhagem tirada dos "vermelhos" que os "brancos" não conseguiram carregar com todos os outros equipamentos.

Também era possível encontrar rifles quebrados na floresta. Os garotos tiravam os canos, cortavam em seções mais curtas e os transformavam em pistolas com cabos aparados de galhos. Essas pistolas usavam munição de rifle, que também era facilmente encontrada na vegetação. O cartucho era detonado por um prego preso a um elástico.

Por mais rudimentares que fossem, as pistolas podiam ser letais. Dois meninos do vilarejo ficaram seriamente feridos quando brigaram e atiraram um no outro com armas assim. Outra pistola caseira explodiu na mão de um garoto, arrancando todos os dedos dele e uma orelha. O mais patético foi o filho paralítico e aleijado de um dos nossos vizinhos. Alguém pregou uma peça colocando várias munições no fundo do cometa dele. Quando o garoto, desavisado, acendeu o cometa de manhã e o balançou entre as pernas, os cartuchos estouraram.

Também havia o método de atirar chamado "voar pólvora". Tirava-se uma bala do cartucho e extraía-se parte da pólvora. A bala era enfiada fundo no cartucho meio vazio e o resto da pólvora era colocado em cima, cobrindo a bala. Um cartucho alterado assim era posto em um buraco numa tábua ou enterrado no chão quase até a ponta e mirado na direção do alvo. A pólvora em cima era acesa. Quando o fogo chegava à espoleta, a bala era disparada numa distância de seis metros ou mais. Os especialistas em "voar pólvora" faziam competições e apostas em qual bala iria mais longe e que proporção de pólvora em cima e embaixo era a melhor. Os garotos mais ousados tentavam impressionar as garotas atirando a bala enquanto ainda seguravam o cartucho. Era comum que o cartucho ou detonador atingisse um garoto ou alguém por perto. O garoto mais bonito do vilarejo tinha um rastilho desses inserido em uma parte do corpo cuja mera menção fazia todo mundo rir. Ele andava quase sempre sozinho e evitava o olhar ou as risadas das mulheres.

Mas esse tipo de acidente nunca impediu ninguém. Tanto os adultos quanto os garotos trocavam munição constantemente, "sabão", canos de rifle e ferrolhos, depois de passarem muitas horas em uma busca centímetro a centímetro na densa vegetação rasteira.

Um pavio era uma descoberta premiada. Podia ser trocado por uma pistola caseira com coronha de madeira e vinte balas. Um pavio era necessário para fazer bombas a partir de sabão. Bastava enfiar o pavio numa barra de sabão, acender e sair correndo para longe da explosão, que sacudiria as janelas de todas as casas do vilarejo. Havia uma grande demanda de pavios na época de casamentos e batizados. As explosões eram uma atração a mais, e as mulheres gritavam de empolgação esperando a detonação das minas.

Ninguém sabia que eu tinha um pavio e três sabões escondidos no celeiro. Eu os encontrei na floresta quando fui colher tomilho para a esposa do fazendeiro. O pavio era quase novo e bem comprido.

Às vezes, quando não havia ninguém por perto, eu pegava os sabões e o pavio e os balançava na mão. Havia algo de extraordinário naqueles pedaços de substâncias estranhas. Os sabões não queimavam bem sozinhos; mas quando o pavio era colocado dentro e aceso, não demorava para a chama percorrer o comprimento e produzir uma explosão capaz de destruir uma fazenda inteira.

Eu tentei visualizar as pessoas que inventaram e fizeram tais pavios e minas. Certamente eram alemães. Não diziam nos vilarejos que era impossível resistir ao poder do alemão porque ele engolia o cérebro dos polacos, dos russos, dos ciganos e dos judeus?

Eu me perguntava o que dava às pessoas a capacidade de inventar essas coisas. Por que os camponeses dos vilarejos não conseguiam? Eu me perguntava o que dava às pessoas uma cor de olhos e cabelo com tanto poder sobre outras pessoas.

Os arados, foices, ancinhos, rodas, poços e moinhos dos camponeses, puxados por cavalos lerdos ou bois doentes, eram tão simples que até o homem mais burro era capaz de inventá-los e entender seu uso e funcionamento. Mas fazer um pavio capaz de injetar força gigantesca em uma mina estava além da capacidade até do mais inteligente fazendeiro.

Se fosse verdade que os alemães eram capazes daqueles inventos e também que estavam determinados a livrar o mundo de todas as pessoas de pele escura, olhos escuros, nariz comprido e cabelos pretos, minhas chances de sobrevivência eram poucas. Mais cedo ou mais tarde eu cairia nas mãos deles de novo, e talvez eu não tivesse a mesma sorte que tive antes.

Lembrei-me do alemão de óculos que me deixou fugir para a floresta. Ele era louro de olhos azuis, mas não pareceu muito inteligente. Que sentido fazia ficar em uma estação pequena e esquecida e correr atrás de peixe pequeno como eu? Se o que o camponês chefe do vilarejo tinha dito fosse verdade, quem ia fazer todas as invenções quando os alemães estivessem ocupados protegendo pequenas estações ferroviárias? Parecia que nem o homem mais inteligente era capaz de inventar muito numa estação tão pobre.

Eu cochilei pensando nas invenções que gostaria de fazer. Por exemplo, um pavio para o corpo humano, que, ao ser aceso, mudasse pele velha por nova e alterasse a cor de olhos e cabelo. Um pavio para colocar em uma pilha de material de construção que poderia construir uma casa em um dia e que seria melhor do que qualquer uma no vilarejo. Um pavio que pudesse proteger qualquer um de mau olhado. Assim, ninguém teria medo de mim e a minha vida se tornaria bem mais fácil e mais agradável.

Os alemães me intrigavam. Que desperdício. Um mundo tão desamparado e cruel valia a pena ser dominado?

Em um domingo, um grupo de garotos do vilarejo voltando da igreja me viu na estrada. Tarde demais para fugir, fingi indiferença e tentei esconder meu medo. Ao passar, um deles me golpeou e me empurrou em uma poça funda e lamacenta. Outros cuspiram direto nos meus olhos e riram a cada golpe acertado. Eles exigiram alguns "truques ciganos". Tentei me libertar e correr, mas o círculo se apertou ao meu redor. Mais altos do que eu, eles se reuniram mais perto de mim como uma rede viva encurralando um pássaro. Eu tinha medo do que eles poderiam fazer. Ao olhar para as botas pesadas de domingo deles, me dei conta de que, por estar descalço, eu podia correr mais rápido do que eles. Escolhi o garoto maior, peguei uma pedra grande e bati na cara dele. O rosto desmoronou e se alterou com o golpe; o garoto caiu, sangrando. Os outros se encolheram de choque. Naquele momento, pulei por cima do garoto e fugi pelos campos para o vilarejo.

Quando cheguei em casa, eu procurei o fazendeiro para contar para ele o que tinha acontecido e pedir proteção. Ele ainda não tinha voltado da igreja com a família. Só a sogra velha e desdentada estava andando pelo jardim.

Minhas pernas ficaram bambas. Um grupo de homens e garotos se aproximou do vilarejo. Estavam brandindo porretes e varetas, chegando mais perto com velocidade crescente.

Seria meu fim. O pai ou irmãos do garoto ferido deviam estar no grupo, e eu não podia esperar misericórdia. Eu corri para a cozinha, enfiei alguns carvões no meu cometa, fui para o celeiro e fechei a porta.

Meus pensamentos estavam espalhados como galinhas assustadas. A multidão me pegaria a qualquer momento.

De repente, me lembrei do pavio e das minas. Eu os peguei rapidamente. Com dedos trêmulos, enfiei o pavio entre os sabões bem amarrados e o acendi com o cometa. A ponta do pavio chiou e as fagulhas vermelhas começaram a subir lentamente pelo comprimento na direção dos sabões. Eu os empurrei para debaixo de uma pilha de arados e ancinhos quebrados em um canto do celeiro e soltei freneticamente uma tábua na parede dos fundos.

A multidão já estava na fazenda e eu ouvia os gritos. Peguei o cometa e saí pelo buraco no trigo denso atrás do celeiro. Mergulhei no meio das plantas e corri agachado, abrindo caminho para a floresta como uma toupeira.

Eu talvez estivesse na metade do campo quando o chão tremeu com a explosão. Olhei para trás. Duas paredes apoiadas tristemente uma na outra foi tudo que restou do celeiro. Entre elas girava um amontoado de tábuas rachadas e feno. Uma nuvem de poeira formava um cogumelo acima.

Descansei quando cheguei na extremidade da floresta. Fiquei feliz de ver que não havia fogo na fazenda do meu senhor. Eu só ouvia o tumulto de vozes. Ninguém me seguiu.

Eu sabia que nunca poderia voltar para lá. Continuei pela floresta, olhando com cuidado pela vegetação, onde ainda havia muitos cartuchos, sabões e pavios para serem encontrados.

9

Andei por vários dias pela floresta e fiz tentativas de me aproximar dos vilarejos. Na primeira vez, reparei em pessoas correndo de uma casa para a outra, gritando e balançando os braços. Eu não sabia o que tinha acontecido, mas pareceu mais inteligente ficar longe. No vilarejo seguinte, ouvi tiros, o que significava que os *partisans* ou os alemães estavam perto. Desanimado, continuei caminhando por mais dois dias. Finalmente, faminto e exausto, decidi tentar o vilarejo seguinte, que pareceu bem tranquilo.

Quando saí da vegetação, eu quase esbarrei em um homem arando um campo pequeno. Ele era um gigante, com mãos e pés enormes. Pelos ruivos cobriam o rosto dele quase até os olhos, e o cabelo comprido e desgrenhado apontava em todas as direções, como um emaranhado de junco. Os olhos cinzentos e pálidos me observaram com cautela. Tentando imitar o dialeto local, falei que por um lugar para dormir e um pouco de comida eu poderia tirar leite das vacas, limpar o estábulo, levar os animais para o pasto, cortar lenha, montar armadilhas para pegar animais e lançar feitiços de todos os tipos contra doenças humanas e animais. O camponês ouviu com cautela e me levou para casa sem dizer nada.

Ele não tinha filhos. A esposa, depois de discutir com alguns vizinhos, decidiu me acolher. Fui levado a um local para dormir no estábulo e fui informado dos meus deveres.

O vilarejo era pobre. As cabanas eram feitas de troncos cobertos dos dois lados com argila e palha. As paredes eram afundadas no chão e sustentavam telhados de sapê com chaminés feitas de salgueiro e argila. Só uns poucos camponeses tinham celeiro, e costumavam ser construídos colados para economizar uma parede. De vez em quando, soldados alemães de uma estação ferroviária próxima iam ao vilarejo pegar a comida que conseguissem encontrar.

Quando os alemães estavam se aproximando e era tarde demais para correr para a floresta, meu senhor me escondia em um porão habilmente camuflado embaixo do celeiro. A entrada era estreita e tinha pelo menos três metros de profundidade. Eu tinha ajudado a cavá-lo, e mais ninguém, fora o homem e a esposa, sabia da existência dele.

Tinha uma despensa bem abastecida, com blocos grandes de manteiga e queijo, presuntos defumados, cordões de linguiça, garrafas de bebida caseira e outras iguarias. O fundo do porão ficava sempre fresco. Enquanto os alemães corriam pela casa procurando comida, correndo atrás dos porcos nos campos, tentando pegar galinhas desajeitadamente, eu ficava sentado absorvendo aquelas fragrâncias deliciosas. Era comum que os soldados ficassem em pé na tábua que cobria a entrada do porão. Eu apertava o nariz para não espirrar enquanto ouvia a fala estranha. Assim que o som dos caminhões do exército morria ao longe, o homem me tirava do porão para retomar meus deveres de sempre.

A temporada de cogumelos tinha começado. Os aldeões famintos ficavam felizes e iam para os bosques para a colheita farta. Cada mão era necessária, e meu senhor sempre me levava junto. Grupos grandes de camponeses de outros vilarejos vagavam pelos bosques em busca dos pequenos crescimentos. Meu senhor percebeu que eu parecia um cigano e, ansioso para não ser denunciado para os alemães, raspou meu cabelo preto. Quando saía, eu colocava um boné velho e grande que cobria metade da minha cara e me deixava menos chamativo. Ainda assim, eu ficava incomodado com os olhares desconfiados dos outros camponeses e tentava sempre ficar perto do meu senhor. Eu achava que era suficientemente útil para ele para ficar mais um tempo.

No caminho da colheita de cogumelos, nós atravessávamos uma ferrovia que passava pela floresta. Várias vezes por dia, grandes locomotivas soltando fumaça passavam puxando vagões de carga. Havia metralhadoras apontadas para fora dos tetos dos vagões e apoiadas em uma plataforma na frente da locomotiva. Soldados com elmos na cabeça observavam o céu e a floresta com binóculos.

Um tipo novo de trem apareceu na linha um dia. Havia pessoas vivas enfiadas em vagões de gado trancados. Alguns dos homens que trabalhavam na estação levaram notícias para o vilarejo. Aqueles trens transportavam judeus e ciganos, que tinham sido capturados e sentenciados à morte. Em cada vagão havia duzentos deles empilhados como espigas de milho, os braços erguidos para ocupar menos espaço. Velhos e jovens, homens, mulheres e crianças, até bebês. Muitas vezes, os camponeses do vilarejo vizinho eram empregados temporariamente na construção de um campo de concentração e traziam histórias estranhas. Eles nos contavam que, depois de sair dos trens, os judeus eram separados em grupos, despidos e privados de todos os bens. O cabelo deles era cortado, aparentemente para ser usado em colchões. Os alemães também olhavam os dentes e, se houvesse algum de ouro, era arrancado na mesma hora. As câmaras de gás e os fornos não suportavam a grande quantidade de gente; milhares dos mortos por gás não foram queimados, mas simplesmente enterrados em valas em volta do campo.

Os camponeses ouviam as histórias, pensativos. Eles diziam que a punição do Senhor tinha finalmente chegado aos judeus. Que eles mereciam havia muito tempo, desde que crucificaram Cristo. Deus nunca esqueceu. Se Ele tinha deixado os pecados dos judeus passarem até ali, Ele não os tinha perdoado. Agora, o Senhor estava usando os alemães como instrumento de justiça. Aos judeus seria negado o privilégio de uma morte natural. Eles tinham que perecer pelo fogo, sofrendo as tormentas do inferno aqui na terra. Estavam sendo justamente punidos pelos crimes vergonhosos dos ancestrais, por refutarem a Verdadeira Fé, por matarem implacavelmente bebês cristãos e beber o sangue deles.

Os aldeões agora me olhavam de forma ainda mais sombria. "Seu cigano-judeu", gritavam eles. "Você ainda vai queimar, filho da mãe, vai mesmo." Eu fingia que isso não me preocupava, nem quando alguns pastores me pegavam e tentavam me arrastar para o fogo e tostar meus calcanhares, como era vontade de Deus. Eu lutava, arranhando e mordendo. Eu não tinha intenção de ser queimado em uma fogueira tão comum quando os outros eram incinerados em fornalhas especiais e elaboradas construídas pelos alemães e equipadas com motores mais poderosos do que os das maiores locomotivas.

Eu ficava acordado à noite com medo de Deus também me punir. Seria possível que a ira de Deus estivesse reservada só para as pessoas com cabelos e olhos pretos, as que eram chamadas de ciganos? Por que meu pai, de quem eu ainda me lembrava bem, tinha cabelo claro e olhos azuis, enquanto os da minha mãe eram escuros? Qual era a diferença entre um cigano e um judeu, considerando que os dois tinham a pele escura e eram destinados ao mesmo fim? Provavelmente depois da guerra só gente de cabelo claro e olhos azuis restaria no mundo. Então, o que aconteceria com os filhos de pessoas louras que poderiam acabar nascendo como eu?

Quando os trens carregando judeus passavam durante o dia ou no crepúsculo, os camponeses se enfileiravam dos dois lados do trilho e acenavam com alegria para o maquinista, para o fogueiro e para os poucos guardas. Pelas janelinhas quadradas no alto dos vagões trancados, às vezes dava para ver um rosto humano. Essas pessoas deviam ter subido nos ombros de outras para ver aonde estavam indo e para descobrir de quem eram as vozes que ouviam do lado de fora. Ao ver gestos simpáticos dos camponeses, as pessoas no vagão deviam achar que elas estavam sendo cumprimentadas. Os rostos judeus desapareciam, e um monte de braços magros e pálidos acenava com sinais desesperados.

Os camponeses olhavam os trens com curiosidade, ouvindo atentamente o zumbido estranho da multidão humana, nem gemido, nem choro e nem música. O trem passava e, enquanto se afastava, ainda dava para ver contra o fundo escuro da floresta braços humanos desencarnados acenando incansavelmente pelas janelas.

Às vezes, à noite, as pessoas viajando nos trens para os crematórios jogavam os filhos pequenos pelas janelas na esperança de salvar as vidas deles. De vez em quando, conseguiam puxar o piso, e judeus determinados podiam se forçar pelo buraco, batendo no leito de pedras, nos trilhos ou nos fios esticados do semáforo. Cortados pelas rodas, os troncos mutilados rolavam pelo barranco até o mato alto.

Os camponeses que andavam ao longo dos trilhos durante o dia encontravam esses restos e logo tiravam as roupas e os sapatos. Com cuidado para não se sujarem com o sangue doente dos não batizados, eles arrancavam o forro das roupas das vítimas em busca de coisas de valor. Havia muitas disputas e brigas pela pilhagem. Mais tarde, os corpos despidos eram deixados nos trilhos, onde eram encontrados pelo carro da patrulha motorizada alemã que passava uma vez por dia. Os alemães jogavam gasolina nos corpos contaminados e os queimavam no local ou enterravam perto.

    Um dia, chegou a notícia no vilarejo de que vários trens com judeus tinham passado à noite, um atrás do outro. Os camponeses terminaram de colher cogumelos mais cedo do que o habitual e nós todos fomos para os trilhos. Nós andamos pela linha dos dois lados, em fila, olhando nos arbustos, procurando sinais de sangue nos postes sinalizadores e na beirada do barranco. Não houve nada por alguns quilômetros. E então, uma das mulheres viu uns galhos esmagados em um arbusto de rosas selvagens. Alguém abriu a planta espinhenta e nós vimos um garotinho de uns cinco anos caído no chão. A camisa e a calça estavam em farrapos. O cabelo preto estava comprido e as sobrancelhas escuras eram arqueadas. Ele parecia estar dormindo ou morto. Um dos homens pisou na perna dele. O garoto tremeu e abriu os olhos. Ao ver pessoas inclinadas sobre ele, tentou dizer alguma coisa, mas uma espuma rosa saiu pela boca e escorreu lentamente pelo queixo e pescoço. Com medo dos olhos pretos, os camponeses logo chegaram para o lado e se persignaram.

    Ao ouvir vozes atrás de si, o garoto tentou se virar. Mas seus ossos deviam estar quebrados, porque ele só gemeu, e uma bolha grande de sangue apareceu na boca. Ele caiu para trás e fechou os olhos. Os camponeses o observaram de longe com desconfiança. Uma das mulheres se aproximou cautelosamente, pegou os sapatos surrados nos pés dele e os arrancou. O garoto se moveu, gemeu e tossiu mais sangue. Abriu os olhos e viu os camponeses, que correram do campo de visão dele, fazendo o sinal da cruz em pânico. Ele fechou os olhos de novo e permaneceu imóvel. Dois homens o pegaram pelas pernas e o viraram. Estava morto. Eles tiraram o casaco, a camisa e o short dele e o levaram para o meio do trilho. Ele foi deixado lá, e o carro de patrulha alemão não tinha como não ver.

    Nós nos viramos para voltar para casa. Eu olhei para trás enquanto andávamos. O garoto estava deitado nas pedras esbranquiçadas do trilho. Só uma mecha de cabelo permanecia visível.

    Tentei imaginar o que ele pensou antes de morrer. Quando ele foi jogado do trem, seus pais ou amigos sem dúvida garantiram que ele encontraria ajuda humana que o salvaria de uma morte horrível na grande fornalha. Ele devia ter se sentido traído, enganado. Teria preferido se agarrar aos corpos quentes do pai e da mãe no vagão lotado, sentir a pressão e os odores quentes e azedos, a presença de outras pessoas, sabendo que não estava sozinho, tendo ouvido de todo mundo que a viagem era só um mal-entendido.

Apesar de eu lamentar a tragédia do garoto, no fundo da mente espreitava um sentimento de alívio por ele estar morto. Mantê-lo no vilarejo não seria bom para ninguém, eu pensei. Ele ameaçaria a vida de todos nós. Se os alemães ouvissem sobre uma criança judia, eles iriam para o vilarejo. Procurariam em todas as casas, encontrariam o garoto e também me encontrariam no meu porão. Provavelmente suporiam que eu também tinha caído do trem e matariam nós dois juntos ali mesmo, para depois punir o vilarejo inteiro.

Puxei o boné de pano sobre o rosto e arrastei os pés pelo fim da linha. Não seria mais fácil mudar os olhos e cabelos das pessoas em vez de construir fornalhas grandes e pegar judeus e ciganos para queimar nelas?

Colher cogumelos era agora uma tarefa diária. Cestos deles estavam secando em toda parte, uma grande quantidade estava escondida em sótãos e celeiros. Mais e mais crescia nos bosques. Todas as manhãs, as pessoas se dispersavam na floresta com cestas vazias. Abelhas carregadas, levando néctar de flores morrendo, voavam preguiçosamente no sol de outono pela paz sem vento da vegetação densa, protegidas pelas torres das árvores altas.

Ao se inclinarem para colher cogumelos, as pessoas gritavam umas para as outras com vozes alegres cada vez que encontravam um amontoado farto. Eram respondidas pela cacofonia suave dos pássaros cantando dos matagais de aveleira e zimbro, dos galhos de carvalho e álamos-brancos. Às vezes, o grito sinistro de uma coruja era ouvido, mas ninguém a via no buraco fundo e escondido em algum tronco de árvore. Uma raposa avermelhada podia sair correndo para os arbustos densos depois de um banquete de ovos de perdiz. Víboras rastejavam nervosamente, sibilando para darem coragem para elas mesmas. Uma lebre gorda pulava nos arbustos com saltos altos.

A sinfonia da floresta só era interrompida pelo bufar de uma locomotiva, pelo barulho dos carros, pelo chiado dos freios. As pessoas ficavam imóveis, olhando na direção dos trilhos. As aves ficavam em silêncio, a coruja entrava mais fundo no buraco, puxando a capa cinza em volta do corpo com dignidade. A lebre se levantava, erguia as orelhas compridas bem alto e, tranquilizada, voltava a saltar.

Nas semanas seguintes, até a temporada de cogumelos acabar, nós andávamos com frequência pelos trilhos de trem. De vez em quando, passávamos por pilhas pequenas e oblongas de cinzas pretas e por alguns ossos queimados, quebrados e misturados no cascalho. Com lábios repuxados, os homens paravam e olhavam. Muitas pessoas tinham medo de que até os cadáveres queimados dos que pulavam do trem pudessem contaminar os homens e os animais, e por isso chutavam apressadamente terra sobre as cinzas.

Uma vez, fingi pegar um cogumelo que tinha deixado cair da cesta e peguei um punhado desse pó humano. Grudou nos meus dedos e tinha cheiro de gasolina. Olhei com atenção, mas não vi sinal de pessoa ali. Porém aquelas cinzas não eram como as cinzas que sobravam nos fornos de cozinha, onde madeira, turfa seca e musgo eram queimados. Eu fiquei com medo. Quando esfreguei o punhado de cinzas nos dedos, me pareceu que o fantasma da pessoa queimada pairou sobre mim, olhando e se lembrando de todos nós. Eu sabia que o fantasma talvez nunca me abandonasse, que poderia me seguir, me assombrar à noite, enfiar doença nas minhas veias e loucura no meu cérebro.

Depois que cada trem passava, eu via batalhões inteiros de fantasmas com rostos feios e vingativos vindo para o mundo. Os camponeses diziam que a fumaça dos crematórios ia direto para o céu e formava um tapete macio aos pés de Deus, sem nunca sujá-los. Eu me perguntava se eram necessários tantos judeus para compensar Deus pela morte do filho. Talvez o mundo fosse se tornar em breve um grande incinerador para queimar gente. O padre não tinha dito que todos estavam condenados a perecer, a ir "das cinzas às cinzas"?

Ao longo do barranco, entre os trilhos, nós encontrávamos inúmeros pedaços de papel, cadernos, calendários, fotografias de família, documentos pessoais, passaportes antigos e diários. As fotografias eram, claro, o mais desejável de se coletar, pois poucos no vilarejo sabiam ler. Em muitas das fotos, pessoas idosas estavam sentadas rigidamente com roupas peculiares. Em outras, pais elegantemente vestidos estavam com os braços nos ombros dos filhos, todos sorrindo e usando roupas de um tipo que ninguém no vilarejo tinha visto. Às vezes, nós encontrávamos fotografias de garotas jovens e bonitas, ou de jovens elegantes. Havia fotografias de homens velhos que pareciam apóstolos e de mulheres idosas com sorrisos apagados. Em algumas, havia crianças brincando em um parque, bebês chorando ou recém-casados se beijando. Na parte de trás havia despedidas, juras ou passagens religiosas escritas com caligrafia obviamente abalada pelo medo ou pelo movimento do trem. As palavras costumavam estar lavadas pelo orvalho matinal ou queimadas pelo sol.

Os camponeses recolhiam esses artigos com avidez. As mulheres davam risadinhas e sussurravam umas com as outras sobre as fotografias de homens, enquanto os homens murmuravam piadas obscenas sobre as fotografias das garotas. As pessoas no vilarejo colecionavam essas fotografias, que trocavam e penduravam nas cabanas e celeiros. Em algumas casas havia uma foto de Nossa Senhora em uma parede, de Cristo em outra, um crucifixo numa terceira e fotos de inúmeros judeus na quarta. Fazendeiros encontravam os funcionários contratados trocando fotografias de garotas, olhando com excitação e brincando de forma indecente uns com os outros. E diziam que uma das garotas mais atraentes do vilarejo se apaixonou tão loucamente por um homem bonito de uma fotografia que ela não olhava mais para o noivo.

Um dia, um garoto levou notícias do campo de cogumelos, sobre uma garota judia encontrada junto aos trilhos. Ela estava viva, só com o ombro torcido e alguns hematomas. Disseram que tinha caído por um buraco no chão quando o trem reduziu em uma curva, e por isso escapou de sofrer ferimentos mais sérios.

Todo mundo foi ver aquela maravilha. A garota veio cambaleando, meio carregada por alguns homens. Seu rosto magro estava muito pálido. Tinha sobrancelhas grossas e olhos muito pretos. O cabelo comprido, preto e brilhante, estava amarrado com uma fita e caía pelas costas. O vestido estava rasgado, e dava para ver hematomas e arranhões em seu corpo branco. Com o braço bom, ela tentava segurar o machucado.

Os homens a levaram para a casa do chefe do vilarejo. Uma multidão curiosa se reuniu e a examinou com cuidado. Ela não pareceu entender nada. Sempre que algum dos homens chegava perto, ela unia as mãos como se em oração e balbuciava num idioma que ninguém entendia. Apavorada, ela olhava em volta com olhos arregalados que tinham globos branco-azulados e pupilas pretas. O chefe do vilarejo conversou com alguns anciãos do vilarejo e também com o homem apelidado de Arco-íris, que tinha encontrado a judia. Ficou decidido que, de acordo com os regulamentos oficiais, ela seria enviada para o posto alemão no dia seguinte.

Os camponeses se dispersaram para casa lentamente. Mas alguns dos mais ousados ficaram, observando a garota e fazendo piadas. Mulheres idosas meio cegas cuspiram três vezes na direção dela e, murmurando baixinho, advertiram os netos.

Arco-íris pegou a garota pelo braço e a levou para a cabana dele. Embora alguns o achassem estranho, ele era estimado no vilarejo. Ele tinha um interesse especial em sinais dos céus, principalmente arcos-íris, e por isso o apelido. À noite, quando entretinha os vizinhos, ele podia falar sobre arcos-íris durante horas. Enquanto o ouvia de um canto escuro, eu aprendi que um arco-íris é uma haste longa e arqueada, oca como um canudo. Uma ponta fica imersa em um rio ou lago e puxa a água. Depois, é distribuída pelo campo. Peixes e outras criaturas são levados com a água, e é por isso que encontramos o mesmo tipo de peixe em lagos, lagoas e rios diferentes.

A cabana de Arco-íris era adjacente à do meu senhor. O celeiro dele compartilhava uma parede com o celeiro onde eu dormia. A esposa dele tinha morrido um tempo antes, mas Arco-íris, ainda jovem, não conseguia escolher outra companheira. Os vizinhos diziam que os que olhavam para arcos-íris por tempo demais não conseguiam ver uma bunda na frente da cara. Uma mulher idosa cozinhava para Arco-íris e cuidava dos filhos dele enquanto ele trabalhava nos campos e enchia a cara de vez em quando como diversão.

A judia passaria a noite na casa de Arco-íris. Naquela noite, fui acordado por ruídos e gritos vindos do celeiro. Primeiro, fiquei com medo. Mas encontrei um buraco pelo qual podia ver o que estava acontecendo. No meio do piso limpo, a garota estava deitada sobre uns sacos. Ao lado dela, havia um lampião a óleo sobre um velho bloco de corte. Arco-íris estava sentado perto da cabeça dela. Nenhum dos dois se movia. Arco-íris, com um movimento rápido, puxou o vestido dos ombros da garota. A alça arrebentou. A garota tentou fugir, mas Arco-íris se ajoelhou sobre o cabelo comprido e segurou o rosto dela entre os joelhos. Ele se inclinou mais. E arrebentou a outra alça. A garota gritou, mas ficou imóvel.

Arco-íris engatinhou até os pés dela e os prendeu entre as pernas. Com um movimento hábil, puxou o vestido. Ela tentou se levantar e segurar o tecido com a mão boa, mas Arco-íris a empurrou de volta. Ela estava nua agora. A luz do lampião lançava sombras sobre a pele dela.

Arco-íris se sentou ao lado da garota e acariciou o corpo dela com as mãos grandes. O corpo escondia o rosto dela de mim, mas eu ouvia os soluços baixos interrompidos de vez em quando por um grito. Lentamente, Arco-íris tirou as botas até os joelhos e a calça, ficando só com uma camisa áspera.

Ele montou na garota prostrada e passou delicadamente as mãos pelos ombros, seios e barriga dela. Ela gemeu e choramingou, emitindo palavras estranhas na língua dela quando o toque dele ficava mais rude. Arco-íris se apoiou nos cotovelos, desceu um pouco e, com um empurrão brutal, abriu as pernas dela e caiu sobre ela com um baque.

A garota arqueou o corpo, gritou e ficava abrindo e fechando os dedos, como se tentando segurar alguma coisa. Nesse momento, uma coisa estranha aconteceu. Arco-íris estava em cima da garota, as pernas entre as dela, mas tentando se soltar. Cada vez que ele se elevava, ela gritava de dor; ele também gemia e praguejava. Ele tentou de novo se soltar da virilha dela, mas pareceu não conseguir. Ele estava preso por alguma força estranha dentro dela, da mesma forma como uma lebre ou raposa fica presa por uma armadilha.

Ele ficou em cima da garota, tremendo violentamente. Depois de um tempo, renovou os esforços, mas cada vez a garota se contorcia de dor. Ele também pareceu estar sofrendo. Limpou o suor do rosto, falou um palavrão e cuspiu. Na tentativa seguinte, a garota quis ajudar. Ela abriu bem as pernas, ergueu os quadris e empurrou com a mão boa a barriga dele. Mas foi tudo em vão. Um elo invisível os segurava juntos.

Eu já tinha visto a mesma coisa acontecer com cachorros. Às vezes, quando cruzavam de forma violenta, famintos por satisfação, eles não conseguiam se soltar. Lutavam com o laço doloroso, ficando cada vez mais longe um do outro, unidos apenas pelas traseiras. Eles pareciam ser um corpo com duas cabeças e dois rabos crescendo no mesmo lugar. De amigos do homem eles se tornavam aberrações da natureza. Eles uivavam, latiam e tremiam. Os olhos vermelhos, suplicando por ajuda, transmitiam agonia indescritível para as pessoas que batiam neles com ancinhos e varas. Rolando na terra e sangrando com os golpes, eles redobravam os esforços para se separarem. As pessoas riam, chutavam os cachorros, jogavam gatos gritando e pedras neles. Os animais tentavam fugir, mas cada um ia na direção oposta. Corriam em círculos. Em fúria louca, tentavam morder o outro. Por fim, desistiam e esperavam ajuda humana.

Os garotos do vilarejo os jogavam em um rio ou em um lago. Os cachorros tentavam desesperadamente nadar, mas cada um ficava indo para longe do outro. Eles estavam impotentes, e as cabeças só apareciam de tempos em tempos, as bocas espumando, fracos demais para latir. Enquanto a correnteza os levava, uma multidão os seguia pela margem, achando graça, gritando de alegria, jogando pedras nas cabeças quando apareciam na superfície da água.

Em outras ocasiões, pessoas que não queriam perder seus cachorros dessa maneira os separavam de forma brutal, o que significava mutilação ou morte lenta por sangramento para o macho. Às vezes, os animais conseguiam se separar depois de vagarem por dias, caindo em valas, ficando presos em cercas e vegetação.

Arco-íris renovou os esforços. Apelou alto para a Virgem Maria ajudar. Ofegou e bufou. Fez outro movimento amplo, tentando se soltar da garota. Ela gritou e começou a bater na cara do homem atordoado com o punho, a arranhá-lo com as unhas e a morder as mãos dele. Arco-íris lambeu o sangue dos lábios, se apoiou em um braço e deu um tapa poderoso na garota com o outro. O pânico devia ter afetado o cérebro dele, pois ele caiu em cima dela, mordendo os seios, braços e pescoço. Ele socou as coxas dela e segurou a pele como se quisesse arrancá-la. A garota soltou um grito agudo firme que acabou quando a garganta dela secou — e logo começou de novo. Arco-íris continuou batendo nela até ficar exausto.

Eles ficaram deitados, um em cima do outro, imóveis e quietos. A chama do lampião era a única coisa que se movia.

Arco-íris começou a gritar pedindo ajuda. Os gritos atraíram primeiro um grupo de cachorros latindo e depois alguns homens alarmados com machados e facas. Eles abriram a porta do celeiro e, sem entender, olharam o casal no chão. Com a voz rouca, Arco-íris explicou rapidamente a situação. Eles fecharam a porta e, sem deixarem mais ninguém entrar, mandaram chamar uma parteira, que entendia daquelas coisas.

A mulher idosa apareceu, se ajoelhou ao lado do casal grudado e fez alguma coisa com eles com a ajuda dos outros. Eu não via nada; só ouvi o último grito agudo da garota. Em seguida, fez-se silêncio, e o celeiro de Arco-íris ficou escuro. Ao amanhecer, eu corri para o buraco. O sol entrava pelos vãos entre as tábuas em raios tomados de poeira cintilante. No piso de terra batida, perto da parede, havia uma forma humana deitada esticada, coberta da cabeça aos pés com uma manta de cavalo.

Tive que levar as vacas para o pasto enquanto o vilarejo ainda estava dormindo. Quando voltei, no crepúsculo, ouvi os camponeses discutindo os eventos da noite anterior. Arco-íris tinha levado o corpo de volta para o trilho do trem, onde a patrulha passaria de manhã.

Por várias semanas, o vilarejo teve um tópico de conversa animado. O próprio Arco-íris, depois de tomar alguns goles, contava para as pessoas como a judia o sugou e não o soltava.

Sonhos estranhos me assombravam à noite. Eu ouvia gemidos e gritos no celeiro, uma gélida mão me tocava, fios pretos de cabelo liso com cheiro de gasolina acariciavam meu rosto. Ao amanhecer, quando levava o gado para o pasto, eu olhava com temor para a névoa pairando sobre os campos. Às vezes, o vento empurrava um pedacinho de fuligem, vindo claramente na minha direção. Eu tremia, e um suor frio escorria pelas minhas costas. O pedaço de fuligem circulava sobre a minha cabeça, me encarava e subia na direção do céu.

10

Destacamentos alemães começaram a procurar *partisans* nas florestas ao redor e a impor entregas compulsórias. Eu sabia que minha permanência no vilarejo estava chegando ao fim.

Uma noite, meu fazendeiro me mandou fugir imediatamente para a floresta. Ele tinha sido informado de uma invasão chegando. Os alemães tinham ouvido que havia um judeu se escondendo em um dos vilarejos. Diziam que ele morava lá desde o início da guerra. Todo o vilarejo o conhecia; o avô dele era dono de um lote grande de terras e a comunidade gostava muito dele. Como diziam, apesar de judeu, ele era um sujeito decente. Fui embora tarde naquela noite. Estava nublado, mas as nuvens começaram a se abrir, as estrelas surgiram e a lua se revelou em toda sua eminência. Eu me escondi num arbusto.

Quando amanheceu, fui na direção das espigas de grãos, ficando longe do vilarejo. Os dedos dos meus pés estavam ardendo das folhas grossas e ásperas dos grãos, mas tentei chegar no centro do campo. Eu tinha que andar com cuidado; não queria deixar para trás talos quebrados demais que pudessem trair minha presença. Acabei ficando bem no meio dos grãos. Tremendo do frio da manhã, eu me encolhi e tentei dormir.

Acordei ouvindo vozes grossas vindas de todas as direções. Os alemães tinham cercado o campo. Eu grudei na terra. Os soldados foram andando pelo campo, o ruído de talos quebrados ficando alto.

Eles quase pisaram em mim. Sobressaltados, apontaram os fuzis na minha direção; quando me levantei, eles os engatilharam. Eram dois, jovens, de uniformes verdes novos. O mais alto me segurou pela orelha, e os dois riram, trocando comentários sobre mim. Entendi que estavam perguntando se eu era cigano ou judeu. Eu neguei. Isso os divertiu ainda mais; eles continuaram fazendo piada. Nós três andamos na direção do vilarejo, eu na frente e eles, rindo, logo atrás.

Entramos na rua principal. Camponeses apavorados espiavam por trás das janelas. Quando me reconheciam, eles desapareciam.

Havia dois caminhões marrons grandes no centro do vilarejo. Soldados de uniformes desabotoados se agachavam em volta, bebendo de cantis. Havia mais soldados voltando dos campos, guardando os fuzis e se sentando.

Alguns dos soldados me cercaram. Eles apontaram para mim, riram ou ficaram sérios. Um deles chegou perto de mim, se curvou e sorriu bem na minha cara com uma expressão calorosa e amorosa. Eu ia sorrir para ele, mas ele me deu um soco muito forte na barriga. Eu perdi o ar e caí, ofegando e gemendo. Os soldados caíram na gargalhada.

De uma cabana próxima surgiu um oficial que reparou em mim e se aproximou. Os soldados fizeram posição de sentido. Eu também me levantei, sozinho no círculo. O oficial me observou friamente e emitiu uma ordem. Dois soldados me seguraram pelos braços, me arrastaram até a cabana, abriram a porta e me jogaram dentro.

No centro da sala, na semiescuridão, havia um homem deitado. Ele era pequeno, muito magro e com a pele escura. O cabelo crespo caía sobre a testa, um ferimento de baioneta cortava seu rosto todo. As mãos estavam amarradas atrás do corpo e uma ferida funda aparecia pela manga cortada da jaqueta.

Eu me agachei em um canto. O homem fixou os olhos pretos brilhantes em mim. Pareciam observar por baixo das sobrancelhas grossas e projetadas e vir direto até mim. Aqueles olhos me apavoraram. Eu desviei o olhar.

Do lado de fora, motores estavam sendo ligados; botas, armas e cantis fizeram barulho. Ordens foram dadas e os caminhões partiram com um rugido.

A porta se abriu e camponeses e soldados entraram na cabana. Eles arrastaram o homem ferido pelas mãos e o largaram em um assento em uma carroça. Os dedos quebrados pendiam inertes como os de um boneco. Nós estávamos sentados um de costas para o outro; eu estava de frente para os ombros dos condutores; ele, para a traseira da carroça e a estrada que ia ficando para trás. Um soldado estava sentado com os dois camponeses que conduziam a carroça. Pela conversa dos camponeses, entendi que estávamos sendo levados para a delegacia de polícia numa cidade próxima.

Por várias horas, nós seguimos em uma estrada movimentada com marcas recentes de caminhões. Mais tarde, saímos da estrada e seguimos pela floresta, sobressaltando aves e lebres. O homem ferido se balançava, apático. Eu não sabia se ele estava vivo; só sentia seu corpo inerte preso por cordas à carroça e a mim.

Paramos duas vezes. Os dois camponeses ofereceram um pouco da comida deles para o alemão, que, em troca, deu um cigarro e um doce amarelo para cada um. Os camponeses agradeceram de forma servil. Tomaram goles longos das garrafas escondidas embaixo do assento e urinaram nos arbustos.

Nós fomos ignorados. Eu estava fraco e com fome. Uma brisa quente com odor de resina vinha da floresta. O homem ferido gemeu. Os cavalos balançavam as cabeças com inquietação, as caudas compridas agitadas por causa das moscas.

Seguimos em frente. O alemão na carroça estava respirando pesadamente, como se estivesse dormindo. Ele só fechou a boca quando uma mosca ameaçou entrar.

Antes do pôr do sol, nós entramos em uma cidade pequena e densamente construída. Aqui e ali, as casas tinham paredes de tijolos e chaminé. As cercas eram pintadas de branco ou azul. Pombas dormiam amontoadas nas calhas.

Quando passamos pelas primeiras construções, as crianças brincando na rua repararam em nós. Elas cercaram nossa carroça lenta e nos olharam. O soldado esfregou os olhos, esticou os braços, puxou a calça para cima, desceu e andou ao lado da carroça, alheio ao ambiente.

A tropa de crianças aumentou; crianças saíam de todas as casas. De repente, um dos garotos mais velhos e mais altos bateu no prisioneiro com um galho longo de bétula. O homem ferido tremeu e chegou para trás. As crianças ficaram animadas e começaram a jogar um monte de lixo e pedras em nós. O homem ferido se inclinou. Eu senti os ombros dele, grudados nos meus, molhados de suor. Algumas pedras também me acertaram; mas eu era um alvo mais difícil, sentado entre o homem ferido e os condutores. As crianças estavam se divertindo conosco. Nós estávamos sendo acertados com bolas secas de bosta de vaca, tomates podres, pequenos cadáveres fedorentos de pássaros.

Um dos pequenos brutamontes começou a se concentrar em mim. Ele andou ao lado da carroça e, com uma vareta, batia metodicamente em partes selecionadas do meu corpo. Tentei em vão reunir saliva na boca para cuspir no rosto de desprezo dele.

Adultos se juntaram à multidão em volta da carroça. Eles gritavam "Batam nos judeus, batam nos filhos da mãe" e incentivavam as crianças a atacarem mais. Os condutores, por não quererem se expor a golpes acidentais, pularam do assento e andaram ao lado dos cavalos. O homem ferido e eu agora éramos excelentes alvos. Uma nova chuva de pedras nos atingiu. Minha bochecha estava cortada, havia um dente quebrado pendurado e meu lábio inferior estava machucado. Eu cuspi sangue no rosto dos mais próximos de mim, mas eles pularam para trás habilmente para mirar outros golpes.

Um diabinho cortou pela raiz maços de hera e samambaia que cresciam na margem da rua e bateram no homem ferido e em mim. A dor fazia meu corpo arder, as pedras estavam me acertando com mais precisão e eu encostei o queixo no peito com medo de alguma pedra acertar meus olhos.

De repente, um padre pequeno e corpulento pulou de uma casa nada bonita quando estávamos passando. Ele estava usando uma batina rasgada e desbotada. Corado de agitação, ele entrou no meio da multidão brandindo uma bengala e começou a bater neles nas mãos, rosto e cabeça. Ofegante, suando e tremendo de exaustão, ele dispersou a multidão em todas as direções.

O padre agora foi andando ao lado da carroça, recuperando o fôlego lentamente. Com uma das mãos, ele limpou a testa, e, com a outra segurou a minha. O homem ferido tinha desmaiado, evidentemente, pois os ombros ficaram frios enquanto ele oscilava ritmicamente, como uma marionete presa a uma vareta.

A carroça entrou no pátio de uma construção da polícia militar. O padre teve que ficar do lado de fora. Dois soldados desamarraram a corda, tiraram o homem ferido da carroça e o colocaram deitado junto ao muro. Eu fiquei ali perto.

Pouco tempo depois, um oficial alto da ss usando um uniforme preto como fuligem entrou no pátio. Eu nunca tinha visto um uniforme tão impressionante. No topo orgulhoso do quepe cintilava uma caveira com ossos cruzados, enquanto sinais de raios decoravam a gola. Uma faixa vermelha com o símbolo da suástica cobria a manga.

O oficial ouviu um relato de um dos soldados. Os calcanhares batucaram na superfície plana de concreto do pátio enquanto ele andava até o homem ferido. Com um movimento ágil da ponta da bota alta reluzente, ele virou o rosto do homem para a luz.

O homem estava medonho: o rosto ferido, o nariz quebrado e a boca escondida por pele cortada. Havia pedaços de hera, bolas de terra e bosta de vaca grudados na cavidade ocular. O oficial se agachou perto dessa cabeça amorfa, que ficou refletida na superfície lisa das botas. Ele estava interrogando ou dizendo alguma coisa para o homem ferido.

A massa ensanguentada se movia como um fardo de mil quilos. O corpo magro e mutilado se apoiou nas mãos amarradas. O oficial se afastou. O rosto dele estava no sol agora e tinha uma beleza pura e instigante, a pele quase parecendo cera, com cabelo fino e liso como o de um bebê. Uma vez, em uma igreja, eu já tinha visto um rosto delicado assim. Estava pintado em uma parede, banhado de música de órgão e tocado só pela luz que entrava pelos vitrais.

O homem ferido continuou se levantando até estar quase sentado. O pátio foi tomado de silêncio, como se fosse uma capa pesada. Os outros soldados estavam rígidos, olhando o espetáculo. O homem ferido respirou com dificuldade. Com um esforço para abrir a boca, ele oscilou como um espantalho num sopro de vento. Sentindo a proximidade do oficial, ele se virou na direção dele.

O oficial, repugnado, estava prestes a se levantar da posição agachada quando de repente o homem ferido moveu a boca de novo, grunhiu e, em tom bem alto, murmurou uma palavra curta que pareceu "porco" e caiu para trás, batendo com a cabeça no concreto.

Ao ouvir isso, os soldados tremeram e se olharam, estupefatos. O policial agachado berrou uma ordem. Os soldados bateram os calcanhares, engatilharam os fuzis, se aproximaram do homem e deram disparos rápidos na direção dele. O corpo maltratado tremeu e ficou imóvel. Os soldados recarregaram as armas e fizeram posição de sentido.

Com indiferença, o oficial se aproximou de mim, batendo com uma bengala curta na costura da calça recém-passada. Assim que o vi, não consegui afastar o olhar. Ele todo parecia ter algo de sobre-humano. Contra o fundo de cores pálidas, projetava uma escuridão inexorável. Em um mundo de homens com rostos angustiados, com olhos feridos, membros machucados e deformados, entre os corpos humanos fétidos e quebrados, ele parecia um exemplo de perfeição que não podia ser maculada: a pele lisa e brilhante do rosto, o cabelo dourado cintilante aparecendo embaixo do quepe, os olhos puros de metal. Cada movimento do corpo dele parecia motivado por uma força interna tremenda. O som de granito da língua dele era idealmente adequado para ordenar a morte de criaturas inferiores e perdidas. Fui acometido de uma pontada de inveja que eu nunca tinha sentido antes e admirei a caveira brilhante com ossos cruzados que enfeitava o quepe alto. Pensei em como seria bom ter um crânio tão reluzente e pelado em vez da minha cara de cigano, que era temida e detestada pelas pessoas decentes.

O oficial me observou atentamente. Eu me senti uma lagarta esmagada se esvaindo na terra, uma criatura que não podia fazer mal a ninguém, mas gerava ódio e repulsa. Na presença do ser resplandecente que ele era, armado de todos os símbolos de poder e majestade, senti uma vergonha genuína da minha aparência. Eu não tive nada contra ele me matar. Olhei para a fivela decorada do cinto de oficial que estava no nível exato dos meus olhos e aguardei a decisão dele.

O pátio ficou em silêncio de novo. Os soldados ficaram parados, esperando obedientemente o que aconteceria em seguida. Eu sabia que meu destino estava sendo decidido de alguma forma, mas era uma questão de indiferença para mim. Coloquei infinita confiança na decisão do homem me olhando. Eu sabia que ele tinha poderes inalcançáveis por pessoas comuns.

Outra ordem rápida soou. O oficial saiu andando. Um soldado me empurrou com grosseria na direção do portão. Lamentando que o esplêndido espetáculo tinha acabado, andei lentamente pelo portão e caí nos braços gordos do padre, que estava esperando do lado de fora. Ele parecia mais maltrapilho do que antes. A batina era uma coisinha infeliz em comparação ao uniforme adornado pela caveira, pelos ossos cruzados e pelos raios.

11

O padre me levou embora numa carroça emprestada. Ele disse que encontraria alguém num vilarejo da região que cuidasse de mim até o fim da guerra. Antes de chegar ao vilarejo, nós paramos na igreja local. O padre me deixou na carroça e entrou sozinho no vicariato, onde o vi discutindo com o vigário. Eles gesticularam e sussurraram com agitação. Depois, os dois vieram na minha direção. Eu pulei da carroça, me curvei educadamente para o vigário e beijei a manga dele. Ele me olhou, me deu sua bênção e voltou para o vicariato sem dizer mais nada.

O padre seguiu com a carroça e acabou parando na extremidade do vilarejo, numa fazenda bem isolada. Ele entrou, e eu fiquei esperando por tanto tempo que comecei a me questionar se tinha acontecido alguma coisa com ele. Um cachorro enorme com expressão aborrecida e desanimada protegia a fazenda.

O padre saiu, acompanhado de um camponês baixo e atarracado. O cachorro enfiou o rabo entre as pernas e parou de rosnar. O homem me olhou e chegou para o lado com o padre. Eu só ouvi trechos da conversa. O fazendeiro estava aborrecido. Apontando para mim, ele gritou que um olhar bastava para saber que eu era um bastardo cigano não batizado. O padre protestou baixinho, mas o homem não quis ouvir. Ele argumentou que ficar comigo poderia expô-lo a um grande perigo, pois os alemães visitavam o vilarejo com frequência e, se me encontrassem, seria tarde demais para qualquer intervenção.

O padre estava perdendo a paciência. De repente, segurou o homem pelo braço e sussurrou alguma coisa no ouvido dele. O camponês ficou subjugado e, falando palavrões, me mandou segui-lo até a cabana.

O padre chegou perto de mim e me olhou nos olhos. Nós nos encaramos em silêncio. Eu não sabia bem o que fazer. Ao tentar beijar a mão dele, eu beijei minha própria manga e fiquei confuso. Ele riu, fez o sinal da cruz sobre a minha cabeça e foi embora.

Assim que teve certeza de que o padre tinha ido embora, o homem me pegou pela orelha, quase me levantando do chão, e me puxou para a casa. Quando gritei, ele me cutucou nas costelas com tanta força que fiquei sem ar.

Nós éramos três na casa. O fazendeiro, Garbos, que tinha um rosto morto e sério e a boca semiaberta; o cachorro, Judas, com olhos maliciosos e alertas; e eu. Garbos era viúvo. Às vezes, durante uma discussão, os vizinhos mencionavam uma garota judia órfã que Garbos aceitou como pensionista depois que tinha fugido dos pais um tempo antes. Sempre que uma das vacas ou porcos de Garbos danificava alguma plantação, os aldeões o lembravam maliciosamente dessa garota. Diziam que ele batia nela diariamente, que a estuprava e a forçava a cometer depravações, até que ela acabou sumindo. Enquanto isso, Garbos reformou a fazenda com o dinheiro que recebeu para abrigá-la. Garbos ouvia essas acusações com raiva. Soltava Judas e ameaçava jogá-lo contra os difamadores. Todas as vezes, os vizinhos trancavam as portas e observavam o animal pela janela.

Ninguém nunca visitava Garbos. Ele sempre ficava sozinho na cabana. Meu trabalho era cuidar de dois porcos, uma vaca, uma dúzia de galinhas e dois perus.

Sem dizer nada, Garbos me batia inesperadamente, e sem motivo nenhum. Ele aparecia atrás de mim e batia nas minhas pernas com um chicote. Torcia as minhas orelhas, esfregava o polegar no meu cabelo e fazia cócegas nas minhas axilas até eu tremer incontrolavelmente. Ele me via como um cigano e me mandava contar histórias de ciganos para ele. Mas eu só sabia recitar os poemas e histórias que tinha aprendido em casa antes da guerra. Ouvi-los às vezes deixava Garbos furioso, por algum motivo que eu nunca soube. Ele batia em mim de novo ou ameaçava soltar Judas em cima de mim.

Judas era uma ameaça constante. Ele podia matar um homem com uma mordida. Os vizinhos costumavam repreender Garbos por ter soltado o animal em alguém roubando maçãs. A garganta do ladrão foi rasgada e ele morreu imediatamente.

Garbos sempre incitava Judas para cima de mim. Gradualmente, o cachorro deve ter ficado convencido de que eu era seu pior inimigo. Só de me ver ele ficava eriçado como um porco-espinho. Os olhos vermelhos, o nariz e os lábios tremiam, e baba pingava pelas presas feias. Ele se jogava na minha direção com tanta força que eu tinha medo de ele arrebentar a corda que o segurava, embora também torcesse para ele se estrangular com a coleira. Ao ver a fúria do cachorro e o meu medo, Garbos às vezes desamarrava Judas, o segurava só pela coleira e o fazia me encurralar na parede. A boca que rosnava e babava ficava a centímetros do meu pescoço, o corpanzil do animal tremendo em fúria selvagem. Ele quase engasgava de tanto espumar e babar, enquanto o homem o incitava com palavras duras e cutucões. Ele chegava tão perto que o hálito quente e úmido deixava meu rosto molhado.

Em momentos assim, a vida quase fugia de mim, e meu sangue corria pelas minhas veias com um fluxo lento e arrastado, como mel denso escorrendo pelo gargalo estreito de uma garrafa. Meu pavor era tal que quase me transportava para o outro mundo. Eu olhava para os olhos ardentes do animal e para a mão peluda e sardenta do homem segurando a coleira. A qualquer momento, os dentes do cachorro podiam se fechar na minha carne. Sem querer sofrer, eu movia o pescoço para a frente, para a primeira mordida rápida. Eu entendi nessa época a misericórdia da raposa ao matar os gansos quebrando seus pescoços em um movimento só.

Mas Garbos não soltava o cachorro. Ele se sentava à minha frente tomando vodca e ficava refletindo em voz alta sobre o porquê de eu ter permissão de viver enquanto os filhos dele tinham morrido tão novos. Ele me fazia essa pergunta com frequência, e eu não sabia o que responder. Quando eu não conseguia responder, ele batia em mim.

Eu não conseguia entender o que ele queria de mim e nem por que me batia. Eu tentava ficar fora do caminho dele. Fazia o que ele mandava, mas ele continuava me batendo. À noite, Garbos entrava sorrateiramente na cozinha, onde eu dormia, e me acordava gritando no meu ouvido. Quando eu pulava com um grito, ele ria, enquanto Judas puxava a corrente lá fora, pronto para brigar. Em outras ocasiões, quando eu estava dormindo, Garbos levava o cachorro silenciosamente até o aposento, amarrava o focinho com trapos e jogava o animal em cima de mim na escuridão. O cachorro rolava por cima de mim enquanto eu, tomado de pavor, sem saber onde estava nem o que estava acontecendo, lutava contra a enorme besta peluda que me arranhava com as patas.

Um dia, o vigário chegou em uma carrocinha para ver Garbos. O padre abençoou nós dois e reparou em marcas pretas e azuladas nos meus ombros e pescoço e perguntou quem tinha me batido e por quê. Garbos admitiu que teve que me punir por preguiça. O vigário o repreendeu levemente e mandou que ele me levasse à igreja no dia seguinte.

Assim que o padre foi embora, Garbos me levou para dentro, me despiu e me açoitou com um galho de salgueiro, evitando só as partes visíveis, como meu rosto, meus braços e minhas pernas. Como sempre, me proibiu de chorar; mas, quando ele acertava algum ponto mais sensível, eu não suportava a dor e soltava um choramingo. Gotículas de suor apareceram na testa dele e uma veia começou a inchar no pescoço. Ele enfiou lona grossa na minha boca e, passando a língua pelos lábios, continuou a me açoitar.

Na manhã seguinte, bem cedo, fui para a igreja. A camisa e a calça estavam grudadas nos pontos ensanguentados nas minhas costas e traseiro. Mas Garbos me avisou que, se eu sussurrasse uma palavra sobre a surra, ele soltaria Judas em cima de mim à noite. Eu mordi os lábios, jurando que não diria nada e torcendo para o vigário não reparar em nada.

Na luz cada vez mais forte do amanhecer, um grupo de mulheres idosas esperava na frente da igreja. Seus pés e corpos estavam cobertos de tiras de pano e xales estranhos, e elas falavam palavras infinitas de oração enquanto os dedos entorpecidos pelo frio se moviam nas contas do terço. Quando viram o padre chegando, elas se levantaram com insegurança, apoiadas nas bengalas nodosas, e foram rapidamente se encontrar com ele, disputando a prioridade de beijar sua manga sebenta. Eu fiquei de lado, tentando passar despercebido. Mas aquelas com melhor visão me encararam com repulsa, me chamaram de cria de vampiro ou de cigano e cuspiram três vezes na minha direção.

A igreja sempre me impressionava. Mas era uma das muitas casas de Deus espalhadas por todo o mundo. Deus não morava em nenhuma delas, mas supunha-se por algum motivo que estivesse presente em todas ao mesmo tempo. Ele era como o convidado inesperado para quem os fazendeiros sempre deixavam um prato a mais na mesa.

O padre reparou em mim e fez carinho na minha cabeça calorosamente. Fiquei confuso enquanto respondia suas perguntas, dizendo que agora eu estava obediente e que o fazendeiro não precisou mais me bater. O padre me perguntou sobre meus pais, sobre nossa casa antes da guerra e sobre a igreja que frequentávamos, mas da qual eu não conseguia me lembrar muito bem. Ao perceber minha total ignorância sobre religião e procedimentos da igreja, ele me levou até o organista e pediu que ele explicasse o significado dos objetos litúrgicos e que começasse a me preparar para o serviço como coroinha nas missas vespertinas e de domingo.

Eu comecei a ir à igreja duas vezes por semana. Esperava nos fundos até as mulheres idosas terem ido para os bancos e me sentava perto da fonte de água benta, que me intrigava tremendamente. Aquela água se parecia com qualquer água. Não tinha cor, nem odor; parecia bem menos impressionante do que, por exemplo, ossos de cavalo moídos. Mas seu poder mágico supostamente excedia, e muito, o de qualquer erva, encantamento ou mistura que eu já tivesse visto.

Eu não entendia o significado da missa e nem o papel do padre no altar. Tudo isso era magia para mim, mais esplêndida e elaborada do que a bruxaria de Olga, mas tão difícil de entender quanto aquilo. Eu olhava com surpresa para a estrutura de pedra do altar, a delicadeza dos panos pendurados nele, o tabernáculo majestoso em que o espírito divino residia. Com assombro, tocava nos objetos de formatos curiosos guardados na sacristia: o cálice com o interior brilhante e polido onde o vinho se transformava em sangue, a patena dourada na qual o padre repartia o Espírito Santo, a bolsa quadrada e achatada em que o corporal ficava guardado. Essa bolsa se abria de um lado e parecia uma gaita. Como a cabana da Olga era pobre perto daquilo, cheia de rãs fedorentas, pus podre de feridas humanas e baratas.

Quando o padre estava fora da igreja e o organista estava ocupado com o órgão na sacada, eu entrava sorrateiramente na misteriosa sacristia para admirar o véu umeral que o padre enfiava pela cabeça e, com um movimento ágil, deslizava pelos braços e enrolava no pescoço. Eu passava os dedos voluptuosamente pela alva colocada sobre o umeral, alisando as franjas do cinto da alva, cheirando o sempre fragrante manípulo que o padre usava suspenso no braço esquerdo, admirando o comprimento medido com precisão da estola, os padrões infinitamente bonitos das casulas, cujas cores variadas, como o padre me explicou, simbolizavam sangue, fogo, esperança, penitência e luto.

Enquanto murmurava seus encantamentos mágicos, o rosto de Olga sempre assumia expressões variadas que despertavam medo ou respeito. Ela revirava os olhos, sacudia a cabeça ritmadamente e fazia movimentos elaborados com os braços e as mãos. Em contraste, o padre, enquanto rezava a missa, ficava igual à vida do dia a dia. Ele apenas usava uma veste diferente e falava um idioma diferente.

Sua voz vibrante e sonora parecia segurar o domo da igreja e até acordava as mulheres idosas sonolentas sentadas nos bancos altos. Elas recolhiam de repente os braços frouxos e, com dificuldade, erguiam as pálpebras enrugadas, parecendo vagens murchas, pesadas e passadas. As pupilas sem vida dos olhos apagados espiavam em volta com temor, incertas de onde estavam, até que, finalmente recomeçando a ruminação das palavras de uma oração interrompida, elas se balançassem de volta ao sono como urzes murchas oscilando pelo vento.

A missa estava acabando, as mulheres lotavam os corredores, disputando para chegar à manga do padre. O órgão fazia silêncio. Na porta, o organista cumprimentava o padre calorosamente e fazia um sinal para mim com a mão. Eu tinha que voltar ao trabalho, varrer os aposentos, alimentar o gado, preparar a refeição.

Cada vez que eu voltava do pasto, do galinheiro ou do estábulo, Garbos me levava para dentro de casa e praticava, primeiro de forma casual e depois com mais avidez, novas formas de me açoitar com uma bengala de salgueiro ou de me machucar com os punhos e dedos. Meus vergões e cortes, sem terem chance de cicatrizar, viraram feridas abertas que vertiam pus amarelo. À noite, eu sentia tanto medo de Judas que não conseguia dormir. Cada barulhinho, cada gemido das tábuas me deixava alerta. Eu olhava para a escuridão impenetrável espremendo o corpo no canto do aposento. Meus ouvidos pareciam crescer para o tamanho de metades de abóboras, esforçando-se para captar qualquer movimento na casa ou no pátio.

Mesmo quando eu finalmente adormecia, meu sono era incomodado por sonhos de cachorros uivando no campo. Eu os via levantando a cabeça para a lua, farejando na noite, e sentia minha morte se aproximando. Ao ouvir o chamado deles, Judas se esgueirava até a minha cama e, quando chegava perto, pulava em mim com a ordem de Garbos e me maltratava. O toque das unhas dele provocava bolhas altas no meu corpo, e o curandeiro local tinha que queimá-las com um ferro quente.

Eu acordava gritando, e Judas começava a latir e pular nas paredes da casa. Garbos, parcialmente desperto, corria para a cozinha, pensando que ladrões tinham invadido a fazenda. Quando percebia que eu tinha gritado sem motivo, batia em mim e me chutava até eu ficar sem ar. Eu ficava na esteira, ensanguentado e machucado, com medo de pegar no sono de novo e correr o risco de ter outro pesadelo.

Durante o dia, eu andava atordoado e era surrado por negligenciar meu trabalho. Às vezes, adormecia no feno do celeiro enquanto Garbos me procurava por toda parte. Quando me encontrava descansando, tudo começava de novo.

Eu cheguei à conclusão de que os ataques de ira aparentemente sem motivo de Garbos deviam ter alguma causa misteriosa. Relembrei os encantamentos mágicos de Marta e Olga. Eram para influenciar doenças e coisas que não tinham conexão óbvia com magia em si. Eu decidi observar todas as circunstâncias que acompanhavam os ataques de fúria de Garbos. Uma ou duas vezes, cheguei a achar que tinha detectado uma pista. Em duas ocasiões consecutivas, fui surrado logo depois de coçar a cabeça. Talvez houvesse alguma conexão entre os piolhos na minha cabeça, que sem dúvida ficavam perturbados na rotina normal pelos meus dedos curiosos, e o comportamento de Garbos. Eu parei de coçar imediatamente, apesar de a coceira ser insuportável. Depois de dois dias deixando os piolhos em paz, eu fui surrado de novo. Tive que especular mais uma vez.

Meu palpite seguinte foi que o portão na cerca que levava ao campo de trevos tinha relação. Três vezes depois que passei por aquele portão, Garbos me chamou e me deu um tapa quando me aproximei. Concluí que algum espírito hostil estava atravessando meu caminho no portão e incitando Garbos contra mim. Decidi evitar o malvado naquele portão pulando a cerca. Isso não melhorou as coisas. Garbos não conseguiu entender por que eu me dava ao trabalho de pular uma cerca alta em vez de pegar o caminho mais curto pelo portão. Ele achou que eu estivesse debochando dele de propósito, e eu levei uma surra ainda pior.

Ele desconfiava de maldade minha e me atormentava sem parar. Divertia-se enfiando um cabo de enxada entre as minhas costelas. Ele me jogava em urtigas e arbustos espinhentos, depois ria de como eu coçava as feridas na pele. Ameaçava segurar um rato na minha barriga, como maridos faziam com esposas infiéis, se eu continuasse a ser desobediente. Isso me apavorava mais do que qualquer coisa. Eu visualizava um rato debaixo de uma cúpula de vidro em cima do meu umbigo. Sentia a agonia indescritível quando o roedor preso roía meu umbigo até minhas entranhas.

Eu ponderava sobre as várias formas de lançar um feitiço em Garbos, mas nada parecia factível. Um dia, quando ele amarrou meu pé em um banco e fez cócegas nele com uma espiga de trigo, eu me lembrei de uma das histórias antigas de Olga. Ela me contou sobre uma mariposa com desenho de caveira no corpo, parecido com o desenho que vi no uniforme do oficial alemão. Se alguém pegasse essa mariposa e respirasse nela três vezes, a morte do membro mais velho da casa aconteceria logo em seguida. É por isso que jovens casais que se casam, esperando a herança de avós vivos, passam muitas noites caçando essas mariposas.

Depois disso, adquiri o hábito de vagar pela casa à noite quando Garbos e Judas estavam dormindo, abrindo janelas para deixar mariposas entrarem. Elas vinham aos montes e começavam uma dança insana de morte em volta da chama tremeluzente, colidindo umas com as outras. Algumas voavam para a chama e eram queimadas vivas, ou grudavam na cera derretida da vela. Diziam que a Divina Providência as tinha mudado para várias criaturas, e em cada nova encarnação elas tinham que aguentar o sofrimento mais apropriado para a espécie. Mas eu não estava muito preocupado com a penitência delas. Estava procurando só uma mariposa, apesar de ter que balançar a vela na janela e convidar todas para entrar. A luz da vela e meus movimentos despertaram Judas, e os latidos dele acordaram Garbos. Ele se aproximou sorrateiramente por trás de mim. Ao me ver com a vela na mão, pulando pela sala com um enxame de moscas, mariposas e outros insetos atrás, ele ficou convencido de que eu estava praticando algum rito cigano sinistro. No dia seguinte, eu recebi punição exemplar.

Mas não desisti. Depois de muitas semanas, pouco antes de amanhecer, eu finalmente peguei a desejada mariposa com as marcas estranhas. Respirei nela cuidadosamente três vezes e a soltei. Ela voou em volta do fogão por alguns momentos e sumiu. Eu sabia que Garbos tinha poucos dias de vida. Olhei para ele com pena. Ele não tinha ideia de que seu executor estava vindo de um limbo estranho habitado por doenças, dor e morte. Talvez já estivesse na casa, esperando ansiosamente para cortar o fio da vida dele como uma foice corta um caule frágil. Eu não me importei de ser surrado enquanto olhava com atenção o rosto dele, procurando os sinais de morte nos olhos. Se ele soubesse o que o aguardava...

Entretanto, Garbos continuou forte e saudável. No quinto dia, quando eu comecei a desconfiar que a morte estava negligenciando seus deveres, ouvi Garbos gritar no celeiro. Corri para lá, com esperanças de encontrá-lo dando o último suspiro e chamando o padre, mas ele só estava inclinado sobre o corpo de uma pequena tartaruga que ele tinha herdado do pai. Era bem mansa e vivia no canto dela do celeiro. Garbos sentia orgulho da tartaruga porque era a criatura mais velha do vilarejo inteiro.

Eu acabei exaurindo todos os meios possíveis de providenciar o fim dele. Enquanto isso, Garbos foi inventando novas formas de me perseguir. Às vezes, me pendurava pelos braços em um galho do carvalho e deixava Judas solto embaixo. Só a aparição do padre na carrocinha o fez parar com essa brincadeira.

O mundo pareceu se fechar sobre a minha cabeça como um enorme cofre de pedra. Eu pensei em contar ao padre o que estava acontecendo, mas tive medo de ele só repreender Garbos e dar a ele a chance de me bater de novo por reclamar. Por um tempo, planejei fugir do vilarejo, mas havia postos alemães demais na região e eu tinha medo de que, se eu fosse pego por eles de novo, eles me vissem como um bastardo cigano, e quem sabe o que poderia acontecer comigo.

Um dia, ouvi o padre explicar para um homem velho que, para certas orações, Deus concedia de cem a trezentos dias de indulgência. Como o camponês não entendeu o significado das palavras, o padre deu uma explicação longa. De tudo isso, entendi que os que fazem mais orações ganham mais dias de indulgência, e que isso também teria uma influência imediata nas vidas dessas pessoas; na verdade, quanto mais orações oferecidas, melhor se podia viver, e quanto menor o número, mais problemas e dor a pessoa teria que aguentar.

De repente, o padrão que regia o mundo foi revelado para mim com bela clareza. Eu entendi por que algumas pessoas eram fortes e outras eram fracas, algumas eram livres e outras eram escravizadas, algumas eram saudáveis e outras doentes. Os primeiros apenas foram os que viram antes a necessidade de oração e de coletar o número maior de dias de indulgência. Em algum lugar, lá no alto, todas as orações vindas da terra eram adequadamente classificadas, e todas as pessoas tinham uma cesta onde seus dias de indulgência ficavam guardados.

Eu vi na minha mente os pastos celestiais infinitos cheios de cestas, algumas grandes e abarrotadas de dias de indulgência, outras pequenas e quase vazias. Em outros lugares, eu via cestas sem uso para aqueles, como eu, que ainda não tinham descoberto o valor da oração.

Eu parei de culpar os outros; a culpa era só minha, pensei. Eu tinha sido burro demais para entender o princípio que regia o mundo das pessoas, animais e eventos. Mas agora havia uma ordem no mundo humano, e justiça também. Bastava recitar orações, concentrando-me nas que carregavam os maiores dias de indulgência. Aí, um dos ajudantes de Deus repararia no novo membro entre os fiéis e alocaria a ele um lugar no qual seus dias de indulgência começariam a se acumular como sacos de trigo empilhados na época de colheita. Eu estava confiante na minha força. Acreditava que em pouco tempo poderia coletar mais dias de indulgência do que outras pessoa, que minha cesta se encheria rapidamente e que o céu teria que designar uma maior para mim; e até essa transbordaria, e eu precisaria de uma maior, tão grande quanto a própria igreja.

Fingindo interesse casual, pedi ao padre para me mostrar o livro de orações. Observei rapidamente quais eram as orações marcadas com os maiores números de indulgência e pedi para ele que as ensinasse a mim. Ele ficou um pouco surpreso pela minha preferência por algumas orações e indiferença a outras, mas concordou e as leu para mim várias vezes. Fiz um esforço para concentrar todas as forças da minha mente e do meu corpo para decorá-las. Em pouco tempo, eu as sabia perfeitamente. Estava pronto para começar uma vida nova. Eu tinha tudo que era necessário e me regozijava com a certeza de que os dias de punição e humilhação logo passariam. Até então, eu era um insetinho que qualquer um poderia esmagar. De agora em diante, o humilde inseto se tornaria um touro intratável.

Não havia tempo a perder. Qualquer momento poderia ser usado para mais uma oração, conquistando assim mais dias de indulgência na minha conta celestial. Em pouco tempo eu seria recompensado com a graça do Senhor, e Garbos não me atormentaria mais.

Eu agora dedicava todo o meu tempo para orações. Eu as citava rapidamente, uma atrás da outra, enfiando no meio de vez em quando alguma que carregava menos dias de indulgência. Não queria que o céu pensasse que eu negligenciava completamente as orações mais humildes. Afinal, ninguém podia ser mais esperto do que o Senhor.

Garbos não conseguia entender o que tinha acontecido comigo. Ao me ver murmurando continuamente alguma coisa baixinho e não dando muita atenção às ameaças, ele desconfiou que eu estava lançando feitiços ciganos nele. Eu não queria contar a verdade. Tinha medo de que, de alguma maneira desconhecida, ele pudesse me proibir de rezar ou, pior ainda, sendo cristão mais antigo do que eu, usasse a influência dele no céu para anular minhas orações, ou quem sabe desviar algumas delas para a cesta indubitavelmente vazia dele.

Ele começou a me bater com mais frequência. Às vezes, quando ele me perguntava alguma coisa e eu estava no meio de uma oração, eu não respondia imediatamente, ansioso para não perder os dias de indulgência que estava ganhando. Garbos achou que eu estava ficando ousado e queria me quebrar. Ele também tinha medo de eu ter coragem de contar ao padre sobre as surras. Assim, minha vida foi passada, alternadamente, rezando e levando surras.

Eu murmurava orações continuamente, do amanhecer ao pôr do sol, perdendo a conta dos dias de indulgência que estava ganhando, mas quase vendo a pilha crescendo constantemente até que alguns dos santos, ao pararem das caminhadas pelos pastos celestiais, olhassem com aprovação para os bandos de orações subindo da terra como pardais — todas vindo de um garotinho com cabelo preto e olhos pretos. Eu visualizei meu nome sendo mencionado nos conselhos de anjos, depois nos dos santos menores, mais tarde nos dos santos maiores e bem mais perto do trono celestial.

Garbos achou que eu estava perdendo o respeito por ele. Mesmo quando ele me batia com mais força do que o habitual, eu não perdia tempo e continuava coletando meus dias de indulgência. Afinal, a dor vinha e ia embora, mas as indulgências estavam na minha cesta para sempre. O presente estava ruim precisamente porque eu não sabia antes sobre esse jeito maravilhoso de melhorar meu futuro. Eu não podia perder mais tempo; tinha que compensar os anos perdidos.

Garbos estava convencido agora que eu estava num transe cigano que não poderia resultar em nada bom. Eu jurei para ele que só estava rezando, mas ele não acreditou.

Os medos dele logo se confirmaram. Um dia, uma vaca fugiu pela porta do celeiro e foi para o jardim de um vizinho, causando dano considerável. O vizinho ficou furioso e foi correndo até o pomar de Garbos com um machado e cortou todas as pereiras e macieiras por vingança. Garbos estava dormindo, caindo de bêbado, e Judas ficou puxando a corrente sem poder fazer nada. Para completar o desastre, uma raposa entrou no galinheiro no dia seguinte e matou algumas das melhores galinhas chocadeiras. Na mesma noite, com um golpe da pata, Judas massacrou o orgulho de Garbos, um belo peru que ele tinha comprado recentemente por um preço alto.

Garbos desmoronou completamente. Ficou bêbado de vodca caseira e revelou seu segredo para mim. Ele teria me matado muito antes se não tivesse medo de Santo Antônio, seu padroeiro. Ele também sabia que eu tinha contado os dentes dele e que a minha morte custaria muitos anos da vida dele. Claro, acrescentou ele, se Judas me matasse acidentalmente, ele estaria perfeitamente protegido dos meus feitiços, e Santo Antônio não o puniria.

Nessa época, o padre ficou doente no vicariato. Ao que parecia, tinha pegado um resfriado na igreja gelada. Ele estava deitado em estado febril e alucinatório no quarto, falando sozinho ou com Deus. Uma vez, eu levei uns ovos para o padre, presente de Garbos. Pulei a cerca para ver o vigário. O rosto dele estava pálido. A irmã mais velha dele, uma mulher baixa e roliça com o cabelo preso num coque, estava mexendo na cama e a sábia da região estava fazendo sangria nele e aplicando sanguessugas, que foram ficando gordas assim que grudaram no corpo.

Eu fiquei atônito. O padre devia ter acumulado um número extraordinário de indulgências durante a vida religiosa, mas estava ali, deitado e doente como qualquer um.

Um novo padre chegou ao vicariato. Era velho, careca e tinha um rosto fino com pele de pergaminho. Usava uma faixa violeta na batina. Quando me viu voltando com a cesta, ele me chamou e perguntou de onde eu, com minha aparência, tinha vindo. O organista, ao nos ver juntos, sussurrou rapidamente algumas palavras para o padre. Ele me deu a bênção e foi embora.

O organista me contou que o vigário não queria que eu aparecesse demais na igreja. Muita gente ia lá, e embora o padre acreditasse que eu não era cigano nem judeu, os alemães desconfiados poderiam ter uma visão diferente e a paróquia sofreria reprimendas.

Eu corri rapidamente para o altar da igreja. Comecei a recitar orações desesperadamente, e de novo só as com os maiores dias de indulgência. Eu tinha pouco tempo. Além do mais, quem sabe, talvez as orações no próprio altar, sob o olhar lacrimoso do Filho de Deus e o olhar maternal da Virgem Maria, pudessem ter peso maior do que as ditas em outros lugares. Elas talvez tivessem um caminho mais curto para chegar ao céu, ou poderiam ser levadas por um mensageiro especial usando um transporte mais rápido, como um trem nos trilhos. O organista me viu sozinho na igreja e me lembrou novamente dos avisos do novo padre. Eu me despedi do altar e de todos os objetos familiares com tristeza.

Garbos estava me esperando em casa. Assim que entrei, ele me arrastou para um quarto vazio no canto da casa. Lá, no ponto mais alto do teto, dois ganchos grandes tinham sido presos nas vigas, com menos de sessenta centímetros de distância. Havia tiras de couro presas em cada um, como alças.

Garbos subiu num banco, me levantou alto e me mandou segurar uma alça com cada mão. Em seguida, me deixou suspenso e levou Judas para o quarto. Ao sair, ele trancou a porta.

Judas me viu pendurado no teto e pulou na mesma hora para tentar pegar meus pés. Eu ergui as pernas e ele passou a poucos centímetros delas. Ele começou a correr e tentou de novo, mas não conseguiu. Depois de mais algumas tentativas, ele se deitou e esperou.

Tive que ficar de olho nele. Quando ficava pendurado livremente, meus pés ficavam a no máximo um metro e oitenta do chão, e Judas os alcançava com facilidade. Eu não sabia por quanto tempo teria que ficar pendurado daquele jeito. Eu achava que Garbos esperava que eu caísse e fosse atacado por Judas. Isso frustraria os esforços que eu vinha fazendo por tantos meses, contando os dentes de Garbos, inclusive os amarelados e encravados no fundo da boca. Inúmeras vezes, quando Garbos ficava bêbado com vodca e roncava de boca aberta, eu contei seus dentes nojentos meticulosamente. Essa era a minha arma contra ele. Sempre que me batia por tempo demais, eu lembrava a ele do número de dentes que ele tinha; se não acreditasse, podia ele mesmo verificar a contagem. Eu conhecia todos, por mais moles, por mais podres ou por mais quase escondidos pelas gengivas que estivessem. Se me matasse, ele teria bem poucos anos de vida. No entanto, se eu caísse nas presas expectantes de Judas, Garbos ficaria com a consciência limpa. Ele não teria nada a temer, e seu padroeiro, Santo Antônio, talvez até lhe desse absolvição pela minha morte acidental.

Meus ombros estavam ficando dormentes. Eu ajeitei o corpo, abri e fechei as mãos e relaxei as pernas lentamente, baixando-as perigosamente perto do chão. Judas estava no canto fingindo dormir. Mas eu conhecia os truques dele da mesma forma que ele conhecia os meus. Ele sabia que eu ainda tinha forças e que conseguia erguer as pernas mais rápido do que ele conseguia pular para pegá-las. Então, ele esperou que a fadiga me tomasse.

A dor no meu corpo corria em duas direções. Uma ia das mãos para os ombros e pescoço, a outra das pernas para a cintura. Eram dois tipos diferentes de dor, perfurando na direção da minha barriga como duas toupeiras indo uma na direção da outra debaixo da terra. A dor das mãos era mais fácil de aguentar. Eu conseguia lidar com ela mudando o peso de uma das mãos para a outra, relaxando os músculos e sustentando o peso de novo, ficando pendurado com uma das mãos enquanto o sangue voltava para a outra. A dor das minhas pernas era mais persistente, e quando se acomodou na minha barriga, se recusou a ir embora. Era como um cupim que encontra um ponto confortável por trás de um nó na madeira e fica lá para sempre.

Era uma dor estranha, amorfa, penetrante. Devia ser como a dor sentida por um homem que Garbos mencionou como aviso. Ao que parecia, esse homem tinha matado traiçoeiramente o filho de um fazendeiro influente, e o pai decidiu punir o assassino do jeito antiquado. Com os dois primos, o homem levou o culpado para a floresta. Lá, eles prepararam uma estaca de três metros e meio, afiada em uma ponta parecendo um lápis gigante. Eles a colocaram no chão, enfiando a parte reta junto a um tronco de árvore. Um cavalo forte foi preso em cada pé da vítima, enquanto a virilha foi direcionada para a ponta afiada. Os cavalos, incitados delicadamente, puxaram o homem para a viga pontuda, que foi afundando aos poucos na pele contraída. Quando a ponta estava fundo na entranhas da vítima, os homens ergueram a estaca e o homem empalado, e a enfiaram em um buraco cavado previamente. Eles o deixaram lá, morrendo devagar.

Pendurado no teto, eu quase conseguia escutar o homem e ouvi-lo uivando na noite, tentando erguer para o céu indiferente os braços caídos junto ao tronco inchado do corpo. Ele devia ter ficado parecendo um pássaro derrubado da árvore por uma pedrada de estilingue e caído em uma vareta seca e pontuda.

Ainda fingindo indiferença, Judas acordou abaixo de mim. Bocejou, coçou atrás das orelhas e caçou as pulgas no rabo. Às vezes, me olhava com astúcia, mas se virava com repulsa quando via minhas pernas encolhidas.

Ele só me enganou uma vez. Eu achei que ele tivesse mesmo dormido e estiquei as pernas. Judas pulou do chão na mesma hora, saltando como um gafanhoto. Um dos meus pés não subiu rápido o suficiente e ele arrancou pele do meu calcanhar. O medo e a dor quase me fizeram cair. Judas lambeu os beiços, triunfante, e se encostou na parede. Ficou me olhando pelas frestas dos olhos e esperou.

Eu achava que não conseguiria mais me segurar. Decidi pular e planejei minha defesa contra Judas, apesar de saber que eu não teria nem tempo de fechar a mão em punho antes de ele estar na minha garganta. Não havia tempo a perder. De repente, eu me lembrei das orações.

Comecei a mudar o peso de uma das mãos para a outra, movendo a cabeça, subindo e descendo as pernas. Judas me olhou, desencorajado por essa exibição de força. Finalmente, ele se virou para a parede e ficou indiferente.

O tempo passou e minhas orações se multiplicaram. Milhares de dias de indulgência subiram pelo telhado de sapê na direção do céu.

No fim da tarde, Garbos entrou no quarto. Olhou para meu corpo molhado e para a poça de suor no chão. Ele me tirou dos ganchos com rispidez e chutou o cachorro para fora. Durante toda a noite, não consegui andar nem mexer os braços. Eu me deitei no colchão e rezei. Os dias de indulgência vinham às centenas, milhares. Sem dúvida agora já havia mais no céu para mim do que grãos de trigo no campo. A qualquer dia, a qualquer minuto, isso teria que ser notado no céu. Talvez agora mesmo os santos estivessem considerando uma melhoria radical na minha vida.

Garbos me pendurava todos os dias. Às vezes, fazia isso de manhã, e às vezes à tarde. E se não tivesse medo de raposas e ladrões e precisasse de Judas no pátio, ele teria feito à noite também.

Era sempre a mesma coisa. Enquanto eu ainda tinha forças, o cachorro ficava deitado no chão com tranquilidade, fingindo dormir ou pegando pulgas casualmente. Quando a dor nos meus braços e pernas ficava mais intensa, ele ficava alerta, como se sentindo o que estava acontecendo dentro do meu corpo. O suor escorria de mim em filetes sobre os músculos retesados, caindo no chão num gotejar regular. Assim que eu esticava as pernas, Judas sempre pulava nelas.

Meses se passaram. Garbos precisava mais de mim na fazenda porque costumava beber e não queria trabalhar. Ele só me pendurava quando achava que não tinha utilidade específica para mim.

Quando ficava sóbrio e ouvia os porcos famintos e a vaca mugindo, ele me tirava dos ganchos e me botava para trabalhar. Os músculos dos meus braços ficaram condicionados por ficar pendurado, e eu aguentava por horas sem muito esforço. Embora a dor que ia para a barriga começasse mais tarde agora, eu tinha câimbras que me assustavam. E Judas nunca perdia uma oportunidade de pular em mim, embora agora ele já devia estar duvidando que conseguiria me pegar desprevenido.

Quando ficava pendurado nas alças, eu me concentrava nas minhas orações e deixava todo o resto de fora. Quando minha força diminuía, eu dizia para mim mesmo que devia aguentar mais dez ou vinte orações antes de cair. Depois que eram recitadas, eu fazia outra promessa de dez ou quinze orações. Eu acreditava que alguma coisa poderia acontecer a qualquer momento, que todos os mil dias adicionais de indulgência poderiam salvar minha vida, talvez naquele instante.

Ocasionalmente, para desviar minha atenção da dor e dos músculos dormentes dos braços, eu provocava Judas. Primeiro, me balançava nos braços como se estivesse quase caindo. O cachorro latia, pulava e ficava furioso. Quando dormia de novo, eu o acordava com gritos e estalando os dedos e batendo os dentes. Ele não conseguia entender o que estava acontecendo. Achando que era o fim da minha resistência, ele pulava loucamente, batendo nas paredes no escuro, virando o banco perto da porta. Grunhia de dor, ofegava alto e finalmente descansava. Eu aproveitava a oportunidade para esticar as pernas. Quando o quarto ecoava o ronco do animal fatigado, eu poupava forças criando prêmios para mim mesmo pela resistência: esticar uma perna para cada mil dias de indulgência, descansar um braço para cada dez orações, uma grande mudança de posição a cada quinze orações.

Em algum momento inesperado, eu ouvia o ruído do trinco e Garbos entrava. Quando me via vivo, ele xingava Judas, chutava e batia nele até o cachorro gritar e choramingar como um filhote.

A fúria dele era tão tremenda que eu me perguntava se o Próprio Deus não o tinha enviado naquele momento. Mas, quando olhava no rosto dele, não via sinal da presença divina.

Agora, eu era surrado com menos frequência. Ficar pendurado tomava muito tempo, e a fazenda precisava de atenção. Eu me perguntava por que ele continuava me pendurando. Ele esperava mesmo que o cachorro me matasse, se já não tinha conseguido fazer tantas vezes?

Depois de cada período pendurado, eu levava um tempo me recuperando. Músculos esticados como fio numa roca de fiar se recusavam a voltar para a posição normal. Eu me movia com dificuldade. Sentia-me como um caule rígido e frágil tentando sustentar o peso de um botão de girassol.

Quando ficava lento no trabalho, Garbos me chutava e dizia que não abrigaria um preguiçoso e ameaçava me mandar para o posto alemão. Eu tentava trabalhar mais arduamente do que nunca para convencê-lo da minha utilidade, mas ele nunca ficava satisfeito. Sempre que ficava bêbado, ele me colocava nos ganchos, com Judas esperando pacientemente abaixo.

A primavera passou. Eu já estava com dez anos e tinha acumulado quem sabe quantos dias de indulgência para cada dia da minha vida. Uma grande festa da igreja se aproximava e as pessoas dos vilarejos estavam agitadas preparando roupas festivas. As mulheres fizeram guirlandas de tomilho selvagem, orvalhinha, tília, flores de maçã e cravos selvagens que seriam abençoadas pela igreja. A nave e os altares foram decorados com galhos verdes de bétula, álamo e salgueiro. Depois da festa, esses galhos passariam a ter grande valor. Seriam plantados em canteiros de vegetais, em campos de repolho, cânhamo e linho, para garantir crescimento rápido e proteção contra pragas.

No dia da festa, Garbos foi à igreja logo cedo. Eu fiquei na fazenda, machucado e dolorido da última surra. O eco interrompido dos sinos da igreja tocando se espalhou pelos campos, e até Judas parou de relaxar no sol e prestou atenção.

Era Corpus Christi. Diziam que nessa festa, a presença corporal do Filho de Deus seria sentida na igreja mais do que em qualquer outra ocasião. Todo mundo foi à igreja naquele dia: os pecadores e os corretos, os que rezavam constantemente e os que nunca rezavam, os ricos e os pobres, os doentes e os saudáveis. Mas eu fiquei com um cachorro que não tinha chance de alcançar uma vida melhor, apesar de ser uma das criaturas de Deus.

Eu tomei uma decisão rápida. O estoque de orações que eu tinha acumulado certamente se igualaria ao de muitos santos jovens. E apesar de minhas orações não terem produzido resultados perceptíveis, elas deviam ter sido notadas no céu, onde a justiça é a lei.

Eu não tinha nada a temer. Comecei a andar para a igreja, seguindo pelas faixas livres que separavam os campos.

O pátio da igreja já estava lotado de uma multidão atipicamente colorida, suas charretes decoradas com alegria e seus cavalos. Eu me agachei num canto escondido, esperando um momento oportuno de entrar na igreja por uma das portas laterais.

De repente, a empregada do vigário me viu. Um dos coroinhas escolhidos para aquele dia tinha caído doente por intoxicação, ela disse. Eu tinha que ir imediatamente para a sacristia, me trocar e assumir o lugar dele no altar. O novo padre que tinha ordenado.

Uma onda quente tomou conta de mim. Eu olhei para o céu. Finalmente alguém lá em cima tinha me notado. Viram minhas orações em uma pilha enorme, como batatas empilhadas na época da colheita. Em um momento, eu estaria perto Dele, no altar Dele, com a proteção do vigário Dele. Aquilo era só o começo. De agora em diante, uma vida diferente e mais fácil começaria para mim. Eu via o fim do terror que abala até esprimir todo o vômito do estômago, como uma semente de papoula furada aberta pelo vento. Não haveria mais surras de Garbos, eu não ficaria mais pendurado, não seria ameaçado por Judas. Havia uma nova vida à minha frente, uma vida tão tranquila quanto os campos amarelos de trigo sob o hálito gentil da brisa. Eu corri para a igreja.

Não foi fácil entrar. A multidão vistosa ocupava o pátio da igreja. Alguém me viu e na mesma hora chamou atenção para mim. Os camponeses correram para cima de mim e começaram a me açoitar com galhos de vimeiro e chicotes de cavalo, os camponeses mais velhos rindo tanto que tiveram que se deitar. Fui arrastado para debaixo de uma carroça e amarrado à cauda de um cavalo. Fui bem preso entre os eixos. O cavalo relinchou e chegou para trás e me deu um ou dois coices antes de eu conseguir me soltar.

Cheguei à sacristia tremendo e meu corpo doía. O padre, impaciente com meu atraso, estava pronto para prosseguir; os ministrantes também tinham acabado de se arrumar. Eu tremia de nervosismo quando vesti o manto sem mangas de coroinha. Sempre que o padre olhava para o outro lado, os outros garotos tentavam me derrubar ou cutucavam minhas costas. O padre, intrigado pela minha lentidão, ficou tão furioso que me empurrou com grosseria; eu caí em um banco e machuquei o braço. As coisas acabaram ficando todas prontas. As portas da sacristia se abriram e, na imobilidade de igreja lotada e expectante, nós assumimos nossos lugares no pé do altar, três de nós de cada lado do padre.

A missa prosseguiu com todo o esplendor.

A voz do padre estava mais melodiosa do que o habitual; o órgão trovejou com seus mil corações turbulentos; os coroinhas executaram solenemente as funções meticulosamente inculcadas.

Fui cutucado repentinamente nas costelas pelo coroinha ao meu lado. Ele fez um gesto nervoso com a cabeça na direção do altar. Olhei sem entender enquanto meu sangue latejava nos ouvidos. Ele gesticulou de novo, e reparei que o próprio padre estava me olhando com expectativa. Eu tinha que fazer alguma coisa, mas o quê? Eu entrei em pânico, perdi o ar. O acólito se virou na minha direção e sussurrou que eu tinha que carregar o missal.

E percebi que era meu dever transferir o missal de um lado do altar para o outro. Eu já tinha visto isso ser feito muitas vezes. Um coroinha se aproximava do altar, pegava o missal com a base onde ficava, andava para trás até o centro do degrau mais baixo na frente do altar, se ajoelhava segurando o missal nas mãos, se levantava e carregava o missal para o outro lado do altar, para finalmente voltar para o lugar dele.

Agora, era minha vez de fazer tudo isso.

Senti o olhar de todo mundo em mim. Ao mesmo tempo, o organista, como se para atribuir importância deliberada a essa cena de um cigano ajudando no altar de Deus, subitamente calou o órgão.

Um silêncio absoluto se espalhou pela igreja.

Controlei o tremor das pernas e subi os degraus para o altar. O missal, o Livro Sagrado cheio de orações sagradas reunidas para a maior glória de Deus por todos santos e homens educados ao longo dos séculos, estava em uma bandeja pesada de madeira com pernas com bolas de metal nas pontas. Mesmo antes de botar as mãos nela, eu vi que não teria força para levantá-la e carregá-la até o outro lado do altar. O livro em si era pesado demais, mesmo sem a bandeja.

Mas era tarde demais para recuar. Fiquei parado na plataforma do altar, as chamas fracas das velas tremeluzindo nos meus olhos. O tremor incerto fez o corpo tomado de agonia do Jesus crucificado parecer quase real. Mas, quando examinei o rosto Dele, não pareceu estar olhando; os olhos de Jesus estavam fixados em algum lugar para baixo, abaixo do altar, abaixo de todos nós.

Ouvi um chiado impaciente atrás de mim. Coloquei as mãos suadas embaixo da bandeja fria do missal, inspirei fundo e, fazendo o máximo de esforço, a ergui. Dei um passo cauteloso para trás, procurando a beirada do degrau com o dedão. De repente, em um instante tão breve quanto o espetar de uma agulha, o peso do missal ficou insuportável e me empurrou para trás. Eu cambaleei e não consegui recuperar o equilíbrio. O teto da igreja balançou. O missal e a bandeja caíram pelos degraus. Um grito involuntário pulou da minha garganta. Quase simultaneamente, minha cabeça e meus ombros bateram no chão. Quando abri os olhos, rostos furiosos e vermelhos estavam inclinados sobre mim.

Mãos ásperas me puxaram do chão e me empurraram para a porta. A multidão se abriu em estupefação. Da sacada, uma voz masculina gritou "Vampiro cigano!", e várias vozes se juntaram ao coro. Mãos seguraram meu corpo com dureza excruciante, apertando minha pele. Do lado de fora, eu quis chorar e suplicar por perdão, mas nenhum som saiu da minha garganta. Eu tentei de novo. Não havia voz em mim.

O ar fresco bateu no meu corpo quente. Os camponeses me arrastaram direto para uma fossa de esterco. Tinha sido cavada dois ou três anos antes, e a casinha ao lado com janelinhas cortadas no formado da cruz eram motivo de orgulho do padre. Era a única da região. Os camponeses estavam acostumados a atender os chamados da natureza diretamente no campo e só a usavam quando iam à igreja. Mas uma nova fossa estava sendo cavada do outro lado do presbitério, porque a antiga estava lotada e o vento costumava levar o odor desagradável para a igreja.

Quando me dei conta do que ia acontecer comigo, comecei a gritar de novo. Mas não saiu voz de mim. Cada vez que eu lutava, um camponês pesado pulava em mim e fechava minha boca e meu nariz. O fedor da fossa foi aumentando. Nós estávamos bem perto agora. Novamente, tentei me soltar, mas os homens me seguraram com força e não pararam de falar sobre o evento na igreja. Eles não tinham dúvida de que eu era um vampiro e que a interrupção da missa só poderia significar malignidade para o vilarejo.

Nós paramos na borda da fossa. A superfície marrom e enrugada exalava um fedor como o da horrível película que se forma em uma tigela de sopa quente de trigo sarraceno. Na superfície, nadava uma miríade de lagartinhas brancas, do tamanho de uma unha. Acima, circulavam nuvens de moscas, zumbindo monotonamente, com belos corpos azuis e violetas cintilando no sol, colidindo, caindo na direção da fossa por um momento e voltando para o ar.

Eu vomitei. Os camponeses me balançaram pelas mãos e pés. As nuvens pálidas no céu dançaram nos meus olhos. Fui jogado bem no centro da imundície marrom, que se abriu embaixo do meu corpo para me engolir.

A luz do dia desapareceu em cima de mim e eu comecei a sufocar. Eu me agitei instintivamente no ambiente denso, batendo braços e pernas. Toquei no fundo e dei impulso para cima o mais rápido que consegui. Um impulso esponjoso me ergueu para a superfície. Abri a boca e inspirei um pouco de ar. Fui sugado para baixo da superfície de novo e me empurrei do fundo. A fossa tinha só um metro quadrado. Novamente, surgi vindo do fundo, desta vez na direção da borda. No último momento, quando o fluxo ia me puxar para baixo, eu agarrei uma trepadeira do mato comprido e grosso que crescia na beira da fossa. Lutei contra a sucção da mandíbula relutante e me puxei para a margem da fossa, sem nem conseguir ver direito com os olhos cobertos de gosma.

Eu engatinhei para fora do atoleiro e fui tomado na mesma hora de câimbras de vômito. Fui sacudido por tanto tempo que minhas forças sumiram e eu caí, completamente exausto, nos arbustos de espinheiro, samambaia e hera, que ardiam e queimavam.

Ouvi o som distante do órgão e da cantoria humana e refleti que depois da missa as pessoas poderiam sair da igreja e me afogar de novo na fossa se me vissem vivo nos arbustos. Eu tinha que fugir e corri para a floresta. O sol fez a camada escura secar em mim, e nuvens de moscas e insetos grandes me perseguiram.

Assim que me vi na sombra das árvores, comecei a rolar no musgo frio e úmido, me esfregando com folhas frias. Com pedaços de casca de árvore, raspei o que restava da gosma. Esfreguei areia no cabelo, rolei na grama e vomitei de novo.

De repente, reparei que algo tinha acontecido com a minha voz. Tentei gritar, mas minha língua balançou com impotência na boca aberta. Eu estava sem voz. Estava morrendo de medo e, coberto de suor frio, me recusei a acreditar que fosse possível e tentei me convencer de que minha voz voltaria. Eu esperei alguns momentos e tentei de novo. Nada aconteceu. O silêncio da floresta só era interrompido pelo zumbido das moscas em volta de mim.

Eu me sentei. O último grito que eu tinha dado debaixo do missal caído ainda ecoava nos meus ouvidos. Seria o último grito que eu daria? Minha voz estaria fugindo como um grito solitário de pato nadando num lago enorme? Onde estava agora? Eu visualizava minha voz voando sozinha debaixo das vigas altas e curvas do teto da igreja. Via-a batendo nas paredes frias, nas imagens sagradas, nos painéis grossos de vidro colorido nas janelas, pelas quais os raios de sol mal passavam. Segui suas andanças sem rumo pelos corredores escuros, onde percorreu do altar para o púlpito, do púlpito para a sacada, da sacada para o altar de novo, direcionada pelo som amplo do órgão e a ondulação da multidão cantando.

Todos os mudos que eu já tinha visto desfilaram sob as minhas pálpebras. Não eram muitos, e a ausência de fala os deixava bem parecidos. O tremor absurdo dos rostos tentava substituir o som ausente das vozes, enquanto o movimento frenético dos membros assumia o lugar das palavras que não saíam. As outras pessoas sempre os olhavam com desconfiança; eles pareciam criaturas estranhas, tremendo, fazendo caretas, com baba escorrendo pelo queixo.

Devia ter havido alguma causa para a perda da minha fala. Uma força maior, com a qual eu ainda não tinha conseguido me comunicar, mandava no meu destino. Eu comecei a duvidar de que pudesse ser Deus ou um dos santos Dele. Com meu crédito garantido pelo número grande de orações, meus dias de indulgência deviam ser incontáveis; Deus não tinha motivo para infligir uma punição tão terrível em mim. Eu devia ter despertado a ira de alguma outra força, que espalhou seus tentáculos sobre os que Deus tinha abandonado por algum motivo.

Eu andei cada vez mais para longe da igreja e penetrei mais fundo na floresta. Da terra preta em que o sol não tocava surgiam os troncos de árvores cortadas muito tempo antes. Esses cotocos eram agora aleijados incapazes de vestir os corpos mutilados e atrofiados. Estavam sozinhos, sem companhia. Encolhidos e atarracados, não tinham força para subir na direção da luz e do ar. Nenhuma força poderia mudar a condição deles; sua seiva nunca chegaria aos galhos e folhagens. Buracos maiores nos troncos pareciam olhos mortos olhando eternamente com pupilas cegas para as cristas ondulantes dos irmãos vivos. Eles nunca seriam arrancados nem sacudidos pelos ventos, só apodreceriam lentamente, as vítimas quebradas na umidade da decomposição do chão da floresta.

12

Quando os garotos do vilarejo que estavam me esperando na floresta finalmente me pegaram, eu esperava que alguma coisa terrível me acontecesse. Mas fui levado para o chefe do vilarejo. Ele verificou que eu não tinha feridas nem úlceras no corpo e que era capaz de fazer o sinal da cruz. Depois de várias tentativas malsucedidas de me alocar com outros camponeses, ele me entregou a um fazendeiro chamado Makar.

Makar morava com o filho e a filha em uma fazenda distante do resto do povoado. Ao que parecia, a esposa dele tinha morrido muito tempo antes. Ele não era muito bem conhecido no vilarejo. Tinha chegado poucos anos antes e era tratado como um estrangeiro. Mas circulavam boatos de que ele evitava as outras pessoas porque pecava com o garoto que chamava de filho e com a menina que chamava de filha. Makar era baixo e corpulento e tinha um pescoço grosso. Ele desconfiava que eu só fingia ser mudo para não revelar minha fala cigana. Às vezes, à noite, corria para o sótão pequenininho no qual eu dormia e tentava arrancar um grito de mim. Eu acordava tremendo e abria a boca como um pintinho querendo comida, mas nenhum som saía. Ele me observava com atenção e parecia decepcionado. Depois de repetir o teste algumas vezes, ele acabou parando.

O filho dele, Anton, tinha vinte anos. Era ruivo com olhos claros e sem cílios. Era evitado no vilarejo tanto quanto o pai. Quando alguém falava com ele, ele olhava com indiferença para a pessoa e se virava para o outro lado em silêncio. Era chamado de Codorna, porque era como o pássaro no hábito de só falar com ele mesmo e nunca responder a outras vozes.

Também havia a filha, Ewka, um ano mais nova que o Codorna. Ela era alta e loura e magra, com seios como peras verdes e quadris que permitiam que ela se espremesse facilmente entre as estacas de uma cerca. Ewka também nunca ia ao vilarejo. Quando Makar ia com Codorna vender coelhos e peles de coelho nos vilarejos vizinhos, ela ficava sozinha. Ocasionalmente, era visitada por Anulka, a curandeira da região.

Os aldeões não gostavam de Ewka. Os camponeses diziam que tinha um carneiro nos olhos. Riam do bócio que estava começando a desfigurar o pescoço dela e da voz rouca. Diziam que as vacas perdiam o leite na presença dela e que era por isso que Makar só tinha coelhos e cabras.

Eu ouvia camponeses murmurando que a família estranha de Makar deveria ser expulsa do vilarejo e a casa dele, queimada. Mas Makar não dava atenção a essas ameaças. Ele sempre carregava uma faca comprida na manga e era capaz de arremessá-la com mira tão perfeita que uma vez prendeu uma barata na parede a uma distância de cinco passos. E Codorna carregava uma granada de mão no bolso. Ele a tinha encontrado com um *partisan* morto e sempre ameaçava a pessoa e a família de qualquer um que incomodasse a ele ou ao pai ou à irmã.

Makar tinha um cão de caça treinado, que ele chamava de Ditko, no quintal. Havia gaiolas de coelho arrumadas em fileira nas construções externas em volta do pátio. Só um alambrado separava as gaiolas. Os coelhos farejavam e se comunicavam enquanto Makar podia observar todos com um olhar.

Makar era especialista em coelhos. Nas gaiolas, ele tinha muitos animais esplêndidos, caros demais até para os fazendeiros mais ricos. Na fazenda, ele tinha quatro cabras e um bode. Codorna cuidava deles, tirava o leite, levava para o pasto e às vezes se trancava com os animais no estábulo. Quando Makar voltava para casa depois de uma venda bem-sucedida, ele e o filho ficavam bêbados e iam para o curral das cabras. Ewka sugeria, com malícia, que eles estavam se divertindo lá. Nessas ocasiões, Ditko ficava amarrado perto da porta, para impedir que alguém se aproximasse.

Ewka não gostava do irmão e do pai. Às vezes, ficava sem sair de casa por dias, com medo de Makar e Codorna a forçarem a passar a tarde toda com eles no estábulo das cabras.

Ewka gostava que eu ficasse por perto quando ela estava cozinhando. Eu ajudava a descascar legumes, levava lenha e carregava as cinzas para fora.

Às vezes, ela me pedia para me sentar perto das pernas dela e beijá-las. Eu agarrava as panturrilhas finas e começava a beijá-las lentamente a partir dos tornozelos, primeiro com um toque leve dos lábios e carícias suaves da mão pelos músculos rígidos, beijando a parte funda embaixo do joelho, subindo para as coxas brancas. Eu erguia a saia dela gradualmente. Era incentivado por batidinhas nas costas e subia, beijando e mordiscando a carne macia. Quando chegava no montículo quente, o corpo de Ewka começava a tremer espasmodicamente. Ela passava os dedos loucamente pelo meu cabelo, acariciava meu pescoço e beliscava minhas orelhas, ofegando cada vez mais rápido. Apertava meu rosto no corpo dela e, depois de um momento de transe, caía de volta no banco, exausta.

Eu também gostava do que vinha depois. Ewka se sentava no banco, me colocava entre as pernas abertas, me abraçava e acariciava, me beijava no pescoço e no rosto. O cabelo dela, seco como urze, caía no meu rosto quando eu olhava para os seus olhos claros e via um rubor escarlate se espalhar do rosto para o pescoço e os ombros. Minhas mãos e boca reviviam. Ewka começava a tremer e respirar mais fundo, a boca ficava fria e as mãos trêmulas me puxavam para o corpo dela.

Quando nós ouvíamos os homens chegando, Ewka corria para a cozinha, ajeitando o cabelo e as saias, enquanto eu corria para as coelheiras para a alimentação noturna.

Mais tarde, depois que Makar e o filho tinham ido dormir, ela levava minha comida. Eu comia rapidamente enquanto ela ficava deitada nua ao meu lado, acariciando avidamente minhas pernas, beijando meu cabelo, tirando rapidamente minhas roupas. Nós ficávamos deitados juntos, e Ewka encostava bem o corpo no meu, me pedindo para beijá-la e chupá-la, agora aqui e agora ali. Eu obedecia a todos os desejos dela, fazia todos os tipos de coisas, mesmo quando eram dolorosas ou sem sentido. Os movimentos de Ewka se tornavam espasmos, ela tremia embaixo de mim, ia para cima, me fazia me sentar nela, me agarrava com avidez, enfiava as unhas nas minhas costas e ombros. Nós passávamos a maior parte das noites assim, cochilando de tempos em tempos e acordando de novo para ceder às emoções ardentes dela. Todo o corpo dela parecia atormentado por erupções e tensões internas e secretas. Ficava rígido como uma pele de coelho esticada em uma tábua para secar, até que relaxava de novo.

Às vezes, Ewka me procurava nas coelheiras durante o dia, quando Codorna estava sozinho com as cabras e Makar ainda não tinha voltado para casa. Nós pulávamos a cerca juntos e desaparecíamos no trigo alto. Ewka ia na frente e escolhia um esconderijo seguro. Nós nos deitávamos no chão irregular, onde Ewka me mandava me despir mais rápido e puxava impacientemente minhas roupas. Eu mergulhava nela e tentava satisfazer todos os ímpetos diferentes, enquanto as espigas pesadas de trigo se moviam sobre nós como as ondulações no lago tranquilo. Ewka pegava no sono por alguns momentos. Eu observava o rio dourado de trigo, reparando nas marianinhas pairando timidamente nos raios de sol. No céu, as andorinhas prometiam tempo bom com suas rotações intrincadas. Borboletas circulavam em buscas livres, e um falcão solitário planava alto no céu, como um aviso eterno, esperando um pombo distraído.

Eu me sentia seguro e feliz. Ewka se movia no sono, a mão me procurava instintivamente e curvava os caules de trigo ao se deslocar até mim. Eu subia nela, entrava entre suas pernas e a beijava.

Ewka tentou me tornar homem. Ela me visitava à noite e fazia cócegas nas minhas partes, empurrando dolorosamente nas palhas finas, apertando, lambendo. Fiquei surpreso de notar uma coisa que eu não conhecia antes; coisas sobre as quais eu não tinha controle começaram a acontecer. Ainda era espasmódico e imprevisível, às vezes rápido, às vezes lento, mas eu sabia que não podia mais parar o sentimento.

Quando Ewka adormecia ao meu lado, murmurando em meio aos sonhos, eu ponderava sobre todas essas coisas enquanto prestava atenção no som dos coelhos à nossa volta.

Não havia nada que eu não faria por Ewka. Esqueci meu destino de cigano mudo destinado ao fogo. Parei de ser um goblin do qual os pastores debochavam e que lançava feitiços nas crianças e animais. Nos meus sonhos, eu virava um homem alto e bonito, de pele clara, olhos azuis e cabelo como folhas claras de outono. Eu me tornava um oficial alemão de uniforme preto apertado. Ou me tornava um caçador de pássaros, familiarizado com todos os caminhos secretos dos bosques e pântanos.

Nesses sonhos, minhas mãos artísticas induziam paixões selvagens nas garotas do vilarejo, transformando-as em Ludmilas devassas que me perseguiam pelas clareiras floridas, deitavam-se comigo em camas de tomilho selvagem, em campos de solidagos.

Eu me agarrava a Ewka nos sonhos, segurando-a como uma aranha, enrolando tantas pernas em volta dela quanto uma aranha tem. Eu crescia no corpo dela como uma plantinha enxertada em uma macieira de galhos grossos por um jardineiro habilidoso.

Havia outro sonho recorrente, que oferecia um tipo diferente de visão. A tentativa de Ewka de me tornar um homem adulto dava certo na mesma hora. Uma parte do meu corpo crescia rapidamente como uma vara monstruosa de tamanho incrível, enquanto o restante permanecia igual. Eu me tornava uma aberração medonha; ficava trancado numa jaula e as pessoas me olhavam entre as grades, rindo com animação. Ewka se aproximava nua pelo meio da multidão e se juntava a mim num abraço grotesco. Eu me tornava um crescimento horrível no corpo macio dela. A bruxa Anulka ficava por perto com uma faca grande, pronta para me cortar para me separar da garota, para me mutilar horrivelmente e me jogar para as formigas.

Os sons do amanhecer acabavam com meus pesadelos. As galinhas cacarejavam, o galo cantava, os coelhos batiam os pés de fome enquanto Ditko, irritado com tudo, começava a rosnar e latir. Ewka corria furtivamente para casa e eu entregava aos coelhos a grama que nossos corpos tinham aquecido.

Makar inspecionava as coelheiras várias vezes por dia. Sabia os nomes de todos os coelhos e nada fugia à atenção dele. Ele tinha algumas fêmeas favoritas de cuja alimentação ele mesmo cuidava, e não largava as gaiolas quando elas tinham ninhadas. Uma das fêmeas era a favorita de Makar. Ela era branca e enorme, com olhos rosados, e não tinha tido nenhum filhote. Makar a levava para casa e a deixava lá por dias seguidos, e ela nunca ficava bem depois. Após algumas visitas assim, a coelha branca sangrou debaixo do rabo, se recusou a comer e pareceu ficar doente.

Um dia, Makar me chamou, apontou para ela e me mandou matá-la. Eu não acreditei que ele estivesse falando sério. A fêmea branca era muito valiosa, pois coelhos de pelagem branca pura eram raros. Além do mais, ela era muito grande e sem dúvida seria uma reprodutora fértil. Makar repetiu a ordem, sem me olhar e sem olhar para a coelha. Eu não sabia o que fazer. Makar sempre matava ele mesmo os coelhos, com medo de eu não ter força para executá-los de forma rápida e indolor. Tirar a pele e limpar era trabalho meu. Mais tarde, Ewka fazia pratos gostosos com eles. Ao reparar na minha hesitação, Makar me deu um tapa na cara e me mandou de novo matar a coelha.

Ela era pesada e tive dificuldade de levá-la para o pátio. Ela lutou e gritou e eu não consegui levantá-la o suficiente pelas pernas traseiras para dar um golpe letal atrás das orelhas. Não tive escolha, só pude matá-la sem levantá-la. Eu esperei o momento certo e bati no animal com toda a minha força. Ela caiu. Por garantia, eu bati nela de novo. Quando achei que ela estivesse morta, pendurei-a num poste especial. Afiei minha faca numa pedra e comecei a tirar a pele.

Primeiro, cortei a pele das pernas e separei com cuidado os tecidos dos músculos, evitando ansiosamente qualquer dano à pele. Depois de cada corte, eu puxei a pele até chegar ao pescoço. Foi um ponto difícil, porque o golpe atrás das orelhas tinha causado tanto sangramento que ficou difícil distinguir entre pele e músculo. Como qualquer dano à valiosa pele de coelhos enfurecia Makar, eu não ousei pensar o que aconteceria se eu rasgasse aquela.

Eu comecei a soltar a pele com cuidado adicional, puxando-a na direção da cabeça, quando de repente um tremor percorreu o corpo pendurado. Um suor frio cobriu o meu corpo. Eu esperei um momento, mas o corpo permaneceu imóvel. Fiquei mais tranquilo e, pensando que tinha sido ilusão, voltei a trabalhar. Mas o corpo tremeu de novo. A coelha devia estar só atordoada.

Corri para pegar o porrete para matá-la, mas um grito horrível me fez parar. A carcaça parcialmente esfolada começou a pular e se contorcer no poste onde estava suspensa. Perplexo e sem saber o que estava fazendo, eu soltei a coelha agitada. Ela caiu e saiu correndo na mesma hora, primeiro para a frente, depois para trás. Com a pele pendurada atrás do corpo, ela rolou no chão soltando um grito infinito. Serragem, folhas, terra, bosta, tudo grudou na carne exposta e ensanguentada. Ela foi se contorcendo de forma cada vez mais violenta. Perdeu a noção de direção, cega pelos pedaços de pele caindo nos olhos, pegando gravetos e mato com ela como se fosse uma meia parcialmente retirada do pé.

Os gritos estridentes provocaram pandemônio no pátio. Os coelhos apavorados ficaram enlouquecidos nas coelheiras, as fêmeas agitadas pisotearam os filhotes, os machos lutaram entre si, berrando, batendo com as traseiras nas paredes. Ditko ficou pulando e puxando a corrente. As galinhas bateram as asas em uma tentativa desesperada de sair voando, mas caíram, resignadas e humilhadas, nos tomates e nas cebolas.

A coelha, agora completamente vermelha, ainda estava correndo. Ela disparou pela grama e voltou para as coelheiras; tentou passar pela plantação de feijão. Cada vez que a pele solta prendia em algum obstáculo, ela parava com um grito horrendo e jorrava sangue.

Makar finalmente saiu correndo da casa com um machado na mão. Correu atrás da criatura ensanguentada e a cortou no meio com um golpe. Bateu nos dois pedaços repetidamente. O rosto dele estava pálido e ele berrava xingamentos horríveis.

Quando só restava uma polpa sangrenta da coelha, Makar reparou em mim e veio na minha direção tremendo de raiva. Não tive tempo de desviar, e um chute forte na barriga me jogou por cima da cerca, sem fôlego. O mundo pareceu girar. Fiquei cego, como se a minha própria pele estivesse caindo sobre a minha cabeça como um capuz preto.

O chute me imobilizou por várias semanas. Fiquei deitado numa coelheira velha. Uma vez por dia, Codorna ou Ewka levavam comida para mim. Às vezes, Ewka ia sozinha, mas ia embora sem dizer nada quando via minha condição.

Um dia, Anulka, que tinha ouvido falar dos meus ferimentos, levou uma toupeira viva. Ela a rasgou na minha frente e a colocou no meu abdome até o corpo do animal ficar bem frio. Quando terminou, ela estava confiante de que o tratamento me deixaria bom logo.

Eu sentia falta da presença de Ewka, sua voz, seu toque, seu sorriso. Tentei melhorar rápido, mas só força de vontade não foi suficiente. Sempre que eu tentava levantar, um espasmo de dor na minha barriga me paralisava por minutos. Rastejar para fora da coelheira para urinar era sofrimento puro, e muitas vezes eu desistia e fazia ali mesmo, onde eu dormia.

Finalmente, Makar foi até lá e me disse que, se eu não voltasse a trabalhar em dois dias, ele me entregaria para os camponeses. Eles tinham que levar umas cotas para a estação de trem e ficariam felizes de me entregar para a polícia militar alemã.

Eu comecei a treinar andar. Minhas pernas não me obedeciam e eu me cansava fácil.

Uma noite ouvi barulhos lá fora. Espiei por uma fresta entre as tábuas. Codorna estava levando o bode até o quarto do pai onde havia um lampião a óleo emitindo uma luz fraca.

O bode raramente era tirado do celeiro. Era um animal grande e fedorento, feroz e sem medo de ninguém. Até Ditko preferia não ir para cima dele. O bode atacava galinhas e perus e batia com a cabeça em cercas e troncos. Uma vez, ele correu atrás de mim, mas eu me escondi nas coelheiras até Codorna o levar embora.

Intrigado por essa visita inesperada ao quarto de Makar, subi no teto da coelheira, de onde podia ver a casa. Em pouco tempo, Ewka entrou no quarto, enrolada num lençol. Makar se aproximou do bode e o acariciou embaixo da barriga com gravetos de bétula até o animal ficar suficientemente excitado. Com alguns golpes de vara, ele obrigou o animal ficar de pé, apoiando as pernas dianteiras numa prateleira. Ewka tirou o lençol e, para o meu horror, entrou nua embaixo do bode e se agarrou a ele como se ele fosse um homem. De vez em quando, Makar a empurrava para o lado e excitava mais o animal. Ele deixou Ewka copular apaixonadamente com o bode, girando, estocando e, por fim, o abraçando.

Algo desmoronou dentro de mim. Meus pensamentos se desfizeram e se estilhaçaram em fragmentos partidos, como uma jarra quebrada. Eu me senti tão murcho quanto uma bexiga de peixe perfurada repetidas vezes e afundando em águas profundas e lamacentas.

Todos os eventos ficaram repentinamente claros e óbvios. Explicavam a expressão que eu tinha ouvido as pessoas usarem muitas vezes para falar sobre as pessoas muito bem-sucedidas na vida: "Ele está mancomunado com o Diabo".

Camponeses também acusavam uns aos outros de aceitarem ajuda de vários demônios, como Lúcifer, Cadáver, Mamon, Exterminador e muitos outros. Se os poderes do mal estavam tão disponíveis para camponeses, deviam rondar todas as pessoas, prontos para atacar a qualquer sinal de encorajamento, a qualquer fraqueza.

Tentei visualizar a forma pela qual os espíritos malignos trabalhavam. As mentes e almas das pessoas eram tão abertas para essas forças quanto um campo arado, e era nesse campo que os Malvados espalhavam incessantemente sua semente maligna. Se a semente brotasse, se eles se sentissem bem-vindos, eles ofereciam toda a ajuda que pudesse ser necessária, com a condição de que fosse usada com propósitos egoístas e só em detrimento dos outros. A partir do momento em que assinava um pacto com o Diabo, quanto mais mal, infelicidade, prejuízo e amargura um homem pudesse causar nas pessoas ao redor, mais ajuda ele podia esperar. Se ele se esquivasse de fazer mal aos outros, se sucumbisse às emoções de amor, amizade e compaixão, ele ficaria mais fraco imediatamente e sua própria vida teria que absorver o sofrimento e as derrotas que ele tinha poupado aos outros.

Essas criaturas que habitavam a alma humana observavam atentamente não só todas as ações do homem, mas também seus motivos e emoções. O que importava era que um homem promovesse o mal conscientemente, encontrasse prazer em fazer mal aos outros, alimentando e usando os poderes diabólicos concedidos a ele pelos Malvados de uma forma calculada para provocar tanta infelicidade e sofrimento ao redor quanto possível.

Só os que tinham uma paixão suficientemente poderosa pelo ódio, pela ganância, pela vingança ou pela tortura para obter algum objetivo pareciam fazer uma boa barganha com os poderes do Mal. Os outros, confusos, inseguros dos objetivos, perdidos entre maldições e orações, entre a taverna e a igreja, lutavam pela vida sozinhos, sem ajuda de Deus ou do Diabo.

Até então, eu tinha sido um desses. Senti raiva de mim mesmo por não ter entendido antes as regras reais do mundo. Os Malvados só deviam escolher os que tinham demonstrado um suprimento suficiente de ódio interno e de malícia.

Um homem que tivesse se vendido para os Malvados ficaria sob o poder deles por toda a vida. De tempos em tempos, ele teria que demonstrar um número cada vez maior de maldades. Mas elas não eram qualificadas igualmente pelos superiores dele. Uma ação que fizesse mal a uma pessoa só obviamente valeria menos do que uma que afetasse muitas. As consequências de uma maldade também eram importantes. Destruir a vida de um homem jovem era mais valioso do que fazer o mesmo com um homem velho que não tinha mais muito tempo de vida. Além do mais, se o mal feito a alguém conseguisse mudar a personalidade da pessoa de tal forma que a virasse para o mal como meio de vida, havia um bônus especial envolvido. Portanto, dar uma surra num homem inocente valia menos do que incitá-lo a odiar outros. Mas o ódio de grupos maiores de pessoas devia ser o mais valioso de todos. Eu mal conseguia imaginar o prêmio conquistado pela pessoa que conseguiu inculcar em todas as pessoas louras de olhos azuis um ódio eterno dos que tinham cabelo e olhos escuros.

Eu também comecei a entender o sucesso extraordinário dos alemães. O padre não explicou uma vez para alguns camponeses que até nas épocas remotas os alemães tinham prazer em travar guerras? A paz nunca os tinha atraído. Eles não queriam cultivar o solo, não tinham paciência para esperar o ano todo pela colheita. Preferiam atacar outras tribos e pegar a colheita delas. Os alemães deviam ter sido notados pelos Malvados nessa época. Ansiosos para fazer o mal, concordaram em se vender completamente a eles. É por isso que eles eram dotados de todas as habilidades e talentos esplêndidos que tinham. É por isso que eles conseguiam impor todos os seus métodos refinados de fazer o mal aos outros. O sucesso era um círculo vicioso: quanto mais mal eles infligiam, mais poderes secretos para o mal ganhavam. Quanto mais poderes diabólicos eles tinham, mais mal eles conseguiam fazer.

Ninguém conseguia impedi-los. Eles eram invencíveis; executavam a função com habilidade de mestres. Contaminaram os outros com ódio, condenaram nações inteiras ao extermínio. Todos os alemães deviam ter vendido a alma para o Diabo no nascimento. Essa era a fonte de poder e força deles.

Um suor frio me encharcou na coelheira escura. Eu odiava muita gente. Quantas vezes tinha sonhado com o momento em que fosse forte o suficiente para voltar, botar fogo nos povoados, envenenar os filhos e gado deles, atraí-los para pântanos mortais. De certa forma, eu já tinha sido recrutado pelas forças do Mal e tinha feito um pacto com elas. Agora, eu precisava da ajuda delas para espalhar o mal. Afinal, eu ainda era muito jovem; os Malvados tinham motivo para acreditar que eu tinha um futuro para dar a eles, que meu ódio e meu apetite pelo mal acabariam crescendo como uma erva-daninha, espalhando as sementes por muitos campos.

Eu me senti mais forte e mais confiante. O tempo de passividade tinha acabado; a crença no bem, no poder das orações, em altares, padres e Deus tinham me tirado a fala. Meu amor por Ewka, minha vontade de fazer o que pudesse por ela, também teve uma recompensa adequada.

Agora, eu me juntaria aos ajudados pelos Malvados. Ainda não tinha feito nenhuma contribuição real para o trabalho deles, mas com o tempo me tornaria tão preeminente quanto qualquer um dos alemães. Eu podia esperar distinções e prêmios, assim como poderes adicionais que me permitiriam destruir outros das formas mais sutis.

As pessoas que tinham contato comigo também ficariam infectadas com o mal. Elas executariam a tarefa de destruição, e cada sucesso delas conquistaria novos poderes para mim.

Não havia tempo a perder. Eu tinha que construir um potencial pelo ódio que me obrigaria a agir e atrair a atenção dos Malvados. Se realmente existissem, eles não deixariam passar uma oportunidade de me usar.

Eu não sentia mais dor. Engatinhei até a casa e espiei pela janela. No quarto, a brincadeira com o bode tinha acabado; o animal estava parado calmamente num canto. Ewka estava brincando com Codorna. Os dois estavam nus, se revezando em deitar sobre o outro, pulando como rãs, rolando no chão e se abraçando do jeito que Ewka tinha me ensinado. Makar, também nu, estava parado ao lado olhando de cima. Quando a garota começou a chutar e tremer, enquanto Codorna parecia rígido como um poste de cerca, Makar se ajoelhou sobre eles perto do rosto da filha, e seu corpo enorme os protegeu da minha visão.

Eu continuei olhando por alguns momentos. A visão desceu da minha mente entorpecida como uma gota de água congelada descendo de um pedaço de gelo.

De repente, eu desejei agir e saí mancando. Ditko, familiarizado com meus movimentos, só rosnou e voltou a dormir. Fui na direção da cabana de Anulka, na extremidade do vilarejo. Aproximei-me sorrateiramente, procurando o cometa em toda parte. As galinhas levaram um susto com a minha presença e começaram a cacarejar. Eu espiei pela porta estreita.

A velha acordou naquele momento. Eu me agachei atrás de um barril grande, e quando Anulka saiu, eu soltei um uivo sobrenatural e a cutuquei nas costelas com uma vareta. A bruxa velha saiu correndo, gritando e pedindo ajuda do Senhor e de todos os santos, tropeçando nas varetas que sustentavam os tomateiros no jardim.

Eu entrei na sala abafada e logo encontrei um cometa velho junto do fogão. Joguei umas brasas acessas no cometa e corri para a floresta. Atrás de mim, ouvi a voz estridente de Anulka e as vozes alarmadas dos cachorros e das pessoas, reagindo lentamente aos gritos dela.

13

Naquela época do ano, não era muito difícil fugir de um vilarejo. Eu costumava ver os garotos prenderem patins caseiros em seus sapatos e espalharem pedaços de lona sobre a cabeça para depois deixar o vento os levarem pela superfície lisa de gelo cobrindo os pântanos e pastos.

Os pântanos se espalhavam por muitos quilômetros entre os vilarejos. No outono, as águas subiam e submergiam os juncos e arbustos. Peixinhos e outras criaturas se multiplicavam rapidamente nos brejos. Às vezes, dava para ver uma cobra, a cabeça erguida rigidamente, nadando com determinação. Os pântanos não congelavam tão rapidamente quanto os lagos e lagoas. Era como se os ventos e juncos estivessem se defendendo agitando a água.

Mas, no fim, o gelo cobria tudo. Só as pontas dos juncos altos e um galho ou outro apareciam aqui e ali, com uma cobertura gelada na qual flocos de neve se equilibravam precariamente.

Os ventos ficavam selvagens e descontrolados. Passavam pelos assentamentos humanos e ganhavam velocidade no terreno pantanoso plano, levando junto nuvens de neve leve, empurrando galhos velhos e talos secos de batata, curvando as cabeças orgulhosas das árvores mais altas se projetando pelo gelo. Eu sabia que havia muitos ventos diferentes e que eles travavam batalhas, dando cabeçadas uns nos outros, lutando, tentando ganhar mais terreno.

Eu já tinha feito um par de patins, torcendo para um dia ter que ir embora do vilarejo. Prendi um fio grosso a dois pedaços compridos de madeira, curvos numa ponta. Em seguida, passei tiras pelos patins e os prendi com firmeza nas minhas botas, que também tinham sido feitas por mim. Essas botas eram formadas de solas retangulares de madeira e pedaços de pele de coelho, reforçadas por fora com lona.

Prendi os patins às botas na beirada do pântano. Pendurei o cometa aceso no ombro e abri a vela sobre a cabeça. A mão invisível do vento começou a me empurrar. Eu ganhei velocidade a cada sopro que me levava para longe do vilarejo. Meus patins deslizaram no gelo e eu senti o calor do meu cometa. Agora eu estava no meio de uma superfície gelada ampla. O vento barulhento me levou, e nuvens cinzentas escuras com bordas claras correram comigo no meu trajeto.

Ao voar por aquela planície branca infinita, eu me senti livre e sozinho como um estorninho planando no ar, jogado pelas rajadas, seguindo um fluxo, inconsciente da velocidade, levado em uma dança entregue. Confiando-me ao poder frenético do vento, eu abri ainda mais a minha vela. Era difícil de acreditar que as pessoas da região consideravam o vento como um inimigo e fechavam as janelas a ele, com medo de levar peste, paralisia e morte. Elas sempre diziam que o Diabo era mestre dos ventos, que executava suas ordens malignas.

O ar agitado agora me empurrava com um impulso regular. Eu voei pelo gelo, desviando de ocasionais talos congelados. O sol estava fraco, e quando eu finalmente parei, meus ombros e tornozelos estavam rígidos e frios. Decidi descansar e me aquecer, mas, quando peguei meu cometa, vi que tinha se apagado. Não tinha sobrado nem uma fagulha. Tremi de medo, sem saber o que fazer. Eu não podia voltar para o vilarejo; não tinha força para a longa luta contra o vento. Não tinha ideia se havia fazendas nas redondezas, se eu conseguiria encontrá-las antes do anoitecer e se me dariam abrigo caso as encontrasse.

Ouvi uma coisa que pareceu uma risada no vento agitado. Tremi ao pensar que o Diabo em pessoa estava me testando ao me levar a andar em círculos, esperando o momento em que eu aceitaria a proposta dele.

Enquanto o vento me açoitava, eu ouvia outros sussurros, murmúrios e gemidos. Os Malvados estavam interessados em mim, finalmente. Para me treinar no ódio, primeiro eles me separaram dos meus pais, tiraram Marta e Olga, me deram nas mãos do carpinteiro, roubaram minha fala e deram Ewka para o bode. Agora, me arrastaram por um vazio congelado, jogaram neve na minha cara, agitaram meus pensamentos em confusão. Eu estava sob o poder deles, sozinho em uma folha reluzente de gelo que os próprios Malvados tinham espalhado entre vilarejos remotos. Eles deram cambalhotas por cima da minha cabeça e podiam me jogar para qualquer lugar de acordo com os caprichos deles.

Comecei a andar com os pés doloridos, alheio ao tempo. Cada passo era uma dor e eu tinha que descansar em intervalos frequentes. Eu me sentei no gelo tentando mover as pernas congeladas, esfregando as bochechas, nariz e orelhas com neve tirada do meu cabelo e das roupas, massageando os dedos rígidos, tentando encontrar alguma sensação nos dedos dos pés dormentes.

O sol estava descendo no horizonte e os raios inclinados eram tão frios quanto os da lua. Quando eu me sentei, o mundo ao meu redor parecia uma frigideira enorme cuidadosamente polida por uma dona de casa eficiente.

Abri a lona em cima da cabeça, tentando pegar todas as turbulências enquanto seguia em frente na direção do sol poente. Quando estava quase perdendo as esperanças, reparei nos contornos de telhados de sapê. Alguns momentos depois, quando o vilarejo ficou visível, eu vi uma gangue de garotos se aproximando de patins. Sem meu cometa, fiquei com medo deles e tentei me afastar por um ângulo, mirando nos arredores do assentamento. Mas era tarde demais; eles já tinham me notado.

O grupo seguiu na minha direção. Eu saí correndo contra o vento, mas fiquei sem fôlego e mal conseguia me manter de pé. Eu me sentei no gelo segurando a alça do cometa.

Os garotos chegaram mais perto. Eram dez ou mais. Balançando os braços, apoiando uns aos outros, eles seguiram com firmeza contra o vento. O ar jogava as vozes deles para trás; eu não conseguia ouvir nada.

Quando estavam bem perto, eles se dividiram em dois grupos e me cercaram com cautela. Eu me encolhi no gelo e cobri o rosto com a vela de lona, torcendo para eles me deixarem em paz.

Eles me envolveram com desconfiança. Eu fingi não reparar neles. Três dos mais fortes chegaram mais perto. "Um cigano", disse um deles. "Um bastardo cigano."

Os outros ficaram perto com postura calma, mas, quando tentei me levantar, eles pularam em mim e giraram meu braços para as costas. O grupo ficou agitado. Eles me bateram no rosto e na barriga. O sangue congelou no meu lábio e fechou um olho. O mais alto disse alguma coisa. Os outros pareceram concordar com entusiasmo. Uns me seguraram pelas pernas, outros começaram a tirar a minha calça. Eu sabia o que eles queriam fazer. Já tinha visto bandos de pastores estuprando um garoto de outro vilarejo que por acaso foi parar no território deles. Eu sabia que só uma coisa imprevista poderia me salvar.

Permiti que eles tirassem a minha calça, fingindo estar exausto e não conseguir mais lutar. Achei que eles não tirariam minhas botas e patins porque estavam presos aos meus pés com firmeza. Ao repararem que eu estava inerte e não resisti, eles relaxaram o aperto. Dois dos maiores se agacharam ao lado do meu abdome exposto e bateram em mim com luvas congeladas.

Eu contraí os músculos, puxei uma perna de leve e chutei um dos garotos inclinados sobre mim. Algo estalou na cabeça dele. Primeiro, achei que tivesse sido o patim, mas estava inteiro quando eu o puxei de volta do olho do garoto. Outro tentou me segurar pelas pernas; eu o chutei com o patim na garganta. Os dois garotos caíram no gelo, sangrando profusamente. Os outros garotos entraram em pânico; a maioria começou a puxar os garotos feridos na direção do vilarejo, deixando um rastro de sangue no gelo. Quatro ficaram para trás.

Eles me prenderam no chão com uma vara comprida usada para pescar em buracos no gelo. Quando parei de lutar, me arrastaram na direção de um buraco próximo. Eu resisti desesperadamente na beira da água, mas eles estavam prontos. Dois alargaram o buraco e todos me levantaram juntos e me empurraram para baixo do buraco com a parte pontuda da vara. Eles tentaram garantir que eu não conseguisse emergir.

A água gelada se fechou sobre mim. Fechei a boca e prendi o ar, sentindo a pontada dolorosa da vara me empurrando para baixo. Deslizei embaixo do gelo, que encostou na minha cabeça, nos meus ombros e nas minhas mãos expostas. Mas a vara pontuda estava frouxa nas pontas dos meus dedos agora, sem ser enfiada em mim, porque os garotos a tinham soltado.

O frio me envolveu. Minha mente estava congelando. Eu estava afundando, sufocando. A água era rasa, e meu único pensamento era que eu poderia usar a vara para empurrar o fundo e me erguer até o corte no gelo. Eu segurei a vara e ela me sustentou enquanto eu me movia debaixo do gelo. Quando meus pulmões estavam quase explodindo e eu estava pronto para abrir a boca e engolir qualquer coisa, vi que estava perto do corte no gelo. Com mais um empurrão, minha cabeça saiu pelo buraco e eu engoli ar que pareceu um fluxo de sopa fervente. Segurei-me na borda afiada do gelo de uma forma que conseguisse respirar sem emergir com muita frequência. Eu não sabia se os garotos tinham ido longe e preferi esperar um pouco.

Só meu rosto ainda estava vivo; eu não conseguia sentir o resto do corpo. Parecia pertencer ao gelo. Eu fiz esforços para mover as pernas e pés.

Espiei pela beirada do gelo e vi os garotos desaparecendo ao longe e diminuindo a cada passo que davam. Quando estavam bem longe, subi para a superfície. Minhas roupas congelaram e estalavam a cada movimento. Eu pulei e alonguei as pernas e braços rígidos e esfreguei neve em mim, mas o calor voltava só por alguns segundos e sumia de novo. Amarrei os trapos que restavam da minha calça nas pernas, puxei a vara do buraco no gelo e me apoiei pesadamente nela. O vento me acertou de lado; tive dificuldade de manter a direção. Sempre que enfraquecia, eu enfiava a vara entre as pernas e a empurrava, como se montando uma cauda dura.

Eu estava indo lentamente para longe das cabanas, na direção da floresta visível ao longe. Era fim de tarde e o disco amarronzado do sol estava cortado pelas formas quadradas de telhados e chaminés. Cada sopro do vento roubava do meu corpo os restos preciosos de calor. Eu sabia que não podia descansar e não podia parar nem por um momento até chegar na floresta. Comecei a ver o padrão da casca das árvores. Uma lebre assustada pulou de debaixo de um arbusto.

Quando cheguei nas primeiras árvores, minha cabeça estava girando. Parecia ser o meio do verão, e as espigas douradas de trigo estavam balançando sobre a minha cabeça e Ewka estava me tocando com a mão quente. Tive visões de comida: uma tigela enorme de carne temperada com vinagre, alho, pimenta e sal; uma panela de mingau engrossado com folhas de repolho em conserva e pedaços de bacon gordo e suculento; fatias cortadas igualmente de pão de cevada mergulhado em um caldo grosso de cevada, batata e milho.

Dei mais alguns passos no chão gelado e entrei na floresta. Meus patins prenderam nas raízes e arbustos. Tropecei uma vez e me sentei em um tronco de árvore. Quase imediatamente, comecei a afundar em uma cama quente cheia de travesseiros e edredons macios, lisos e quentes. Alguém se curvou sobre mim, eu ouvi uma voz de mulher e fui carregado para algum lugar. Tudo se dissolveu em uma abafada noite de verão, cheia de névoas intoxicantes, úmidas e fragrantes.

14

Acordei numa cama larga e baixa junto à parede e coberto de peles de ovelha. Estava quente no quarto e a luz tremeluzente de uma vela grossa revelava um piso sujo, paredes brancas como giz e um telhado de sapê. Havia uma cruz pendurada acima da lareira. Uma mulher olhava para as chamas altas do fogo. Ela estava descalça e usava uma saia justa de linho áspero. O colete de pele de coelho, cheio de buracos, estava desabotoado até a cintura. Ao notar que eu tinha acordado, ela se aproximou e se sentou na cama, que gemeu com o peso dela. Ergueu meu queixo e me observou com atenção. Seus olhos eram azuis aquosos. Quando sorriu, não cobriu a boca com a mão, como era costumeiro ali. Exibiu duas fileiras de dentes amarelados e irregulares.

Ela falou comigo em um dialeto local que não consegui entender completamente. Insistia em me chamar de seu pobre cigano, seu judeuzinho enjeitado. No começo, não acreditou que eu fosse mudo. De vez em quando, olhava dentro da minha boca, batia com os dedos no meu pescoço, tentava me sobressaltar; mas parava logo, quando eu ficava em silêncio.

Ela me deu *borscht* quente e grosso e inspecionou com cuidado minhas orelhas, mãos e pés congelados. Ela me contou que seu nome era Labina. Eu me senti seguro e satisfeito com ela. Gostava muito dela.

Durante o dia, Labina saía para trabalhar como doméstica de uns camponeses ricos, principalmente os que tinham esposas doentes ou filhos demais. Muitas vezes, me levava junto, para eu poder fazer uma refeição decente, embora dissessem no vilarejo que eu deveria ser entregue aos alemães. Labina respondia a esses comentários com uma torrente de xingamentos, gritando que éramos todos iguais perante Deus e que ela não era Judas para me vender por moedas de prata.

À noite, Labina recebia convidados na cabana. Homens que conseguiam sair de casa iam para a cabana dela com garrafas de vodca e cestas de comida.

A cabana continha uma única cama enorme que podia acomodar facilmente três pessoas. Entre uma beira dessa cama e a parede, havia um espaço largo onde Labina tinha empilhado sacos, trapos velhos e peles de ovelha, formando um espaço para eu dormir. Eu sempre ia dormir antes dos convidados chegarem, mas muitas vezes era acordado pela cantoria e pelos brindes barulhentos deles. Só que fingia estar dormindo. Eu não queria arriscar a surra que Labina costumava dizer sem muito ânimo que eu merecia. Com olhos quase fechados, eu via o que estava acontecendo no aposento.

Uma bebedeira começava e durava até tarde da noite. Normalmente, um homem ficava depois que os outros iam embora. Ele e Labina se sentavam junto ao fogão quente e bebiam do mesmo copo. Quando ela balançava com incerteza e se encostava no homem, ele colocava a mão enorme enegrecida nas coxas flácidas dela e a movia lentamente debaixo da saia.

No começo, Labina parecia indiferente, depois lutava um pouco. A outra mão do homem descia de debaixo do pescoço dela para dentro da blusa e apertava os seios com tanta força que ela soltava um grito e ofegava roucamente. Às vezes, o homem se ajoelhava no chão e empurrava o rosto na virilha dela de forma agressiva, mordendo por cima da saia enquanto apertava as nádegas com as duas mãos. Muitas vezes, ele batia na virilha dela abruptamente com a beirada da mão e ela se curvava e gemia.

A vela era apagada. Eles se despiam no escuro, rindo e falando palavrões, tropeçando nos móveis e um no outro, tirando a roupa com impaciência, virando garrafas, que rolavam pelo chão. Quando eles caíam na cama, eu tinha medo de que que o móvel desabasse. Enquanto eu pensava nos ratos que moravam conosco, Labina e o convidado rolavam na cama, chiando e lutando, chamando Deus e Satanás, o homem uivando como um cachorro, a mulher grunhindo como um porco.

Muitas vezes, no meio da noite, quando estava sonhando, eu acordava de repente no chão entre a cama e a parede. A cama tremia ao meu lado; tinha sido movida pelos corpos lutando em ataques convulsivos. Finalmente, começava a se mover pelo piso torto na direção do centro do aposento.

Sem conseguir voltar para a cama, eu tinha que entrar embaixo dela e empurrá-la até a parede. Em seguida, voltava para o meu catre. O piso de terra embaixo da cama era frio e úmido e coberto de fezes de gato e dos restos de pássaros que eles tinham levado para dentro de casa. Conforme me deslocava no escuro, eu arrancava as teias grossas, e as aranhas assustadas corriam pelo meu rosto e cabelo. Corpinhos quentes de ratos voavam para os buracos, roçando em mim ao passar.

Encostar minha pele nesse mundo sombrio sempre me enchia de repulsa e medo. Eu saía engatinhando de debaixo da cama, limpava as teias do rosto e esperava, trêmulo, o momento certo de empurrar a cama de volta até a parede.

Gradualmente, meus olhos se ajustavam ao escuro. Eu olhava enquanto o corpo grande e suado do homem montava na mulher trêmula. Ela abraçava as nádegas polpudas dele com as pernas, que pareciam as asas de um pássaro esmagado sob uma pedra.

O camponês gemia e suspirava pesadamente, segurava o corpo da mulher com a mão, erguia-se e, com as costas da mão, batia nos seios dela. Eles estalavam alto, como um pano molhado sendo batido numa pedra. Ele descia sobre ela e a achatava na cama. Labina, gritando incoerentemente, batia nas costas dele com a mão. Às vezes, o homem erguia a mulher, forçava-a a se ajoelhar na cama, apoiada nos cotovelos, e a montava por trás, batendo nela ritmicamente com a barriga e as coxas.

Eu olhava com decepção e repulsa as duas formas humanas entrelaçadas e trêmulas. Então o amor era assim: selvagem como um touro cutucado com um espeto; brutal, fedido, suado. Esse amor era como uma luta na qual homem e mulher tiravam prazer um do outro, brigando, incapazes de pensar, meio atordoados, ofegantes, menos do que humanos.

Eu me lembrei dos momentos que tinha passado com Ewka. De como eu a tinha tratado de um jeito diferente. Meu toque era gentil; minhas mãos, minha boca, minha língua pairavam conscientemente sobre a pele dela, suave e delicada como teia de aranha flutuando no ar quente sem vento. Eu procurava continuamente pontos sensíveis desconhecidos até para ela, dando vida a eles com meu toque, como raios de sol revivem uma borboleta paralisada pelo ar frio da noite de outono. Eu me lembrei dos meus esforços elaborados e como eles soltavam dentro do corpo da garota alguns desejos e tremores que teriam ficado aprisionados lá dentro para sempre. Eu os libertava, querendo apenas que ela encontrasse prazer em si mesma.

Os amores de Labina e seus convidados acabavam logo. Eles eram como primaveras curtas com tempestades que molham as folhas e a grama, mas nunca chegam às raízes. Lembrei que meus jogos com Ewka nunca acabavam, mas só diminuíam quando Makar e Codorna se metiam nas nossas vidas. Eles continuavam pela noite como um fogo de turfa açoitado gentilmente pelo vento. Mas até esse amor se extinguiu tão rápido quanto lenha queimando é apagada com um cobertor de cavalo de pastor. Assim que fiquei temporariamente incapaz de brincar com ela, Ewka me esqueceu. Ao calor do meu corpo, à carícia suave dos meus braços, ao toque gentil dos meus dedos e da minha boca, ela preferiu um bode peludo e fedorento e sua penetração profunda e asquerosa.

Finalmente, a cama parava de tremer, e as carcaças inertes, jogadas na cama como gado abatido, caíam no sono. Só então eu empurrava a cama até a parede, subia nela e me deitava no meu canto frio, puxando as peles de ovelha sobre o corpo.

Em tardes chuvosas, Labina ficava melancólica e falava sobre o marido, Laba, que não estava mais vivo. Muitos anos antes, Labina era uma linda menina que os camponeses mais ricos cortejavam. Mas, contra conselhos sensatos, ela se apaixonou e se casou com Laba, o lavrador mais pobre do vilarejo, também conhecido como o Lindo.

Laba era mesmo lindo, alto como um álamo, ágil como um pião. Seu cabelo brilhava no sol, os olhos eram mais azuis do que o céu mais limpo e sua pele era lisa como a de uma criança. Quando ele olhava para uma mulher, o sangue dela corria como fogo, e pensamentos luxuriosos surgiam na sua cabeça. Laba sabia que era lindo e que despertava admiração e desejo nas mulheres. Ele gostava de desfilar no bosque e se banhar no lago, nu. Olhava para os arbustos e sabia que estava sendo observado por jovens virgens e mulheres casadas.

Mas ele era o lavrador mais pobre do vilarejo. Era contratado pelos camponeses ricos e tinha que aguentar muitas humilhações. Esses homens sabiam que Laba era desejado pelas esposas e filhas deles e o humilhavam por isso. Eles também incomodavam Labina, sabendo que seu marido pobre dependia deles e que ela só podia olhar sem fazer nada.

Um dia, Laba não voltou do campo para casa. Não voltou no dia seguinte, nem no outro. Ele sumiu como uma pedra jogada no fundo de um lago.

Achavam que ele tinha se afogado ou sido sugado para o pântano, ou que algum pretendente ciumento o tivesse esfaqueado e enterrado na floresta à noite.

A vida seguiu sem Laba. Só a expressão "lindo como Laba" sobreviveu no vilarejo.

Um ano solitário sem Laba se passou. As pessoas se esqueceram dele, e só Labina acreditava que ele ainda estava vivo e voltaria. Em um dia de verão, quando os aldeões descansavam nas sombras curtas das árvores, uma carroça puxada por um cavalo gordo saiu da floresta. Na carroça havia um baú grande coberto por um pano, e ao lado andava o Lindo Laba usando uma jaqueta de couro bonita pendurada nos ombros no estilo hussardo, com uma calça do melhor tecido e com botas altas e brilhantes.

As crianças correram entre as cabanas espalhando a notícia, e homens e mulheres foram na direção da estrada. Laba os cumprimentou com um aceno indiferente enquanto limpava o suor da testa e incitava o cavalo.

Labina já estava esperando na porta. Ele beijou a esposa, descarregou o baú enorme e entrou na cabana. Os vizinhos se reuniram na frente, admirando o cavalo e a carroça.

Depois de esperar impacientemente que Laba e Labina reaparecessem, os aldeões começaram a zombar. Ele tinha corrido para ela como um bode para uma cabra, disseram, e deviam jogar água fria neles.

De repente, as portas da cabana foram abertas e a multidão ofegou de perplexidade. Na passagem, o Lindo Laba apareceu com um traje de esplendor inimaginável. Usava uma camisa listrada de seda com gola branca engomada em volta do pescoço bronzeado e uma gravata vistosa. O terno macio de flanela pedia para ser tocado. Um lenço de cetim se projetava do bolso do peito como uma flor. Havia também um par de botas pretas brilhosas e, como o coroamento da glória, um relógio de ouro pendurado no bolso do peito.

Os camponeses fizeram um ruído de assombro. Nada do tipo já tinha acontecido na história do vilarejo. Normalmente, os habitantes usavam jaquetas caseiras, calças costuradas de dois pedaços de pano e botas de couro curtido pregado numa sola grossa de madeira. Laba tirou do baú inúmeras jaquetas coloridas de corte incomum, calças, camisas e sapatos de couro, tão engraxados e brilhantes que poderiam servir como espelho, e lenços, gravatas, meias e roupas de baixo. O Lindo Laba se tornou objeto supremo de interesse local. Histórias incomuns foram contadas sobre ele. Várias suposições foram feitas sobre a origem de todos aqueles objetos valiosos. Labina ouviu um monte de perguntas que não conseguiu responder, pois Laba só dava respostas vagas, contribuindo ainda mais para o crescimento da lenda.

Durante as missas, ninguém olhava para o padre e nem para o altar. Todo mundo olhava o canto direito da nave, onde o Lindo Laba estava sentado rigidamente com a esposa, com o terno de cetim preto e a camisa florida. No pulso, ele usava um relógio cintilante, para o qual olhava com ostentação. As vestimentas do padre, antes o auge da ornamentação, agora pareciam tão sem graça quanto um céu de inverno. As pessoas sentadas perto de Laba se deleitavam com as fragrâncias incomuns que emanavam dele. Labina confidenciou que vinham de uma variedade de frascos e potes.

Depois da missa, as pessoas iam para o pátio do presbitério e ignoravam o vigário, que tentava atrair a atenção delas. Todos esperavam Laba. Ele andava na direção da saída com um passo relaxado e confiante, os saltos batendo alto no piso da igreja. As pessoas abriam caminho para ele de forma respeitosa. Os camponeses mais ricos se aproximavam e o cumprimentavam com familiaridade, e o convidavam para jantares em homenagem a ele em suas casas. Sem inclinar a cabeça, Laba apertava casualmente as mãos esticadas para ele. Mulheres bloqueavam a passagem e, alheias à presença de Labina, puxavam as saias até mostrarem as coxas e puxavam os vestidos para deixarem os seios mais proeminentes.

O Lindo Laba não trabalhava mais nos campos. Recusava-se até a ajudar a esposa com a casa. Ele passava os dias se banhando no lago. Pendurava as roupas multicoloridas numa árvore perto da margem. Ali perto, mulheres excitadas olhavam seu musculoso corpo nu. Diziam que Laba permitia que algumas tocassem nele nas sombras dos arbustos e que elas estavam prontas para cometer atos vergonhosos com ele, pelos quais uma retribuição terrível poderia ser exigida.

À tarde, quando os aldeões voltavam dos campos suados e cinzentos de sujeira, eles passavam pelo Lindo Laba andando na direção oposta, pisando com cuidado na parte mais firme da estrada para não sujar os sapatos, ajeitando a gravata e polindo o relógio com um lenço rosa.

À noite, cavalos eram enviados para Laba, e ele ia para recepções, muitas vezes em lugares a dezenas de quilômetros de distância. Labina ficava em casa, meio morta de exaustão e humilhação, cuidando da fazenda, do cavalo e dos tesouros do marido. Para o Lindo Laba, o tempo tinha parado, mas Labina envelheceu rapidamente, a pele afrouxou e as coxas ficaram flácidas.

Um ano se passou.

Em um dia de outono, Labina voltou dos campos esperando encontrar o marido no sótão com todos os tesouros. O sótão era terreno exclusivo de Laba e ele carregava no peito, com um medalhão da Virgem Maria, a chave do grande cadeado que trancava a porta. Mas agora a casa estava imóvel. Não saía fumaça pela chaminé e não havia som de Laba cantando enquanto vestia um dos ternos mais quentes.

Labina, assustada, correu para dentro da cabana. A porta do sótão estava aberta. Ela subiu até lá. O que viu a deixou perplexa. No chão, havia o baú com a tampa arrancada e o fundo esbranquiçado visível. Um corpo estava pendurado sobre o baú. Seu marido estava agora pendurado no gancho grande onde antes ficavam os ternos. O Lindo Laba, balançando com um pêndulo lento, estava suspenso por uma gravata florida. Havia um buraco no telhado, pelo qual o ladrão tinha levado o conteúdo do baú. Os raios finos do sol poente iluminavam o rosto pálido do Lindo Laba e sua língua azulada saindo da boca. Ao redor, as moscas iridescentes zumbiam.

Labina supôs o que tinha acontecido. Quando Laba voltou do banho no lago e foi vestir o terno de desfilar, ele encontrou o buraco no teto do sótão e o baú vazio. Todas as roupas chiques tinham sumido. Só tinha sobrado uma gravata, parecendo uma flor cortada na palha pisoteada.

A razão de viver de Laba tinha desaparecido com o conteúdo do baú. Era o fim dos casamentos em que ninguém olhava para o noivo, fim dos enterros em que o Lindo Laba era recebido pelo olhar adorador das pessoas quando parava na frente do túmulo aberto, fim da exibição orgulhosa no lago e do toque de mãos femininas ávidas.

Com um movimento cuidadoso e deliberado que mais ninguém no vilarejo era capaz de imitar, Laba colocou a gravata pela última vez. Puxou o baú vazio para perto e usou o gancho no teto.

Labina nunca soube como o marido adquiriu seus tesouros. Ele nunca se referia ao período de ausência. Ninguém sabia onde ele esteve, o que tinha feito, que preço tinha pagado por todos aqueles bens. O vilarejo só sabia o preço cobrado dele pela perda das coisas.

Nem o ladrão, nem os objetos roubados foram encontrados. Enquanto eu ainda estava lá, havia boatos de que o ladrão era um marido ou noivo traído. Outros acreditavam que uma mulher loucamente ciumenta era responsável. Muita gente no vilarejo desconfiava da própria Labina. Quando ela ouvia essa acusação, seu rosto ficava pálido, as mãos tremiam e um cheiro rançoso de amargura saía de sua boca. Seus dedos se curvavam, ela se jogava em cima do acusador e quem estivesse vendo tinha que separá-los. Labina voltava para casa, bebia até estar em estado de estupor e me abraçava junto ao peito, chorando e soluçando.

Durante uma dessas brigas, o coração dela explodiu. Quando vi vários homens carregando o corpo dela para a cabana, eu soube que tinha que fugir. Enchi meu cometa de brasas quentes, peguei a preciosa gravata escondida embaixo da cama por Labina, a gravata com a qual o Lindo Laba tinha se enforcado, e fui embora. Era uma crença geral que a corda de um suicídio dá sorte. Eu esperava nunca perder a gravata.

15

O verão estava quase acabando. Os feixes de trigo estavam empilhados nos campos. Os camponeses trabalhavam tão arduamente quanto conseguiam, mas não tinham cavalos nem bois suficientes para fazerem a colheita rapidamente.

Uma ponte alta ia de um penhasco a outro sobre um rio grande perto do vilarejo. Era protegido por armas pesadas colocadas em estruturas de concreto.

À noite, quando os aviões percorriam alto o céu, tudo na ponte ficava preto. De manhã, a vida continuava. Soldados de capacetes manuseavam as armas, e, do ponto mais alto da ponte, a forma angulosa da suástica, bordada na bandeira, oscilava no vento.

Em uma noite quente, tiros foram ouvidos ao longe. O som abafado se espalhou pelos campos, alarmando homens e pássaros. Brilhos de relâmpago cintilaram ao longe. As pessoas se reuniram na frente de casa. Os homens, fumando cachimbos feitos de espiga de milho, viram os relâmpagos feitos pelo homem e disseram: "O fronte está chegando". Outros acrescentaram: "Os alemães estão perdendo". Muitas discussões começaram.

Alguns dos camponeses disseram que, quando os comissários soviéticos chegassem, eles distribuiriam as terras de forma justa para todo mundo, tirando dos ricos e dando aos pobres. Seria o fim dos donos de terras exploradores, dos oficiais corruptos e dos policiais brutais.

Outros discordaram violentamente. Jurando pelas cruzes sagradas, gritaram que os soviéticos socializariam tudo, até as esposas e filhos. Eles olhavam para o brilho no céu ao leste e gritavam que a chegada dos Vermelhos significava que as pessoas dariam as costas ao altar, esqueceriam os ensinamentos dos ancestrais e se entregariam a vidas pecaminosas até a justiça de Deus os transformar em pilares de sal.

Irmão brigou com irmão, pais bradaram machados contra os filhos na frente das mães. Uma força invisível dividiu as pessoas, separou famílias, confundiu cérebros. Só os mais velhos mantiveram a sanidade, correndo de um lado para o outro, suplicando para os combatentes fazerem as pazes. Gritavam com suas vozes estridentes que havia guerra suficiente no mundo sem que uma começasse no vilarejo.

Os trovões além do horizonte estavam chegando mais perto. O ribombar sossegou as brigas. As pessoas esqueceram de repente os comissários soviéticos e a ira divina na pressa para cavar valas nos celeiros e porões. Elas esconderam suprimentos de manteiga, carne de porco e de vitela, centeio e trigo. Algumas tingiam secretamente lençóis de vermelho para usar como bandeiras para saudar os novos governantes, enquanto outras escondiam em lugares seguros os crucifixos, as imagens de Jesus e Maria e os ícones.

Eu não entendi tudo, mas senti a urgência no ar. Ninguém prestou mais atenção em mim. Eu andei entre as cabanas, ouvindo som de gente cavando, sussurros nervosos e orações. Quando me deitava nos campos com o ouvido no chão, ouvia um som de batida.

Era o Exército Vermelho chegando? O latejar na terra parecia um batimento. Eu fiquei me perguntando por que o sal era tão caro, se Deus podia transformar pecadores em pilares de sal com tanta facilidade. E por que Ele não transformava alguns pecadores em carne ou açúcar? Os aldeões precisavam disso tanto quanto de sal.

Eu me deitei de costas e olhei para as nuvens. Elas passavam de um jeito que me fez sentir como se estivesse flutuando. Se fosse verdade que mulheres e crianças poderiam se tornar propriedade comunitária, então todas as crianças teriam pais e mães, inúmeros irmãos e irmãs. Parecia ser bom demais para ser verdade. Pertencer a todo mundo! Aonde quer que eu fosse, muitos pais fariam carinho na minha cabeça com mãos firmes e tranquilizadoras, muitas mães me abraçariam junto ao peito e muitos irmãos mais velhos me defenderiam dos cachorros. E eu teria que cuidar dos meus irmãos e irmãs menores. Parecia não haver motivo para os camponeses ficarem com tanto medo.

As nuvens se misturavam umas com as outras, ficando agora mais escuras, agora mais claras. Em algum lugar acima delas, Deus direcionava tudo. Eu entendia agora por que Ele mal tinha tempo para uma pulguinha preta como eu. Ele tinha exércitos enormes, incontáveis homens, animais e máquinas lutando abaixo. Tinha que decidir quem ia ganhar e quem ia perder; quem viveria e quem morreria.

Mas se Deus decidia mesmo o que ia acontecer, por que os camponeses se preocupavam com sua fé, as igrejas e o clero? Se os comissários soviéticos realmente pretendessem destruir as igrejas, profanar os altares, matar os padres e perseguir os fiéis, o Exército Vermelho não teria a menor chance de vencer a guerra. Nem o Deus mais sobrecarregado poderia deixar passar uma ameaça assim ao Seu povo. Mas então isso não significaria que os alemães, que também demoliam igrejas e matavam gente, acabariam sendo vencedores? Do ponto de vista de Deus, parecia fazer mais sentido se todo mundo perdesse a guerra, porque todo mundo estava cometendo assassinato.

"Propriedade comum das esposas e filhos", disseram os camponeses. Parecia intrigante. Mas, pensei, com uma certa boa vontade, os comissários soviéticos talvez me incluíssem com as crianças. Embora eu fosse menor do que a maioria dos garotos de oito anos, eu já tinha quase onze, e me incomodava que os russos poderiam me classificar como adulto ou, pelo menos, não me ver como criança. Além disso, eu era mudo. Eu também tinha dificuldade com comida, que às vezes voltava do meu estômago sem estar digerida. Claro que eu merecia me tornar propriedade pública.

Em uma manhã, reparei em uma atividade incomum na ponte. Soldados com capacetes estavam transitando por ela, desmontando o canhão e as metralhadoras, tirando a bandeira alemã. Quando os caminhões grandes seguiram para oeste do outro lado da ponte, o som áspero das músicas alemãs foi sumindo. "Eles estão fugindo", disseram os camponeses. "Eles perderam a guerra", sussurraram os mais ousados.

No dia seguinte, ao meio-dia, um grupo de homens montados chegou no vilarejo. Eram uns cem, talvez mais. Eles pareciam ser grudados nos cavalos; montavam com facilidade maravilhosa, sem ordem determinada. Usavam uniformes alemães verdes com botões brilhosos e quepes puxados sobre os olhos.

Os camponeses os reconheceram na mesma hora. Eles gritaram apavorados que os calmuques estavam chegando e que as mulheres e crianças tinham que se esconder antes que fossem pegas. Durante meses no vilarejo, foram contadas muitas histórias horríveis sobre esses cavaleiros, normalmente chamados de calmuques. Os camponeses disseram que, quando o antes invencível exército alemão tinha ocupado uma área ampla das terras soviéticas, muitos calmuques se juntaram a ele, a maioria voluntária, desertores dos soviéticos. Por odiarem os Vermelhos, eles se juntaram aos alemães, que permitiam que eles saqueassem e estuprassem seguindo seus costumes de guerra e tradições viris. Era por isso que os calmuques eram enviados para vilarejos e cidades que tinham que ser punidos por alguma desobediência e, particularmente, para as cidades que ficavam no caminho do Exército Vermelho.

Os calmuques cavalgavam em galope veloz, curvados sobre os cavalos, usando as esporas e soltando gritos de cavalos. Debaixo dos uniformes desabotoados dava para ver pele marrom exposta. Alguns montavam sem sela, alguns carregavam sabres pesados nos cintos.

Uma confusão louca tomou conta do vilarejo. Era tarde demais para fugir. Eu olhei para os cavaleiros com interesse aguçado. Todos tinham cabelo preto oleoso que brilhava no sol. De um preto quase azulado, era mais escuro do que o meu, assim como os olhos e a pele escura. Eles tinham dentes brancos e grandes, maçãs do rosto altas e caras largas que pareciam inchadas.

Por um momento, quando olhei para eles, senti grande orgulho e satisfação. Afinal, aqueles cavaleiros orgulhosos tinham cabelo preto, olhos pretos e pele escura. Eles eram tão diferentes das pessoas do vilarejo quanto a noite do dia. A chegada daqueles calmuques escuros deixou as pessoas de cabelo claro do vilarejo quase insanas de medo.

Enquanto isso, os cavaleiros entravam com os cavalos entre as casas. Um deles, um homem atarracado com um uniforme todo abotoado e quepe de oficial, gritou ordens. Eles pularam dos cavalos e os amarraram em cercas. Das selas, eles tiraram pedaços de carne que tinham sido cozidos pelo calor do cavalo e do cavaleiro. Comeram essa carne azul-acinzentada com as mãos e beberam de cabaças, tossindo e cuspindo enquanto engoliam.

Alguns já estavam bêbados. Eles correram para as cabanas e pegaram as mulheres que não estavam escondidas. Os homens tentaram defendê-las com as gadanhas. Um calmuque cortou um deles com um único golpe de sabre. Outros tentaram fugir, mas foram impedidos por tiros.

Os calmuques se espalharam pelo vilarejo. O ar foi tomado de gritos de todos os lados. Eu corri para o meio de um amontoado de arbustos de framboesa bem no meio da praça e me estiquei no chão como uma minhoca.

Enquanto eu olhava com atenção, o vilarejo explodiu em pânico. Homens tentaram defender as casas em que calmuques já tinham entrado. Mais tiros soaram e um homem ferido na cabeça correu em círculos, cego pelo próprio sangue. Um calmuque o atacou. As crianças se espalharam loucamente, tropeçando em valas e cercas. Uma delas entrou nos arbustos onde eu estava me escondendo, mas, ao me ver, saiu correndo e foi pisoteada por cavalos galopando.

Os calmuques estavam agora arrastando uma mulher seminua de uma casa. Ela lutou e gritou, tentando em vão segurar os agressores pelas pernas. Um grupo de mulheres e garotas estava sendo reunido com chicotes de cavalo por alguns cavaleiros rindo. Os pais, maridos e irmãos das mulheres corriam suplicando por misericórdia, mas eram espantados com chicotes e sabres. Um fazendeiro correu pela rua principal com a mão cortada. Sangue jorrava do cotoco enquanto ele procurava sua família.

Soldados próximos tinham obrigado uma mulher a se deitar no chão. Um soldado a segurava pelo pescoço enquanto outros abriam as pernas dela. Um montou nela e se moveu em cima dela enquanto ouvia gritos de encorajamento. A mulher lutou e gritou. Quando o primeiro terminou, os outros abusaram dela em seguida. A mulher logo ficou inerte e não reagiu mais.

Outra mulher foi levada. Ela gritou e suplicou, mas os calmuques a despiram e a jogaram no chão. Dois homens a estupraram ao mesmo tempo, um na boca. Quando ela tentava virar a cabeça para o lado ou fechar a boca, ela era chicoteada. Ela acabou enfraquecendo e se submetendo passivamente. Alguns outros soldados estavam estuprando pela frente e por trás duas garotas novas, passando-as de um homem para o outro, obrigando-as a executar movimentos estranhos. Quando as garotas resistiam, elas eram açoitadas e chutadas.

Os gritos das mulheres estupradas eram ouvidos em todas as casas. Uma garota conseguiu fugir e correu seminua, com sangue escorrendo pelas coxas, uivando como um cachorro surrado. Dois soldados seminus correram atrás dela, rindo. Eles a perseguiram pela praça em meio a risadas e brincadeiras dos companheiros. Eles acabaram a pegando. As crianças choravam e olhavam.

Novas vítimas eram capturadas o tempo todo. Os calmuques bêbados foram ficando mais e mais excitados. Alguns copularam uns com os outros e competiram em estuprar mulheres de jeitos estranhos: dois ou três homens com uma garota, vários homens em sucessão rápida. As garotas mais jovens e mais desejáveis foram quase rasgadas, e algumas brigas surgiram entre os soldados. As mulheres choravam e rezavam em voz alta. Os maridos e pais, filhos e irmãos, que agora estavam trancados nas casas, reconheciam as vozes e respondiam com gritos enlouquecidos.

No meio da praça, alguns calmuques exibiam a habilidade em estuprar mulheres a cavalo. Um deles tirou o uniforme e ficou só de botas sobre as pernas peludas. Ele cavalgava em círculos e pegou com facilidade do chão uma mulher nua levada para ele pelos outros. Ele a fez montar o cavalo na frente dele, de frente para ele. O cavalo acelerou o trote, o cavaleiro puxou a mulher para mais perto e a fez se deitar sobre a crina do cavalo. A cada pulo do cavalo, ele a penetrava novamente, gritando com triunfo a cada vez. Os outros receberam essa apresentação com aplausos. O cavaleiro girou habilmente a mulher para que ela ficasse virada para a frente. Ele a ergueu de leve e repetiu o feito por trás, enquanto apertava os seios dela.

Encorajado pelos outros, um outro calmuque pulou no mesmo cavalo do outro lado da mulher, com as costas para a crina do cavalo. O cavalo gemeu com o peso e foi mais devagar, enquanto os dois soldados estupravam a mulher desfalecida simultaneamente.

Outros feitos vieram em seguida. Mulheres indefesas eram passadas de um cavalo trotando para outro. Um dos calmuques tentou copular com uma égua; outros excitaram um garanhão e tentaram empurrar uma garota embaixo dele enquanto a seguravam pelas pernas.

Eu entrei mais fundo na vegetação, tomado de medo e repulsa. Agora, eu entendia tudo. Eu percebi por que Deus não ouvia minhas orações, por que eu era pendurado por ganchos, por que Garbos batia em mim, por que eu perdi a fala. Eu era preto. Meu cabelo e meus olhos eram pretos como os daqueles calmuques. Evidentemente, meu lugar era com eles em outro mundo. Não podia haver misericórdia para gente como eu. Um destino temeroso me sentenciara a ter cabelo e olhos pretos em comum com aquela horda de selvagens.

De repente, um velho alto de cabelo branco saiu de um dos celeiros. Os camponeses o chamavam de "O Santo", e talvez ele se visse assim. Ele segurava com as duas mãos uma cruz pesada de madeira e usava na cabeça branca uma coroa de folhas amareladas de carvalho. Os olhos cegos estavam erguidos para o céu. Os pés descalços, deformados pela idade e pela doença, procuravam um caminho. As palavras de um salmo saíam num cântico fúnebre da boca desdentada. Ele estava apontando a cruz para os inimigos invisíveis.

Os soldados ficaram sérios por um momento. Até os bêbados olharam para ele com inquietação, visivelmente perturbados. Mas um deles correu até o velho e o fez tropeçar. Ele caiu e largou a cruz. Os calmuques comemoraram e esperaram. O velho tentou se levantar com movimentos rígidos, tateando em busca da cruz. As mãos ossudas e retorcidas procuravam pacientemente no chão enquanto o soldado empurrava a cruz para longe com o pé sempre que ele chegava perto. O velho engatinhou de um lado para o outro balbuciando e gemendo baixo. Ele acabou ficando exausto e respirou pesadamente com um chiado rouco. O calmuque levantou a cruz pesada e a botou de pé. Ficou equilibrada por um segundo e caiu sobre a figura prostrada. O velho gemeu e parou de se mexer.

Um soldado jogou uma faca em uma das garotas que estava tentando fugir engatinhando. Ela ficou sangrando na terra; ninguém deu atenção a ela. Calmuques bêbados passavam mulheres sujas de sangue uns para os outros, batiam nelas, as obrigavam a executar atos estranhos. Um deles entrou correndo em uma casa e trouxe uma garota de uns cinco anos. Ele a levantou bem alto, para os companheiros a verem bem. Ele arrancou o vestido da criança. Chutou-a na barriga enquanto a mulher rastejava na terra, suplicando por misericórdia. Ele desabotoou e tirou a calça lentamente, enquanto ainda segurava a garota acima da cintura com uma das mãos. Em seguida, se agachou e penetrou a garota, que gritava com um movimento repentino. Quando a garota ficou inerte, ele a jogou nos arbustos e se virou para a mãe.

Na entrada de uma casa, alguns soldados seminus estavam brigando com um camponês musculoso. Ele estava parado na porta, brandindo o machado numa fúria louca. Quando os soldados conseguiram vencê-lo, eles arrastaram uma mulher entorpecida pelo medo de dentro da casa, puxando-a pelo cabelo. Três soldados se sentaram no marido, enquanto os outros torturavam e estupravam a esposa.

Em seguida, eles arrastaram duas das filhas jovens do homem. Aproveitando um momento em que os calmuques o soltaram um pouco, o camponês pulou e deu um golpe repentino no mais próximo. O soldado caiu, o crânio esmagado como um ovo de andorinha. Sangue e pedaços brancos de sangue que pareciam a carne de uma noz quebrada saíram pelo cabelo. Os soldados enfurecidos cercaram o camponês, o dominaram e o estupraram. Em seguida, o castraram na frente da esposa e das filhas. A mulher frenética correu em defesa dele, mordendo e arranhando. Rugindo de prazer, os calmuques a seguraram, forçaram-na a abrir a boca e enfiaram os pedaços ensanguentados de carne pela garganta dela.

Uma das casas pegou fogo. Na comoção resultante, alguns camponeses correram para a floresta, levando junto mulheres semi-inconscientes e crianças cambaleantes. Os calmuques, disparando de forma aleatória, pisotearam algumas pessoas com os cavalos. Capturaram novas vítimas, que torturaram na hora.

Eu fiquei escondido nos arbustos de framboesa. Calmuques bêbados andavam de um lado para o outro, e minhas chances de ficar despercebido estavam diminuindo. Eu não conseguia mais pensar; estava paralisado de pavor. Eu fechei os olhos.

Quando os abri de novo, vi um dos calmuques cambaleando na minha direção. Eu me estiquei ainda mais no chão e quase parei de respirar. O soldado pegou algumas framboesas e comeu. Deu outro passo na direção do arbusto e pisou na minha mão esticada. O calcanhar e os pregos da bota afundaram na minha pele. A dor foi excruciante, mas eu não me mexi. O soldado se apoiou no fuzil e urinou calmamente. De repente, ele perdeu o equilíbrio, deu um passo para a frente e tropeçou na minha cabeça. Quando eu dei um pulo e tentei sair correndo, ele me pegou e bateu no meu peito com a coronha do fuzil. Alguma coisa estalou dentro de mim. Eu fui derrubado, mas consegui fazer o soldado tropeçar. Quando ele caiu, eu corri ziguezagueando na direção das casas. O calmuque disparou, mas a bala ricocheteou no chão e passou zumbindo. Ele disparou de novo, mas errou. Eu arranquei uma tábua de um dos celeiros, entrei e me escondi na palha.

No celeiro, eu ainda ouvia os gritos das pessoas e animais, os tiros, o estalo dos barracões e casas queimando, o relinchar dos cavalos e as risadas escandalosas dos calmuques. Uma mulher gemia baixo de tempos em tempos. Eu entrei mais fundo na palha, embora cada movimento doesse. Eu me perguntei o que tinha quebrado dentro do meu peito. Botei a mão sobre o coração; ainda estava batendo. Eu não queria ser aleijado. Apesar do barulho, eu cochilei, exausto e assustado.

Acordei com um sobressalto. Uma explosão poderosa sacudiu o celeiro; algumas vigas caíram e nuvens de poeira obscureceram tudo. Ouvi tiros esparsos de fuzil e o ruído contínuo de metralhadoras. Olhei com cautela e vi cavalos em pânico galopando para longe e calmuques seminus, ainda bêbados, tentando pular neles. Da direção do rio e da floresta, eu ouvia tiros e o rugido de motores. Um avião com uma estrela vermelha nas asas voou baixo sobre o vilarejo. Os tiros cessaram depois de um tempo, mas o som de motores ficou mais alto. Estava óbvio que os soviéticos estavam perto; o Exército Vermelho, os comissários, tinha chegado.

Eu me arrastei para fora, mas a dor repentina no meu peito quase me derrubou. Eu tossi e cuspi sangue. Andei com dificuldade e logo cheguei na colina. A ponte não existia mais. A grande explosão devia tê-la derrubado. Havia tanques chegando lentamente da floresta. Vieram seguidos de soldados com capacetes, andando casualmente, como num passeio de domingo à tarde. Perto do vilarejo, alguns calmuques estavam escondidos atrás de pilhas de feno. Mas, quando viram os tanques, eles saíram, ainda cambaleando, e levantaram as mãos. Eles jogaram os fuzis longe, junto aos cinturões de revólveres. Alguns caíram de joelhos e suplicaram por misericórdia. Os soldados Vermelhos os reuniram sistematicamente, empurrando-o com baionetas. Em bem pouco tempo, a maioria deles foi capturada. Os cavalos pastavam calmamente ali perto.

Os tanques tinham parado, mas novas formações de homens continuavam chegando. Um pontão apareceu no rio. Sapadores examinaram a ponte destruída. Vários aviões passaram voando, virando as asas numa saudação. Fiquei meio decepcionado; parecia que a guerra tinha acabado.

Os campos em volta do vilarejo estavam agora cheios de máquinas. Homens armaram barracas e cozinhas de campo e penduraram fios telefônicos. Eles cantavam e falavam um idioma que se parecia com o dialeto local, mas não era inteligível para mim. Eu achei que fosse russo.

Os camponeses olhavam os visitantes com inquietação. Quando alguns dos soldados Vermelhos mostraram os rostos uzbeques ou tártaros, parecidos com os dos calmuques, as mulheres gritaram e se encolheram de medo, embora os rostos dos recém-chegados estivessem sorrindo.

Um grupo de camponeses marchou para o campo carregando bandeiras vermelhas com martelos e foices pintados de qualquer jeito. Os soldados os cumprimentaram com gritos alegres, e o comandante do regimento saiu da barraca para encontrar a delegação. Ele apertou suas mãos e os convidou a entrar. Os camponeses ficaram constrangidos e tiraram os chapéus. Eles não sabiam o que fazer com as bandeiras e acabaram colocando-as do lado de fora da barraca antes de entrar.

Ao lado de um caminhão branco com uma cruz vermelha pintada no teto, um médico de jaleco branco e seus ajudantes estavam tratando as mulheres e crianças feridas. Uma multidão cercou a ambulância, curiosa para ver tudo que estava sendo feito.

Crianças foram atrás dos soldados, pedindo doces. Os homens as abraçaram, brincaram com elas.

Ao meio-dia, o vilarejo descobriu que os soldados Vermelhos tinham pendurado todos os calmuques capturados pelas pernas nos carvalhos junto ao rio. Apesar da dor no peito e na mão, fui até lá, seguindo um grupo de homens, mulheres e crianças curiosas.

Dava para ver os calmuques de longe; eles estavam pendurados nas árvores como pinhas enormes e secas. Cada um tinha sido pendurado numa árvore diferente, pelos tornozelos, as mãos atadas nas costas. Os soldados soviéticos com rostos simpáticos e sorridentes andavam calmamente enrolando cigarros em pedaços de jornal. Embora os soldados não permitissem que os camponeses chegassem perto, algumas das mulheres, ao reconhecerem os agressores, começaram a falar palavrões e jogar pedaços de madeira e punhados de terra nos corpos inertes pendurados.

Formigas e moscas rastejavam nos calmuques amarrados. Entravam nas bocas abertas, nos narizes e nos olhos. Faziam ninhos nos ouvidos; enxameavam o cabelo desgrenhado. Vinham aos milhares e brigavam pelos melhores pontos.

Os homens balançavam no vento, alguns giravam como linguiças sendo defumadas numa fogueira. Alguns tremiam e soltavam gritos roucos ou sussurros. Outros pareciam sem vida. Eles estavam pendurados com olhos arregalados sem piscar e as veias no pescoço inchavam monstruosamente. Os camponeses acenderam uma fogueira ali perto, e famílias inteiras observaram os calmuques pendurados, relembrando suas crueldades e se regozijando com seus destinos.

Um sopro de vento sacudiu as árvores. Os corpos balançaram tremendo em círculos amplos. Os camponeses assistindo fizeram o sinal da cruz. Olhei ao redor em busca da morte, pois senti o bafo dela no ar. Tinha o rosto da Marta morta quando apareceu no meio dos galhos de carvalho, roçando nos homens pendurados com delicadeza, envolvendo-os com fios de teia que eram tecidos em seu corpo transparente. Sussurrou palavras traiçoeiras nos ouvidos deles; gerou um arrepio acariciante pelos corações; estrangulou suas gargantas.

Estava mais perto de mim do que nunca. Eu quase podia tocar na mortalha etérea, olhar nos olhos enevoados. Parou na minha frente, se empertigando de forma paqueradora e sugerindo outro encontro. Não senti medo dela; eu esperava que me levasse junto para o outro lado da floresta, para os pântanos insondáveis onde os galhos mergulhavam nos caldeirões fumegantes borbulhando com fumaças sulfurosas, onde se ouve à noite o estalo seco e fraco dos fantasmas copulando e o vento estridente nas copas das árvores, como um violino em um aposento distante.

Eu estiquei a mão, mas o fantasma sumiu entre as árvores com o fardo de folhas agitadas e a colheita pesada dos cadáveres pendurados.

Alguma coisa parecia queimar dentro de mim. Minha cabeça estava girando e eu estava coberto de suor. Eu andei na direção da margem do rio. A brisa úmida me refrescou e eu me sentei em um tronco.

O rio era largo ali. A correnteza veloz carregava madeira, galhos quebrados, tiras de sacos de aniagem, pilhas de palha em redemoinhos agitados. De vez em quando, o corpo inchado de um cadáver passava flutuando. Uma vez, pensei ter visto um cadáver humano azulado e podre logo abaixo da superfície. Por um momento, as águas ficaram limpas. Mas logo vieram os montes de peixes mortos pelas explosões. Eles rolavam, flutuavam de cabeça para baixo e se amontoavam, como se não houvesse mais lugar para eles no rio, para o qual o arco-íris os tinha levado tanto tempo antes.

Eu estava tremendo. Decidi me aproximar dos soldados Vermelhos, apesar de não ter certeza de como eles reagiriam a pessoas com olhos pretos e enfeitiçados. Quando passei pelos corpos pendurados, pensei ter reconhecido o homem que me bateu com a coronha do fuzil. Ele estava girando em círculos amplos, de boca aberta e coberto de moscas. Eu virei a cabeça para ver melhor o rosto dele. Uma dor atravessou novamente meu peito.

16

Fui liberado do hospital do regimento. Semanas tinham se passado. Era outono de 1944. A dor no meu peito tinha desaparecido, e o que tinha sido quebrado pela coronha do fuzil do calmuque tinha cicatrizado.

Contrariamente ao que eu temia, eu pude ficar com os soldados, mas sabia que era temporário. Eu esperava ser deixado em algum vilarejo quando o regimento fosse para a linha de frente. Enquanto isso, fiquei acampado perto do rio e nada sugeria uma partida iminente. Era um regimento de comunicação, composto basicamente de soldados muito jovens e oficiais recentemente recrutados, que eram garotos quando a guerra começou. Os canhões, metralhadoras, caminhões e equipamentos telegráfico e telefônico eram novinhos e estavam bem lubrificados, além de ainda não terem sido testados pela guerra. A lona das barracas e os uniformes ainda não tinham tido tempo de desbotar.

A guerra e a linha de frente já estavam longe em território inimigo. O rádio relatava derrotas novas diárias do exército alemão e de seus aliados exaustos. Os soldados ouviam os relatos com atenção, assentiam com orgulho e continuavam o treinamento. Escreviam longas cartas para os parentes e amigos, duvidando de que teriam chance de entrar em batalha antes do fim da guerra, pois os alemães estavam sendo derrotados pelos irmãos mais velhos.

A vida no regimento era calma e ordenada. Em intervalos de poucos dias, um pequeno biplano pousava no campo de pouso temporário, levando correspondências e jornais. As cartas traziam notícias de casa, onde as pessoas estavam começando a reconstruir as ruínas. As fotos nos jornais mostravam cidades soviéticas e alemãs bombardeadas, fortificações destruídas e as caras barbadas dos prisioneiros alemães em filas infinitas. Boatos do fim da guerra estar se aproximando circulavam mais e mais frequentemente entre oficiais e soldados.

Dois homens cuidavam de mim na maior parte do tempo. Eram Gavrila, um oficial político do regimento, que diziam que tinha perdido toda a família nos primeiros dias da invasão nazista, e Mitka, conhecido como "Mitka, o Cuco", um instrutor de tiro e atirador de elite.

Eu também tinha a proteção de muitos dos amigos deles. Todos os dias, Gavrila passava um tempo comigo na biblioteca de campo. Ele me ensinou a ler. Afinal, ele disse, eu já tinha mais de onze anos. Os garotos russos da minha idade sabiam não só ler e escrever, mas também lutar com o inimigo, se necessário. Eu não queria ser considerado criança: estudava com dedicação, via como os soldados agiam e imitava o comportamento deles.

Os livros me impressionavam tremendamente. A partir de páginas impressas simples, era possível conjurar um mundo tão real quanto o que os sentidos percebiam. Além disso, o mundo dos livros, assim como a carne enlatada, era mais rico e mais saboroso do que o do dia a dia. Na vida comum, por exemplo, via-se muitas pessoas sem realmente conhecê-las, enquanto nos livros era possível saber até o que as pessoas estavam pensando e planejando.

Eu li meu primeiro livro com ajuda de Gavrila. Chamava-se *Infância*, e o herói, um garotinho como eu, perdeu o pai na primeira página. Eu li esse livro várias vezes e ele me e encheu de esperanças. O herói também não teve uma vida fácil. Depois da morte da mãe, ele ficou sozinho, mas, apesar das muitas dificuldades, ele cresceu e virou, como Gavrila disse, um grande homem. Ele era Maksim Górki, um dos maiores escritores russos de todos os tempos. Os livros dele enchiam muitas prateleiras da biblioteca do regimento e eram conhecidos de pessoas do mundo todo.

Eu também gostava de poesia. Era escrita numa forma que parecia uma oração, mas era mais bonita e mais inteligível. Por outro lado, os poemas não garantiam dias de indulgência. Mas não era preciso recitar poesia como penitência por pecados; a poesia era para se ter prazer. As palavras suaves e polidas se mesclavam umas com as outras como mós lubrificadas e com encaixe perfeito. Mas ler não era minha ocupação principal. Minhas aulas com Gavrila eram mais importantes.

Com ele, aprendi que a ordem do mundo não tinha nada a ver com Deus e que Deus não tinha nada a ver com o mundo. O motivo para isso era bem simples. Deus não existia. Os padres ardilosos o tinham inventado para poder enganar pessoas burras e supersticiosas. Não havia Deus, nem Espírito Santo, nem demônios, fantasmas e carniçais saindo de túmulos; não havia Morte voando para todo lado em busca de novos pecadores para levar. Tudo isso eram histórias para gente ignorante que não entendia a ordem natural do mundo, não acreditava nos próprios poderes e, portanto, precisavam se refugiar na crença em algum Deus.

De acordo com Gavrila, as pessoa determinavam o rumo da própria vida e eram as únicas donas dos seus destinos. Era por isso que todos os homens eram importantes e que era crucial que cada um soubesse o que fazer e o que almejar. Um indivíduo poderia achar que as ações dele não tinham importância, mas isso era ilusão. Suas ações, assim como as de incontáveis outros, formavam um grande padrão que só podia ser discernido pelos que estavam no cume da sociedade. Assim, alguns pontos aparentemente aleatórios da agulha de uma mulher contribuíam para o lindo desenho de flor que finalmente aparecia numa toalha de mesa ou numa colcha.

De acordo com uma das regras da história humana, disse Gavrila, um homem surgia de tempos em tempos das massas amplas de homens anônimos; um homem que queria o bem dos outros, e por causa de seu conhecimento superior e de sua sabedoria, ele sabia que esperar pela ajuda divina não ajudaria muito nas questões terrenas. Um homem assim se tornava líder, um dos grandes homens, que guiava pessoas em pensamentos e feitos, como um tecelão guia os fios coloridos pelas complexidades de um desenho.

Retratos e fotografias de homens grandiosos assim eram exibidos na biblioteca do regimento, no hospital de campo, no salão de recreação, nas barracas, refeitórios e nos alojamentos dos soldados. Eu tinha visto com frequência os rostos desses homens sábios e grandiosos. Muitos estavam mortos. Alguns tinham nomes curtos e ressonante e barbas compridas e densas. Mas o último ainda estava vivo. Os retratos deles eram maiores, mais coloridos, mais bonitos do que os dos outros. Era sob a liderança dele, disse Gavrila, que o Exército Vermelho estava derrotando os alemães e levando para o povo libertado um novo modo de vida que tornava todos iguais. Não haveria ricos nem pobres, exploradores e explorados, perseguição pelos louros, pessoas condenadas a câmaras de gás. Gavrila, como todos os oficiais e homens do regimento, devia tudo que tinha àquele homem: educação, posição, casa. A biblioteca devia todos os livros lindamente impressos e encadernados a ele. Eu devia o cuidado dos médicos do exército e minha recuperação a ele. Todos os cidadãos soviéticos tinham uma dívida com aquele homem por tudo que possuíam e por toda a sua boa sorte.

O nome desse homem era Stálin.

Nos retratos e fotografias, ele tinha um rosto gentil e olhos compassivos. Parecia um avô ou tio amoroso, afastado há tempos, querendo pegar você nos braços. Gavrila leu e me contou muitas histórias sobre a vida de Stálin. Na minha idade, o jovem Stálin já tinha lutado pelos direitos dos desprivilegiados, resistindo à exploração dos pobres e indefesos pelos ricos impiedosos que acontecia havia séculos.

Eu olhei as fotografias de Stálin na juventude. Ele tinha cabelo muito preto e volumoso, olhos escuros, sobrancelhas grossas e, mais tarde, até um bigode preto. Parecia mais cigano do que eu, mais judeu do que o judeu morto pelo oficial alemão de uniforme preto, mais judeu do que o garoto encontrado pelos camponeses junto aos trilhos do trem. Stálin teve sorte de não ter vivido a infância nos vilarejos onde eu vivi. Se tivesse sido surrado o tempo todo quando criança por suas feições escuras, talvez ele não tivesse tido tanto tempo para ajudar os outros; ele talvez acabasse ficando ocupado demais se defendendo dos garotos e cachorros dos vilarejos.

Mas Stálin era georgiano. Gavrila não me contou se os alemães tinham planejado incinerar os georgianos. Mas, quando olhei as pessoas que cercavam Stálin nas fotos, eu não tive a menor dúvida de que, se os alemães as tivessem capturado, elas teriam ido direto para as fornalhas. Todas eram como eu.

Como Stálin morava lá, Moscou era o coração do país e a cidade desejada para as massas trabalhadoras do mundo todo. Soldados cantavam sobre Moscou, escritores escreviam livros sobre a cidade, poetas a elogiavam em verso. Filmes eram feitos sobre Moscou e histórias fascinantes eram contadas sobre ela. Parecia que, debaixo das ruas, escondidos como toupeiras gigantes, trens compridos e reluzentes corriam suavemente e paravam silenciosamente em estações decoradas com mármores e mosaicos mais belos do que os das mais lindas igrejas.

O lar de Stálin era o Kremlin. Havia muitos palácios e igrejas antigas lá, em um complexo por trás de um muro alto. Dava para ver os domos por cima, que pareciam rabanetes enormes com as raízes apontando para o céu. Outras imagens mostravam os aposentos do Kremlin, onde Lênin, o falecido professor de Stálin, tinha morado. Alguns dos soldados ficavam mais impressionados com Lênin, outros com Stálin, assim como alguns dos camponeses falavam com mais frequência sobre Deus, o Pai, e outros sobre Deus, o Filho.

Os soldados diziam que as janelas do escritório de Stálin no Kremlin ficavam acesas até tarde da noite, e que as pessoas de Moscou, com todas as massas trabalhadoras do mundo, olhavam para aquelas janelas e encontravam nova inspiração e esperança para o futuro. Lá, o grande Stálin cuidava delas, trabalhava para todas, elaborava as melhores formas de vencer a guerra e destruir os inimigos das massas trabalhadoras. A mente dele era tomada de preocupação por todas as pessoas sofredoras, até as de países distantes que viviam sob opressão terrível. Mas o dia da libertação delas estava se aproximando, e, para fazer esse dia chegar mais perto, Stálin tinha que trabalhar até tarde da noite.

Depois que aprendi todas essas coisas com Gavrila, andava com frequência pelos campos e pensava profundamente. Eu me arrependia de todas as minhas orações. Os muitos milhares de dias de indulgência que eu tinha ganhado com elas eram um desperdício. Se fosse verdade que Deus não existia, nem o Filho, nem a Mãe Santíssima, assim como nenhum dos santos menores, o que tinha acontecido com todas as minhas orações? Estariam circulando no céu vazio como um bando de pássaros cujos ninhos tinham sido destruídos por meninos? Ou estavam em algum lugar secreto e, como minha voz perdida, estavam lutando para se libertar?

Ao relembrar alguns trechos das orações, eu me senti traído. Como Gavrila dizia, eram cheias de palavras sem sentido. Por que eu não tinha percebido antes? Por outro lado, tive dificuldade de aceitar que os padres não acreditavam em Deus e só O usavam para enganar as pessoas. E as igrejas, romana e ortodoxa? Elas também eram construídas, como Gavrila dizia, apenas com o propósito de intimidar as pessoas pelo suposto poder de Deus, obrigando-as a apoiar o clero? Mas, se os padres agiam de boa-fé, o que aconteceria a eles quando eles descobrissem de repente que Deus não existia e que acima do maior domo de igreja só havia um céu infinito onde aviões com estrelas vermelhas pintadas nas asas voavam? O que eles fariam quando descobrissem que todas as orações deles eram inúteis e que tudo que eles faziam no altar e tudo que diziam para as pessoas do púlpito era uma fraude?

A descoberta daquela verdade terrível os atingiria com um golpe pior do que a morte de um pai ou o último vislumbre do corpo sem vida dele. As pessoas sempre se confortaram pela crença em Deus e costumavam morrer antes dos filhos. Essa era a lei da natureza. Seu único consolo era o conhecimento de que, depois da morte, Deus guiaria seus filhos pela vida na terra, assim como os filhos encontravam seu único consolo no pensamento de que Deus receberia seus pais depois do túmulo. Deus estava sempre na mente das pessoas, mesmo quando Ele estava ocupado demais para ouvir as orações delas e acompanhar os dias de indulgência acumulados.

As lições de Gavrila acabaram me enchendo de uma nova confiança. Neste mundo, havia jeitos realistas de promover o bem, e havia pessoas que dedicavam a vida toda a isso. Eram os membros do Partido Comunista. Eles eram selecionados entre a população toda e recebiam treinamento especial e tarefas específicas para executar. Eram preparados para aguentar dificuldades, até a morte, se a causa das pessoas trabalhadoras exigisse. Os membros do Partido ficavam naquele cume social do qual as ações humanas podiam ser vistas não como atos sem sentido, mas como parte de um padrão definido. O Partido conseguia ver melhor do que o melhor dos atiradores de elite. Era por isso que todos os membros do Partido não só sabiam o significado dos eventos, mas também os formatavam e dirigiam para novos objetivos. Era por isso que nenhum membro do Partido se surpreendia com nada. O partido era para o povo trabalhador o que a locomotiva era para o trem. Guiava os outros na direção dos melhores objetivos, apontava atalhos para a melhoria da vida. E Stálin era o maquinista que guiava essa locomotiva.

Gavrila sempre voltava rouco e exausto das reuniões do Partido, que eram longas e tempestuosas. Os membros do Partido avaliavam uns aos outros nessas reuniões frequentes; cada um deles criticava os outros e a si mesmo, elogiava quando necessário ou apontava falhas. Eles estavam particularmente cientes dos eventos ao redor e sempre tentavam impedir as atividades danosas ao povo sob influência dos padres e donos de terras. Por sua vigilância constante, os membros do Partido ficavam temperados como aço. Dentre os membros do Partido, havia jovens e velhos, oficiais e homens alistados. A força do Partido, como Gavrila explicou, ficava na capacidade de se livrar daqueles que, como uma roda emperrada ou torta numa carroça, impediam o progresso. Essa limpeza era feita nas reuniões. Era lá que os membros adquiriam a dureza necessária.

Havia algo imensamente cativante nela. Eu via um homem vestido como todo mundo, trabalhando e lutando como todos. Parecia ser apenas mais um soldado num grande exército. Mas podia ser um membro do Partido; em um bolso do uniforme, sobre o coração, ele podia estar carregando o cartão do Partido. Ele mudava nos meus olhos, assim como o papel fotográfico na sala escura do fotógrafo do regimento. Tornava-se um dos melhores, um dos escolhidos, um dos que sabiam mais do que os outros. O julgamento dele carregava mais força do que uma caixa de explosivos. Outros ficavam em silêncio quando ele falava, ou falavam com mais cuidado quando ele ouvia.

No mundo soviético, um homem era avaliado de acordo com a opinião que os outros tinham dele, não com a dele mesmo. Só o grupo, que eles chamavam de "o coletivo", era qualificado para determinar o valor e a importância de um homem. O grupo decidia o que poderia torná-lo mais útil e o que poderia reduzir sua utilidade para os outros. Ele se tornava uma composição de tudo que os outros diziam sobre ele. Aprender a conhecer a personalidade interna de um homem era um processo infinito, Gavrila dizia. Não havia como saber se, no fundo dela, assim como num poço profundo, havia um inimigo do povo trabalhador, um agente dos donos de terras. Era por isso que um homem precisava ser continuamente vigiado pelos que estavam ao seu redor, pelos amigos e inimigos.

No mundo de Gavrila, o indivíduo parecia ter muitas faces; uma delas poderia ser estapeada enquanto a outra poderia ser beijada e outra passava temporariamente despercebida. Em todos os momentos, ele era medido pelos padrões de proficiência profissional, origem familiar, sucesso coletivo ou no Partido, e comparado com outros homens que poderiam substituí-lo a qualquer momento ou que poderiam ser substituídos por ele. O Partido olhava para um homem simultaneamente por lentes com diferentes focos, mas com precisão invariável; ninguém sabia que imagem final surgiria.

Ser um membro do Partido era um objetivo. O caminho para esse cume não era fácil, e quanto mais eu aprendia sobre a vida do regimento, mais eu percebia a complexidade do mundo em que Gavrila transitava.

Parecia que, para chegar ao ápice, um homem precisava subir simultaneamente muitas escadas. Ele poderia já estar na metade da escada profissional, mas só começando na política. Poderia estar subindo uma e descendo outra. Assim, as chances de chegar ao alto se alteravam, e o pico, como Gavrila dizia, costumava estar um degrau à frente ou dois atrás. Além do mais, mesmo depois de chegar ao pico, era possível cair com facilidade e ter que começar a subir tudo de novo.

Como a avaliação de uma pessoa dependia em parte da origem social, a base familiar contava, mesmo que os pais dela não estivessem vivos. Um homem tinha melhor chance de ascender a escada política se os pais fossem operários industriais em vez de camponeses ou funcionários de escritório. Essa sombra da família acompanhava as pessoas incansavelmente, assim como o conceito de pecado original assombrava até o melhor católico.

Eu fiquei tomado de apreensão. Embora não conseguisse lembrar a ocupação exata do meu pai, eu me lembrava da presença da cozinheira, da empregada e da enfermeira, que certamente seriam classificadas como vítimas de exploração. Eu também sabia que nem meu pai nem minha mãe eram operários. Isso significaria que, assim como meu cabelo e meus olhos pretos eram usados contra mim pelos camponeses, minha origem social poderia abalar minha nova vida com os soviéticos?

Na escada militar, a posição da pessoa era determinada pelo ranking e pela função no regimento. Um membro veterano do Partido tinha que obedecer explicitamente às ordens do comandante, que talvez nem fosse membro do Partido. Mais tarde, em uma reunião do Partido, ele poderia criticar as atividades desse mesmo comandante e, se as acusações fossem apoiadas por outros membros do partido, poderiam causar a transferência do comandante para um posto menor. Às vezes, o reverso era verdade. Um comandante podia punir um oficial que pertencia ao Partido, e o Partido podia rebaixar mais o oficial na hierarquia.

Eu me sentia perdido nesse labirinto. No mundo no qual Gavrila estava me iniciando, as aspirações e expectativas humanas estavam emaranhadas umas com as outras como as raízes e galhos de grandes árvores numa floresta densa, cada árvore lutando para obter mais umidade do solo e mais luz solar vinda do céu.

Eu fiquei preocupado. O que aconteceria comigo quando eu crescesse? Como eu seria visto pelos muitos olhos do Partido? Qual era minha essência mais profunda: uma essência saudável como a de uma maçã fresca, ou uma podre como a semente cheia de larvas de uma ameixa murcha?

O que aconteceria se os outros, o coletivo, decidisse que eu seria melhor fazendo mergulho, por exemplo? Importaria o fato de eu morrer de medo de água porque cada mergulho me lembrava do meu quase afogamento embaixo do gelo? O grupo poderia achar que eu tinha tido uma experiência valiosa que me qualificava para o treino de mergulho. Em vez de me tornar inventor de detonadores, eu teria que passar o restante da vida como mergulhador, odiando cada vez que visse água, tomado de pânico antes de cada mergulho. O que aconteceria nesse caso? Como um indivíduo, perguntou Gavrila, poderia pensar em botar sua avaliação à frente da de muitos?

Eu absorvia cada palavra de Gavrila e escrevia as perguntas para as quais queria resposta na lousa que ele tinha me dado. Eu ouvia as conversas dos soldados antes e depois das reuniões; xeretava as reuniões pelas paredes de lona da barraca.

A vida desses adultos soviéticos não era muito fácil. Talvez fosse tão difícil quanto vagar de um vilarejo para o outro e ser visto como cigano. Um homem tinha muitos caminhos a escolher, muitas estradas e rodovias pelo país da vida. Algumas eram sem saída, outras levavam a pântanos, a armadilhas e ciladas perigosas. No mundo de Gavrila, só o Partido conhecia os caminhos certos e o destino certo.

Eu tentava memorizar os ensinamentos de Gavrila, não perder uma única palavra. Ele afirmava que, para ser feliz e útil, era preciso entrar na marcha dos trabalhadores, acompanhando o passo dos outros no lugar designado na coluna. Forçar para ficar na frente da coluna era tão ruim quanto ficar para trás. Poderia significar perda de contato com as massas, o que levaria à decadência e à degeneração. Cada tropeço faria a coluna toda ir mais devagar, e os que se caíssem corriam o risco de serem pisoteados pelos outros...

17

No fim da tarde, grupos de camponeses vinham dos vilarejos. Traziam frutas, legumes e verduras em troca da carne de porco enlatada enviada dos Estados Unidos para o Exército Vermelho, de sapatos ou de um pedaço de lona de barraca adequado para fazer uma calça ou uma jaqueta.

Quando os soldados estavam terminando as tarefas da tarde, dava para ouvir música de acordeão e cantoria aqui e ali. Os camponeses ouviam as músicas atentamente, sem entender a letra direito. Alguns camponeses se juntavam com ousadia e voz alta na música. Outros pareciam alarmados e observavam com desconfiança os rostos dos vizinhos, que exibiam uma afeição tão repentina e inesperada pelo Exército Vermelho.

Mulheres vinham dos vilarejos em números cada vez maiores, junto de seus homens. Muitas flertavam abertamente com os soldados, tentando atraí-los na direção dos maridos ou irmãos, que estavam negociando a alguns passos dali. De cabelos e olhos claros, elas puxavam as blusas maltrapilhas e subiam as saias velhas com ar casual, rebolando os quadris enquanto andavam. Os soldados chegavam mais perto, levando das barracas latas de carne de porco e vaca dos Estados Unidos, pacotes de tabaco e papel para enrolar cigarro. Ignorando a presença dos homens, eles olhavam no fundo dos olhos das mulheres, roçavam acidentalmente nos corpos roliços e inspiravam seu odor.

Alguns soldados saíam escondido do acampamento de vez em quando e visitavam os vilarejos para continuar a negociar com os fazendeiros e encontrar as garotas do local. O comando do regimento fazia o possível para impedir esse tipo de contato secreto planejado com a população. Os oficiais políticos, os comandantes de batalhão e até as folhas informativas das divisões avisavam os soldados para não fazerem essas escapadas individuais. Observavam que alguns dos fazendeiros mais ricos estavam sob influência dos *partisans* nacionalistas que vagavam pela floresta na tentativa de atrapalhar a marcha vitoriosa do Exército Soviético e impedir o triunfo iminente de um governo de operários e camponeses. Diziam que homens de outros regimentos voltavam de saídas assim severamente espancados e que alguns tinham desaparecido completamente.

Mas um dia alguns soldados ignoraram o risco de punição e conseguiram sair do acampamento. Os guardas fingiram não reparar. A vida no acampamento era monótona, e os soldados, esperando a partida ou a ação, estavam desesperados por entretenimento. Mitka, o Cuco, sabia sobre essa saída dos amigos e talvez até tivesse ido junto se não fosse aleijado. Costumava dizer que, como os soldados do Exército Vermelho arriscaram a vida por aquelas pessoas ao lutar com os nazistas, não havia motivo para evitar a companhia delas.

Mitka cuidou de mim desde que eu entrei no hospital do regimento. Graças à alimentação dele, eu ganhei peso. Mitka tirava do grande caldeirão os melhores pedaços de carne e pegava a gordura da sopa para mim. Ele também ajudava com minhas injeções dolorosas e me dava coragem antes dos exames médicos. Uma vez, quando tive uma indigestão por comer demais, Mitka se sentou comigo por dois dias, segurou minha cabeça sempre que eu vomitava e limpou meu rosto com um pano molhado.

Enquanto Gavrila me ensinava coisas sérias, explicava o papel do Partido, Mitka me apresentou poesia e cantava músicas, dedilhando um acompanhamento no violão. Foi Mitka que me levou ao cinema do regimento e me explicou os filmes em detalhes. Eu fui com ele ver os mecânicos consertarem os motores dos poderosos caminhões do Exército, e foi Mitka que me levou para ver os atiradores de elite em treinamento.

Mitka era um dos homens mais amados e respeitados no regimento. Ele tinha um belo registro militar. Em dias especiais do Exército, dava para ver condecorações no uniforme dele que seriam a inveja dos comandantes de regimento e até de divisão. Mitka era um Herói da União Soviética, a maior honra militar, e um dos homens mais condecorados de toda divisão.

Seus feitos como atirador de elite eram descritos em jornais e livros para crianças e adultos. Ele aparecia várias vezes em noticiários vistos por milhões de cidadãos soviéticos em fazendas coletivas e fábricas. O regimento tinha grande orgulho de Mitka; ele era fotografado para folhetos informativos da divisão e era entrevistado por correspondentes.

Soldados costumavam contar histórias na fogueira da noite sobre as missões perigosas que ele tinha enfrentado apenas um ano antes. Eles discutiam infinitamente as ações heroicas dele na retaguarda do inimigo, onde ele caiu de paraquedas sozinho e atirou em oficiais e mensageiros do Exército Alemão com pontaria extraordinária à distância. Eles se impressionavam com o jeito como Mitka conseguiu voltar de detrás das linhas inimigas, só para ser enviado de novo em outra missão perigosa.

Em conversas assim, eu me inflava de orgulho. Eu me sentava ao lado de Mitka, apoiado no braço forte dele, ouvindo com atenção sua voz para não perder uma palavra do que ele estava dizendo, nem as perguntas dos outros. Se a guerra durasse até eu ter idade de servir, talvez eu pudesse me tornar atirador de elite, um herói sobre quem os operários falariam nas refeições.

O fuzil de Mitka era objeto de admiração constante. Cedendo a pedidos, ele o tirava do estojo e soprava a poeira invisível na mira e na coronha. Tremendo de curiosidade, os jovens soldados se curvavam sobre o fuzil com a reverência de um padre em um altar. Os soldados velhos com mãos grandes e ávidas pegavam a arma com a coronha polida da mesma forma que uma mãe pega um bebê no berço. Eles prendiam o ar e examinavam as lentes límpidas da mira telescópica. Era por aquele olho que Mitka via o inimigo. Aquelas lentes levavam o alvo tão para perto dele que ele conseguia ver rostos, gestos, sorrisos. Ajudava-o a mirar sem errar no ponto abaixo das barras de metal, onde o coração alemão batia.

O rosto de Mitka se fechava enquanto os soldados admiravam o fuzil. Ele tocava instintivamente na lateral dolorida e enrijecida do corpo na qual os fragmentos de uma bala alemã ainda estavam inseridos. Aquela bala acabou com a carreira dele de atirador de elite um ano antes. Isso o atormentava diariamente. Mudou-o de Mitka, o Cuco, como ele era conhecido antes, para Mitka, o Mestre, como ele costumava ser chamado agora.

Ele ainda era o instrutor de tiro do regimento e ensinava sua arte a jovens soldados, mas não era isso que seu coração desejava. À noite, às vezes eu via seus olhos arregalados encarando o teto triangular da barraca. Ele devia estar revivendo aqueles dias e noites em que, escondido em galhos ou ruínas bem atrás das linhas inimigas, esperara o momento certo de abater um oficial, um mensageiro, um aviador ou um piloto de tanque. Quantas vezes devia ter olhado para a cara do inimigo, seguido os movimentos dele, medido a distância, ajustando a mira novamente. Com cada bala mirada, ele fortalecia a União Soviética ao eliminar um dos oficiais do inimigo.

Esquadrões alemães especiais com cachorros treinados procuraram os esconderijos dele, e caçadas cobriram círculos amplos. Quantas vezes ele devia ter achado que nunca voltaria! Mas eu sabia que deviam ter sido os dias mais felizes da vida de Mitka. Ele não trocaria esses dias em que era ao mesmo tempo juiz e executor por nenhum outro. Sozinho, guiado pela mira telescópica do fuzil, tirava do inimigo seus melhores homens. Reconhecia-os pelas condecorações, pela insígnia do ranking, pela cor dos uniformes. Antes de puxar o gatilho, ele devia ter se perguntado se aquele homem era digno de morte por uma bala do fuzil de Mitka, o Cuco. Talvez ele devesse esperar uma vítima melhor: um capitão em vez de um tenente, um major em vez de um capitão, um piloto em vez de um atirador de tanque, um oficial de alto escalão em vez de um comandante de batalhão. Cada tiro dele podia levar a morte não só para o inimigo, mas para ele mesmo, roubando do Exército Vermelho um de seus melhores soldados.

Ao pensar nisso tudo, eu ia admirando Mitka mais e mais. Ali, deitado em uma cama a uma curta distância de mim, estava um homem que trabalhava por um mundo melhor e mais seguro, não rezando em altares de igreja, mas com mira excelente. O oficial alemão de uniforme preto magnífico, que passava o tempo matando prisioneiros indefesos ou decidindo o destino de pulguinhas pretas como eu, agora parecia lamentavelmente insignificante em comparação a Mitka.

Quando os soldados que tinham saído escondidos do acampamento não voltaram, Mitka ficou preocupado. A hora da inspeção noturna estava chegando e a ausência deles poderia ser descoberta a qualquer momento. Nós estávamos sentados na barraca. Mitka andava com nervosismo de um lado para o outro, esfregando as mãos, úmidas de emoção. Eram os melhores amigos dele: Grisha, um bom cantor, que Mitka acompanhava com o acordeão; Lonka, que vinha da mesma cidade; Anton, um poeta que era capaz de recitar melhor do que qualquer outra pessoa; e Vanka, que Mitka alegava ter salvado sua vida um dia.

O sol tinha se posto e a guarda fora mudada. Mitka ficava olhando para o mostrador fluorescente do relógio que obteve como pilhagem de guerra.

Houve uma comoção entre os guardas lá fora. Gritaram pedindo um médico quando uma motocicleta passou a toda velocidade pelo acampamento na direção do quartel-general.

Mitka saiu correndo e me puxou junto. Outros vieram correndo atrás.

Muitos soldados já estavam reunidos na linha da guarda. Vários soldados cobertos de sangue estavam ajoelhados ou de pé em volta de quatro corpos inertes deitados no chão. Nós soubemos pelas palavras incoerentes dele que eles tinham ido a uma festa em um vilarejo próximo e foram atacados por camponeses bêbados que tinham ficado com ciúmes das mulheres. Os camponeses estavam em número maior e os desarmaram. Quatro dos soldados foram mortos com machados e outros ficaram muito feridos.

O vice-comandante do regimento chegou, seguido de outros oficiais seniores. Os soldados abriram caminho para eles e fizeram posição de sentido. Os homens feridos tentaram se levantar, em vão. O vice-comandante, pálido, mas composto, ouviu o relato de um dos homens feridos e deu suas ordens. Os feridos foram levados imediatamente para o hospital. Alguns conseguiram andar devagar enquanto apoiavam uns aos outros e limpavam sangue do rosto e do cabelo com a manga.

Mitka se agachou aos pés dos homens mortos e olhou em silêncio para os rostos desfigurados. Outros soldados ficaram parados ali perto, visivelmente abalados.

Vanka estava deitado de costas, o rosto branco virado para as pessoas em volta. Na luz fraca de uma lanterna, dava para ver marcas de sangue seco no peito dele. O rosto de Lonka tinha sido partido no meio por um golpe terrível de machado. Ossos quebrados do crânio estavam misturados com fitas de músculos do pescoço penduradas. Os rostos feridos e inchados dos outros dois estavam quase irreconhecíveis.

Uma ambulância chegou. Mitka segurou meu braço com raiva quando os corpos foram removidos.

A tragédia foi citada no relato da noite. Os homens engoliram em seco, ouviram as novas ordens proibindo qualquer contato com a população local hostil e proibindo qualquer ação que pudesse agravar mais as relações dela com o Exército Vermelho.

Naquela noite, Mitka ficou sussurrando e murmurando sozinho, bateu na cabeça com o punho e se sentou em silêncio reflexivo.

Vários dias se passaram. A vida do regimento foi voltando ao normal. Os homens estavam mencionando os nomes dos mortos com menos frequência. Começaram a cantar de novo e a se preparar para a visita de um teatro de campo. Mas Mitka não estava bem, e outro o substituiu na função no treinamento.

Uma noite, Mitka me acordou antes do amanhecer. Mandou que eu me vestisse rapidamente e não me disse mais nada. Quando eu estava pronto, eu o ajudei a amarrar os pés e calçar as botas. Ele gemeu de dor, mas se moveu rapidamente. Quando estava vestido, ele verificou se os outros homens estavam dormindo e pegou o fuzil atrás da cama. Ele tirou a arma do estojo marrom e a pendurou em cima do ombro. Colocou o estojo vazio atrás da cama com cuidado e o trancou, para parecer que o fuzil ainda estava dentro. Ele pegou a mira telescópica e a enfiou no bolso acompanhada de um pequeno tripé. Verificou a cartucheira, pegou um binóculo no gancho e o pendurou no meu pescoço.

Nós saímos silenciosamente da barraca e passamos pela cozinha de campo. Quando os homens de guarda passaram, corremos rapidamente na direção dos arbustos, atravessamos o campo adjacente e saímos do acampamento.

O horizonte ainda estava banhado de neblina noturna. A listra branca de uma estrada apareceu entre as camadas finas de neblina que pairava sobre os campos.

Mitka secou o suor do pescoço, puxou o cinto para cima e bateu de leve na minha cabeça quando corremos para o bosque.

Eu não sabia aonde estávamos indo e nem por quê. Mas eu achava que Mitka estava fazendo alguma coisa por conta própria, uma coisa que ele não deveria fazer, uma coisa que poderia custar sua posição no exército e no apreço público.

Ainda assim, ao me dar conta, fui tomado de orgulho de ser a pessoa escolhida para acompanhá-lo e ajudar um Herói da União Soviética em sua missão misteriosa.

Andamos rápido. Mitka estava cansado enquanto mancava e puxava o fuzil, que ficava escorregando do ombro. Sempre que tropeçava, ele murmurava xingamentos que costumava proibir os outros soldados de usar e, ao perceber que eu tinha ouvido, mandava que eu os esquecesse na mesma hora. Eu assentia, mas teria dado qualquer coisa para ter a fala de volta e poder repetir aqueles magníficos xingamentos russos, que eram suculentos como ameixas maduras.

Passamos silenciosamente por um vilarejo adormecido. Não havia fumaça saindo das chaminés, os cachorros e galos estavam em silêncio. O rosto de Mitka enrijeceu e os lábios dele ficaram secos. Ele abriu uma garrafa de café frio, tomou um gole e me deu o restante. Nós seguimos em frente.

Já estava dia quando entramos na floresta, mas lá dentro ainda estava escuro. As árvores rígidas pareciam monges sinistros de hábitos pretos protegendo as clareiras com as mangas largas dos galhos. Em determinado ponto, o sol encontrou uma pequena abertura no alto das árvores e os raios de luz entravam pelos vãos abertos das folhas de castanheira.

Depois de um pouco de reflexão, Mitka escolheu uma árvore alta e firme perto dos campos na extremidade da floresta. O tronco era escorregadio, mas havia nós e galhos grossos bem baixos. Mitka primeiro me ajudou a subir em um dos galhos e depois me passou o fuzil comprido, o binóculo, a mira telescópica e o tripé, que fui pendurando delicadamente nos galhos. Aí, veio a minha vez de ajudá-lo a subir. Quando Mitka, gemendo e bufando, molhado de suor, chegou em mim no galho, eu subi para o seguinte. E assim, um ajudando o outro, conseguimos chegar quase ao topo da árvore com o fuzil e todo o equipamento.

Depois de um momento de descanso, Mitka afastou com destreza alguns galhos que bloqueavam nossa vista: cortou alguns deles e amarrou outro. Em pouco tempo, tínhamos uma posição razoavelmente confortável e bem escondida. Pássaros invisíveis batiam as asas na folhagem.

Quando me acostumei com a altura, eu discerni os contornos das construções no vilarejo à nossa frente. As primeiras nuvens de fumaça estavam começando a subir no céu. Mitka prendeu a mira telescópica ao fuzil e firmou o tripé. Encostou-se e colocou o fuzil cuidadosamente no apoio.

Ele passou muito tempo observando o vilarejo pelo binóculo. Passou-o para mim e começou a ajustar a mira telescópica do fuzil. Pelo binóculo, eu observei o vilarejo. Com a imagem aumentada de forma impressionante, as casas pareciam estar bem na frente da floresta.

A imagem era tão precisa e clara que eu quase conseguia contar a palha nos telhados de sapê. Eu via galinhas ciscando nos pátios e um cachorro dormindo no sol fraco do começo da manhã.

Mitka me pediu o binóculo. Antes de devolvê-los, dei uma outra olhada rápida no vilarejo. Eu vi um homem alto saindo de uma casa. Ele esticou os braços, bocejou e olhou para o céu limpo. Vi que a camisa dele estava aberta na frente e havia remendos grandes nos joelhos da calça.

Mitka pegou o binóculo e o colocou fora do meu alcance. Ele observou com atenção a cena pela mira telescópica. Eu apertei os olhos, mas, sem o binóculo, só via as casas pequenininhas ao longe.

Um tiro soou. Eu tive um sobressalto, e os pássaros bateram as asas na vegetação. Mitka levantou o rosto vermelho e suado e murmurou alguma coisa. Eu estiquei a mão para o binóculo. Ele sorriu com um pedido de desculpas e empurrou a minha mão.

Eu me ressenti da recusa de Mitka, mas podia supor o que tinha acontecido. Na minha imaginação, eu vi o fazendeiro caindo, esticando as mãos para cima, como se procurando um apoio invisível enquanto caía na soleira da porta da casa.

Mitka recarregou o fuzil e colocou o cartucho usado no bolso. Inspecionou calmamente o vilarejo pelo binóculo, assobiando baixinho com os lábios apertados.

Tentei visualizar o que ele estava vendo lá. Uma mulher idosa enrolada em trapos marrons saindo de casa, olhando para o céu, se persignando e, no mesmo momento, vendo o corpo do homem caído no chão. Enquanto ela se aproximava com passos desajeitados e bambos e se inclinava para virar o rosto dele, ela reparava no sangue e corria gritando na direção das casas vizinhas.

Sobressaltados pelos gritos, homens vestindo a calça e mulheres parcialmente despertas saíam correndo das casas. O vilarejo logo ficou cheio de gente correndo para lá e para cá. Os homens se inclinaram sobre o corpo, fazendo gestos amplos e olhando com impotência em todas as direções.

Mitka se moveu um pouco. Ele estava com o olho grudado na mira telescópica e estava apertando a coronha do fuzil no ombro. Gotas de perspiração brilhavam na testa dele. Uma se soltou e rolou até as sobrancelhas peludas, saiu no alto do nariz e desceu pela crista diagonal da bochecha na direção do queixo. Antes de chegar aos lábios, Mitka disparou três vezes em sucessão rápida.

Eu fechei os olhos e vi o vilarejo de novo, com três corpos caindo no chão. Os camponeses que restaram, sem conseguir ouvir os tiros daquela distância, saíram correndo em pânico, olhando em volta com surpresa e imaginando de onde os tiros estavam vindo.

O vilarejo foi tomado de medo. As famílias dos mortos choravam alto e arrastavam os corpos pelas mãos e pés na direção das casas e celeiros. Crianças e pessoas mais velhas, sem saber o que estava acontecendo, vagavam sem rumo. Depois de alguns momentos, todo mundo desapareceu. Até as janelas foram fechadas.

Mitka examinou o vilarejo de novo. Não devia haver mais ninguém do lado de fora, porque a inspeção dele levou um tempo. De repente, ele botou o binóculo de lado e pegou o fuzil.

Eu refleti. Talvez fosse algum jovem se esgueirando entre as casas, tentando fugir do atirador de elite e voltar rapidamente para sua casa. Sem saber de onde as balas vinham, ele parava aqui e ali e olhava em volta. Quando chegou em umas roseiras selvagens, Mitka disparou de novo.

O homem parou, como se grudado no chão. Dobrou um joelho, tentou dobrar o outro e caiu nas roseiras. Os galhos cheios de espinhos tremeram com inquietação.

Mitka se apoiou no fuzil e descansou. Os camponeses estavam em casa e nenhum ousava sair.

Como eu invejava Mitka! De repente, eu entendi muita coisa do que um dos soldados tinha dito em uma discussão com ele. Ser humano, disse ele, é um nome orgulhoso. O homem vive sua própria guerra particular, que ele precisa travar, vencer ou perder ele mesmo — sua própria justiça, que ele precisa administrar sozinho. Agora, Mitka, o Cuco, tinha executado vingança pela morte dos amigos, alheio às opiniões dos outros, arriscando sua posição no regimento e seu título de Herói da União Soviética. Se não pudesse vingar os amigos, qual era a utilidade de tantos dias de treinamento na arte do tiro, no domínio do olho, da mão e da respiração? Que valor tinha o título de Herói, respeitado e idolatrado por dezenas de milhares de cidadãos, se ele já não o merecia aos seus próprios olhos?

Havia outro elemento na vingança de Mitka. Um homem, por mais popular e admirado que fosse, vive principalmente com ele mesmo. Se não estiver em paz consigo mesmo, se for incomodado por uma coisa que não fez mas deveria ter feito para preservar sua própria imagem de si mesmo, ele é como o "Demônio infeliz, o espírito do exílio, pairando alto acima do mundo pecaminoso".

Eu também entendi outra coisa. Havia muitos caminhos e muitas subidas que levavam ao cume. Mas também era possível chegar ao cume sozinho, com a ajuda de no máximo um amigo, assim como Mitka e eu tínhamos subido na árvore. Esse era um cume diferente, distante da marcha das massas operárias.

Com um sorriso gentil, Mitka me entregou o binóculo. Olhei para o vilarejo com avidez, mas não vi nada além de casas bem fechadas. Aqui e ali, havia uma galinha ou um peru andando. Eu já ia devolver o binóculo quando um cachorro grande apareceu entre as casas. Ele balançou o rabo e coçou a orelha com uma pata traseira. Eu me lembrei de Judas. Ele tinha feito a mesma coisa enquanto me olhava pendurado nos ganchos.

Toquei no braço de Mitka e apontei para o vilarejo com a cabeça. Ele achou que eu estivesse dizendo que tinha gente se movendo e se concentrou na mira telescópica. Ao não ver ninguém, ele me olhou com um questionamento nos olhos. Eu falei com sinais que queria que ele matasse o cachorro. Ele demonstrou surpresa e fez que não. Eu pedi de novo. Ele recusou e me olhou com reprovação.

Nós ficamos em silêncio, ouvindo o farfalhar temeroso das folhas. Mitka observou o vilarejo de novo, dobrou o tripé e tirou a mira telescópica. Nós começamos a descer lentamente; Mitka às vezes murmurava de dor quando estava pendurado pelos braços procurando um apoio para os pés.

Ele enterrou os cartuchos usados debaixo do musgo e apagou todos os rastros da nossa presença. Andamos para o acampamento, onde ouvimos motores sendo testados pelos mecânicos. Voltamos despercebidos.

À tarde, quando os outros homens estavam de serviço, Mitka limpou rapidamente o fuzil e a mira e colocou tudo no lugar.

Naquela noite, ele estava tranquilo e alegre, como antes. Com uma voz sentimental, cantou baladas sobre a beleza de Odessa, sobre atiradores que, com mil baterias, estavam vingando as mães que tinham perdido seus filhos na guerra.

Os soldados sentados perto de nós cantaram o refrão. As vozes deles se espalharam, altas e claras. Do vilarejo veio o dobrar baixo e firme dos sinos funerários.

18

Demorei vários dias para aceitar a ideia de deixar Gavrila, Mitka e todos os meus outros amigos do regimento. Mas Gavrila foi bem firme ao explicar que a guerra estava acabando, que meu país tinha sido totalmente libertado dos alemães e que, de acordo com os regulamentos, crianças perdidas tinham que ser entregues em centros especiais, onde ficariam até ficar determinado se os pais delas estavam vivos.

Olhei para o rosto dele enquanto ele falava todas essas coisas e segurei as lágrimas. Gavrila também ficou incomodado. Eu sabia que ele e Mitka tinham discutido o meu futuro, e se houvesse alguma outra solução, eles a teriam encontrado.

Gavrila prometeu que, se nenhum parente fosse me buscar dentro de três meses depois do fim da guerra, ele cuidaria de mim e me mandaria para uma escola onde me ensinariam a falar de novo. Nesse meio-tempo, ele me pediu para ter coragem e lembrar tudo que eu tinha aprendido com ele e para ler *Pravda*, o jornal soviético, todos os dias.

Eu ganhei uma bolsa cheia de presentes dos soldados e livros de Gavrila e Mitka. Botei um uniforme do Exército Soviético que tinha sido feito especialmente para mim pelo alfaiate do regimento. Em um bolso, encontrei uma pistolinha de madeira com uma foto de Stálin de um lado e uma de Lênin do outro.

O momento da despedida tinha chegado. Eu ia embora com o sargento Yury, que tinha compromissos militares na cidade onde havia um centro para crianças perdidas. Essa cidade industrial, a maior do país, era onde eu morava antes da guerra.

Gavrila verificou que eu estava com todas as minhas coisas e que meu arquivo pessoal estava em ordem. Ele tinha arrumado nele todas as informações que eu tinha dado em relação ao meu nome, local anterior de residência e os detalhes que eu lembrava sobre os meus pais, minha cidade, nossos parentes e amigos.

O motorista ligou o motor. Mitka me deu um tapinha no ombro e me pediu para defender a honra do Exército Vermelho. Gavrila me deu um abraço caloroso, e os outros apertaram a minha mão como se eu fosse um adulto. Senti vontade de chorar, mas fiquei sério e empertigado como uma bota bem amarrada de soldado.

Nós partimos para a estação. O trem estava lotado de soldados e civis. Parou com frequência em sinais quebrados, continuou e parou de novo entre estações. Nós passamos por cidades bombardeadas, vilarejos desertos, carros abandonados, tanques, armas, aviões com asas e caudas cortadas. Em muitas estações, pessoas maltrapilhas corriam junto aos trilhos, suplicando por cigarros e comida, enquanto crianças seminuas olhavam, boquiabertas, para o trem. Nós levamos dois dias para chegar ao nosso destino.

Todos os trilhos estavam sendo usados por transporte militar, vagões da Cruz Vermelha e vagões abertos carregados de equipamento militar. Nas plataformas, grupos de soldados soviéticos e ex-prisioneiros com uma variedade de uniformes se empurravam junto a inválidos mancos, civis maltrapilhos e pessoas cegas que batiam no chão com as bengalas. Aqui e ali, enfermeiras direcionavam pessoas esqueléticas de roupas listradas; os soldados olhavam para elas com silêncio repentino — eram as pessoas salvas das fornalhas e que estavam voltando dos campos de concentração para a vida.

Eu segurei a mão de Yury e olhei para os rostos cinzentos daquelas pessoas, com os olhos ardentes febris brilhando como pedaços de vidro quebrado nas cinzas de um fogo se apagando.

Ali perto, uma locomotiva levou um vagão brilhante para o centro da estação. Uma delegação militar estrangeira saiu, com uniformes e medalhas coloridas. Uma guarda de honra se formou rapidamente, e uma banda militar tocou um hino. Os oficiais bem-vestidos e os homens de roupas listradas de campo de concentração passaram sem dizer nada a uma distância curta uns dos outros na plataforma estreita.

Havia novas bandeiras sobre o prédio principal da estação, e alto-falantes tocavam música interrompida de tempos em tempos por discursos roucos e saudações. Yury olhou para o relógio. Nós seguimos para a saída.

Um dos motoristas militares aceitou nos levar até o orfanato. A ruas da cidade estavam cheias de comboios e soldados, as calçadas lotadas de gente. O orfanato ocupava várias casas em uma rua menor. Inúmeras crianças olhavam das janelas.

Nós passamos uma hora no saguão; Yury leu um jornal e eu fingi indiferença. Finalmente, a diretora foi nos cumprimentar e pegou a pasta com meus documentos das mãos de Yury. Assinou alguns papéis, deu-os a Yury e colocou a mão no meu ombro. Eu me soltei dela com firmeza. As dragonas de um uniforme não eram para as mãos de uma mulher.

O momento da despedida chegou. Yury fingiu alegria. Brincou, ajeitou o chapéu na minha cabeça e apertou o cordão em volta dos livros com inscrições de Mitka e Gavrila que eu carregava embaixo do braço. Nós nos abraçamos como dois homens. A diretora ficou ao lado.

Eu segurei a estrela vermelha presa no meu bolso esquerdo do peito. Presente de Gavrila, com o perfil de Lênin. Agora, eu acreditava que essa estrela, que levava milhões de trabalhadores do mundo todo até seu objetivo, também podia me dar sorte. Eu segui a diretora.

Ao andar pelos corredores cheios, nós passamos pelas portas abertas de salas de aula, onde havia aulas acontecendo. Aqui e ali, havia crianças andando e gritando. Alguns garotos, ao verem meu uniforme, apontaram para mim e riram. Eu me virei. Alguém jogou um miolo de maçã; eu me abaixei, e bateu na diretora.

Eu não tive paz nos primeiros dias. A diretora queria que eu tirasse meu uniforme e usasse roupas civis comuns enviadas para as crianças pela Cruz Vermelha Internacional. Eu quase bati na cabeça de uma enfermeira quando ela tentou tirar o uniforme de mim. Eu dormia com a túnica e a calça dobradas embaixo do colchão, por segurança.

Depois de um tempo, meu uniforme não lavado começou a feder, mas eu continuava me recusando a me separar dele, ainda que por um dia. A diretora, irritada com essa insubordinação, chamou duas enfermeiras e mandou que elas o tirassem a força. Um grupo animado de garotos testemunhou a luta.

Eu me soltei das mulheres desajeitadas e corri para a rua. Lá, abordei quatro soldados soviéticos que passavam tranquilamente. Sinalizei com as mãos avisando que era mudo. Eles me deram um pedaço de papel, no qual escrevi que era filho de um oficial soviético que estava no front e que estava esperando meu pai no orfanato. Em seguida, escrevi com linguagem cuidadosa que a diretora era filha de um senhor de terras, que ela odiava o Exército Vermelho e que ela, mais as enfermeiras exploradas por ela, batia em mim diariamente por causa do meu uniforme.

Como eu esperava, minha mensagem agitou os jovens soldados. Eles me seguiram para dentro, e enquanto um deles quebrava sistematicamente os vasos de flores na sala atapetada da diretora, os outros corriam atrás das enfermeiras, batendo nelas e beliscando suas bundas. As mulheres assustadas gritaram e berraram.

Depois disso, me deixaram em paz. Até os professores ignoraram minha recusa de aprender a ler e escrever na minha língua materna. Eu escrevi com giz no quadro-negro que meu idioma era russo, a língua de uma terra onde não havia exploração do indivíduo pelo todo e onde os professores não perseguiam os alunos.

Havia um calendário enorme pendurado sobre a minha cama. Eu riscava cada dia que terminava com um lápis vermelho. Eu não sabia quantos dias faltavam até o fim da guerra que ainda acontecia na Alemanha, mas estava confiante de que o Exército Vermelho estava fazendo o melhor para que o fim chegasse logo.

Todos os dias, eu saía escondido do orfanato e comprava um exemplar do *Pravda* com o dinheiro que Gavrila tinha me dado. Eu lia correndo as notícias sobre as vitórias recentes e olhava com atenção as novas fotos de Stálin. Eu me sentia tranquilizado. Stálin parecia em forma e jovem. Tudo estava indo bem. A guerra acabaria logo.

Um dia, fui chamado para um exame médico. Eu recusei a deixar meu uniforme fora da sala e fui examinado com ele debaixo do braço. Depois do exame, fui entrevistado por um tipo de comissão social. Um dos membros, um homem mais velho, leu todos os meus papéis com atenção. Ele me abordou de um jeito simpático. Mencionou meu nome e perguntou se eu tinha ideia de onde meus pais planejavam ir quando me deixaram. Eu fingi não entender. Traduziram a pergunta para o russo, acrescentando que ele parecia achar que conhecia meus pais antes da guerra. Escrevi com indiferença em uma lousa que meus pais tinham morrido com uma bomba. Os membros da comissão me olharam com desconfiança. Fiz uma saudação rígida e saí da sala. O homem perguntador tinha me aborrecido.

Nós éramos quinhentos no orfanato. Fomos divididos em grupos e assistíamos aula em salas pequenas e escuras. Muitos dos meninos e meninas eram aleijados e agiam de um jeito estranho. As salas de aula ficavam lotadas. Faltavam carteiras e lousas. Eu ficava sentado ao lado de um garoto da minha idade que murmurava incessantemente "Onde está meu papai, onde está meu papai?". Ele olhava em volta como se esperasse que o pai surgisse de debaixo de uma carteira e fizesse carinho na testa suada dele. Diretamente atrás de nós havia uma garota que tinha perdido todos os dedos em uma explosão. Ela olhava para os dedos das outras crianças, que eram tão vivos quanto minhocas. Ao reparar que ela estava olhando, elas escondiam as mãos rapidamente, como se tivessem medo dos olhos dela. Mais distante ficava um garoto com parte da mandíbula e do braço faltando. Ele tinha que ser alimentado por outras pessoas; o odor de uma ferida supurada emanava dele. Também havia várias crianças parcialmente paralisadas.

Nós olhávamos uns para os outros com repulsa e medo. Ninguém sabia o que o outro poderia fazer. Muitos dos garotos na turma eram mais velhos e mais fortes do que eu. Eles sabiam que eu não falava e, consequentemente, achavam que eu era idiota. Eles me chamavam de nomes e às vezes me batiam. De manhã, quando eu chegava na sala de aula depois de uma noite insone no alojamento lotado, eu me sentia preso, temeroso e apreensivo. A expectativa de desastre aumentava. Eu ficava rígido como o elástico num estilingue, e o menor incidente me desequilibrava. Eu tinha medo não tanto de ser atacado por outros garotos, mas de ferir seriamente alguém em legítima defesa. Como costumavam nos dizer no orfanato, isso levaria à prisão e ao fim das minhas esperanças de voltar para Gavrila.

Eu não conseguia controlar meus movimentos em uma briga. Minhas mãos adquiriam vida própria e não podiam ser afastadas de um oponente. Além do mais, por muito tempo depois de uma briga eu não conseguia me acalmar, ficava ponderando o que tinha acontecido e me agitava de novo.

Eu também não conseguia fugir. Quando via um grupo de garotos vindo na minha direção, parava na mesma hora. Eu tentava me convencer de que estava evitando ser acertado por trás e que podia avaliar melhor a força e as intenções do inimigo. Mas a verdade era que eu não conseguia fugir nem quando queria. Minhas pernas ficavam estranhamente pesadas, com o peso distribuído de um jeito estranho. Minhas coxas e panturrilhas pareciam chumbo, mas meus joelhos ficavam leves e murchos como travesseiros macios. A lembrança de todas as minhas fugas bem-sucedidas não parecia ajudar muito. Um mecanismo misterioso me prendia ao chão. Eu parava e esperava meus agressores.

O tempo todo, eu pensava nos ensinamentos de Mitka: um homem nunca devia se permitir ser maltratado, pois ele perderia o respeito próprio e sua vida se tornaria sem sentido. O que preservaria seu respeito próprio e determinaria seu valor era a capacidade de se vingar dos que faziam mal a ele.

Uma pessoa devia se vingar de todos os males e humilhações. Havia injustiças demais no mundo para que todos fossem pesados e julgados. Um homem tinha que considerar todos os males que tinha sofrido e decidir a vingança apropriada. Só a convicção de ser forte como o inimigo e de ser capaz de pagar em dobro permitia que as pessoas sobrevivessem, dizia Mitka. Um homem devia se vingar de acordo com sua natureza e com os meios à sua disposição. Era bem simples: se alguém fosse grosseiro com você e isso o machucasse como uma chicotada, você devia puni-lo como se ele tivesse usado um chicote em você. Se alguém te estapeasse e a sensação fosse de mil golpes, a vingança deveria ser por mil golpes. A vingança devia ser proporcional a toda a dor, amargura e humilhação sentida como resultado da ação de um oponente. Um tapa na cara poderia não ser doloroso demais para um homem; para outro, poderia levá-lo a reviver a perseguição que ele tinha sofrido em centenas de dias de surra. O primeiro homem poderia esquecer em uma hora; o segundo poderia ficar atormentado por semanas por lembranças de pesadelo.

Claro que o oposto também era verdade. Se um homem batesse em você com uma vara, mas a sensação fosse de um tapinha, a vingança deveria ser pelo tapa.

A vida no orfanato era cheia de ataques e brigas inesperadas. Quase todo mundo tinha apelido. Havia um garoto na minha turma chamado de Tanque porque ele batia com os punhos em qualquer um que ficasse no caminho. Havia um garoto chamado de Canhão porque jogava objetos pesados nas pessoas sem nenhum motivo específico. Havia outros: o Sabre, que cortava o inimigo com a beira do braço; o Avião, que te derrubava e chutava na cara; o Atirador de Elite, que jogava pedras de longe; o Lança-chamas, que acendia fósforos e os jogava em roupas e bolsas.

As meninas também tinham apelidos. A Granada cortava a cara dos inimigos com um prego escondido na palma da mão. Outra, a Partisan, pequena e discreta, se agachava no chão e fazia os passantes tropeçarem segurando bem uma perna, enquanto sua aliada, a Torpedo, abraçava um oponente prostrado como se tentando fazer amor e dava uma joelhada profissional na virilha dele.

Os professores e funcionários não conseguiam lidar com esse grupo e costumavam ficar longe das brigas, com medo dos meninos mais fortes. Às vezes, havia incidentes mais sério. O Canhão uma vez jogou uma bota pesada numa menina que, ao que parece, se recusou a dar um beijo nele. Ela morreu algumas horas depois. Em outra ocasião, o Lança-chamas botou fogo nas roupas de três garotos e os trancou em uma sala de aula. Dois foram levados para o hospital com queimaduras severas.

Todas as brigas tiravam sangue. Meninos e meninas lutavam pela própria vida e não podiam ser separados. À noite, coisas piores ainda aconteciam. Meninos atacavam meninas em corredores escuros. Uma noite, vários meninos estupraram uma enfermeira no porão. Eles a mantiveram lá por horas e convidaram outros meninos para se juntarem a eles para excitar a mulher de formas elaboradas que tinham aprendido em vários lugares durante a guerra. Ela acabou sendo reduzida a um estado de frenesi insano. Gritou e berrou a noite toda, até a ambulância chegar e a levar embora.

Outras garotas pediam atenção. Tiravam as roupas e pediam aos garotos para tocarem nelas. Discutiam abertamente as demandas sexuais que montes de homens tinham feito delas durante a guerra. Algumas diziam que não conseguiam dormir sem ter tido um homem. Elas iam para os parques à noite e pegavam soldados bêbados.

Muitos dos meninos e meninas eram aleijados e agiam de um jeito estranho. Ficavam parados junto às paredes, a maioria em silêncio, nem chorando nem rindo, olhando para uma imagem que só eles conseguiam ver. Diziam que alguns tinham vivido em guetos ou em campos de concentração. Se não tivesse sido o fim da ocupação, eles já teriam morrido. Outros pareciam ter morado com pais adotivos brutais e gananciosos, que os exploravam implacavelmente e os açoitavam pelo menor sinal de desobediência. Também havia alguns que não tinham passado específico. Foram colocados no orfanato pelo exército ou pela polícia. Ninguém sabia suas origens, o paradeiro dos pais ou onde eles tinham passado a guerra. Eles se recusavam a contar qualquer coisa sobre si mesmos; respondiam a todas as perguntas com frases evasivas e meios-sorrisos indulgentes que sugeriam desprezo infinito por quem as perguntava.

Eu tinha medo de adormecer à noite porque os garotos tinham fama de fazer pegadinhas dolorosas nos outros. Eu dormia de uniforme com uma faca em um bolso e um soco inglês de madeira em outro.

Todas as manhãs, eu riscava mais um dia do meu calendário. O *Pravda* dizia que o Exército Vermelho já tinha chegado ao ninho da víbora nazista.

Gradualmente, fui ficando amigo de um garoto chamado Silencioso. Agia como se fosse mudo; ninguém tinha ouvido o som da voz dele desde que ele foi para o orfanato. Sabiam que era capaz de falar, mas em algum momento da guerra ele decidiu que não havia sentido em fazer isso. Outros garotos tentavam fazê-lo falar. Uma vez, deram uma surra violenta nele, mas não arrancaram um único som dele.

O Silencioso era mais velho e mais forte do que eu. No começo, nós nos evitávamos. Eu achava que, ao se recusar a falar, ele estava debochando de garotos como eu, que não conseguiam falar. Se o Silencioso, que não era mudo, tinha decidido não falar, os outros poderiam pensar que eu também estava me recusando a falar e que podia se quisesse. Minha amizade com ele só podia aumentar essa impressão.

Um dia, o Silencioso foi inesperadamente ao meu resgate e derrubou um garoto que estava me batendo no corredor. No dia seguinte, eu me senti obrigado a lutar ao lado dele em uma briga que aconteceu durante um intervalo.

Depois disso, nós passamos a nos sentar na mesma carteira nos fundos da sala. Primeiro, escrevíamos bilhetes um para o outro, mas aprendemos a nos comunicar por sinais. O Silencioso me acompanhava em idas à estação ferroviária, onde fizemos amizade com soldados soviéticos indo embora. Juntos, nós roubamos a bicicleta de um carteiro bêbado, atravessamos o parque da cidade, ainda cheio de minas terrestres e fechado ao público, e vimos garotas se despirem na casa de banho comunitária.

À noite, nós saíamos do alojamento e andávamos pelas praças e pátios próximos, assustando casais fazendo amor, jogando pedras por janelas abertas, atacando passantes distraídos. O Silencioso, mais alto e mais forte, sempre agia como a força de ataque.

Todas as manhãs, nós éramos acordados pelo apito do trem que passava perto, trazendo camponeses para a cidade com seus alimentos para o mercado. À noite, o mesmo trem voltava aos vilarejos pelo único trilho, as janelas acesas cintilando entre as árvores como uma fileira de vagalumes.

Nos dias de sol, o Silencioso e eu andávamos pelo trilho, sobre os dormentes aquecidos pelo sol e as pedrinhas afiadas que machucavam nossos pés descalços. Às vezes, se havia meninos e meninas suficientes de assentamentos próximos brincando perto do trilho, nós fazíamos um show para eles. Alguns minutos antes da chegada do trem, eu me deitava no trilho de rosto para baixo, os braços cruzados sobre a cabeça, o corpo o mais esticado possível. O Silencioso reunia uma plateia enquanto eu esperava pacientemente. Quando o trem estava se aproximando, eu ouvia e sentia o rugido trêmulo das rodas nos trilhos e dormentes até estar tremendo junto. Quando a locomotiva estava quase em cima de mim, eu me esticava ainda mais e tentava não pensar. O bafo quente da fornalha passava em cima de mim e a grande locomotiva corria furiosamente acima das minhas costas. Depois, os vagões passavam ritmicamente em uma longa fila, enquanto eu esperava o último passar. Eu me lembrava de quando tinha feito a mesma brincadeira nos vilarejos. Acontece que uma vez, no momento de passar sobre o corpo de um garoto, o maquinista soltou umas brasas quentes. Quando o trem terminou de passar, nós encontramos o garoto morto, as costas e a cabeça queimadas como uma batata assada por tempo demais. Vários garotos que tinham testemunhado a cena alegaram que o foguista tinha se inclinado pela janela, visto o garoto e soltado as brasas de propósito. Eu me lembrei de outra ocasião, quando os acoplamentos pendurados no fim do último vagão eram mais compridos do que o habitual e esmagaram a cabeça do garoto deitado entre os trilhos. O crânio dele ficou afundado como uma abóbora esmagada.

Apesar dessas lembranças ruins, havia algo de imensamente tentador em deitar entre os trilhos com um trem passando acima. Nos momentos entre a passagem da locomotiva e do último vagão, eu sentia dentro de mim uma vida tão pura quanto leite cuidadosamente coado por um pano. Durante o curto período em que os vagões passavam sobre o corpo, nada importava além do simples fato de estar vivo. Eu esquecia tudo: o orfanato, minha mudez, Gavrila, o Silencioso. Eu encontrava no fundo dessa experiência a grande alegria de estar ileso.

Depois que o trem passava, eu me levantava apoiado em mãos trêmulas e pernas bambas e olhava ao redor com uma satisfação maior do que eu já tinha sentido ao executar a pior vingança em um dos meus inimigos.

Eu tentava preservar a sensação de estar vivo para uso futuro. Talvez fosse necessária em momentos de medo e dor. Em comparação ao medo que tomava conta de mim quando eu esperava um trem se aproximando, todos os outros pavores pareciam insignificantes.

Eu descia o barranco fingindo indiferença e tédio. O Silencioso era o primeiro a se aproximar de mim com um ar protetor, mas elaboradamente casual. Ele limpava pedaços de cascalho e lascas de madeira presos na minha roupa. Aos poucos, eu dominava o tremor nas minhas mãos, pernas e nos cantos da minha boca seca. Os outros ficavam parados em círculo olhando com admiração.

Mais tarde, eu voltava com o Silencioso para o orfanato. Eu sentia orgulho e sabia que ele estava orgulhoso de mim. Nenhum dos outros meninos ousava fazer o que eu tinha feito. Eles foram parando de me incomodar. Mas eu sabia que minha performance tinha que ser repetida em intervalos de dias; senão, haveria algum menino cético que não acreditaria no que eu tinha feito e duvidaria abertamente da minha coragem. Eu apertava minha Estrela Vermelha junto ao peito, andava até o barranco ao lado do trilho e esperava o trovão de um trem se aproximando.

O Silencioso e eu passávamos muito tempo nos trilhos do trem. Nós víamos os trens passarem e às vezes pulávamos nos degraus dos vagões de trás para descer quando o trem desacelerava num cruzamento.

O cruzamento ficava localizado a alguns quilômetros da cidade. Muito tempo antes, provavelmente antes da guerra, tinham começado a construir um ramal que nunca foi concluído. Os pontos de comutação estavam cobertos de musgo, pois nunca tinham sido usados. O ramal inacabado terminava a algumas centenas de metros, no final de um penhasco no qual havia planos de construírem uma ponte. Nós inspecionamos cuidadosamente os pontos de comutação várias vezes e tentamos mover a alavanca. Mas o mecanismo corroído nem se mexia.

Um dia, nós vimos um chaveiro no orfanato abrir uma fechadura emperrada só enchendo-a de óleo. No dia seguinte, o Silencioso roubou uma garrafa de óleo da cozinha e, à noite, nós o derramamos nos rolamentos do mecanismo de comutação. Nós esperamos um tempo para dar ao óleo a chance de penetrar e depois nos penduramos na alavanca com todo nosso peso. Alguma coisa estalou lá dentro, e a alavanca se moveu com um tranco, enquanto os pontos mudavam para o outro trilho com um gemido. Assustados com nosso sucesso inesperado, nós empurramos rapidamente a alavanca de volta.

Depois disso, o Silencioso e eu trocávamos olhares cúmplices sempre que passávamos pela bifurcação. Esse era nosso segredo. E sempre que eu me sentava na sombra de uma árvore e via um trem aparecer no horizonte, eu era tomado de uma sensação de grande poder. As vidas das pessoas no trem estavam nas minhas mãos. Bastava eu pular até o ponto de comutação e mudar a direção para enviar o trem pelo penhasco para o riacho tranquilo abaixo. Bastava um empurrão da alavanca...

Eu me lembrei dos trens carregando pessoas para as câmaras de gás e crematórios. Os homens que ordenavam e organizavam aquilo tudo deviam ter a mesma sensação de poder total sobre as vítimas incapazes de compreender. Aqueles homens controlaram o destino de milhões de pessoas cujos nomes, rostos e ocupações eram desconhecidos para eles, mas que eles podiam deixar viver ou virar fuligem fina levada pelo vento. Eles só precisavam dar ordens e, em inúmeras cidades e vilarejos, tropas e policiais treinados começavam a reunir pessoas destinadas a guetos e campos da morte. Eles tinham o poder de decidir se os pontos de milhares de comutações ferroviárias seriam direcionados para trilhos que levariam à vida ou à morte.

Ser capaz de decidir o destino de tanta gente que você nem conhecia era uma sensação magnífica. Eu não tinha certeza se o prazer dependia só do conhecimento do poder que se tinha ou de seu uso.

Algumas semanas depois, o Silencioso e eu fomos a um mercado local, onde camponeses dos vilarejos vizinhos levavam a colheita e artesanatos uma vez por semana. Em geral, nós conseguíamos obter uma ou duas maçãs, umas cenouras ou até um copo de creme em troca de sorrisos que dávamos para as camponesas roliças.

O mercado ficava lotado de gente. Fazendeiros anunciavam seus produtos em voz alta, mulheres experimentavam saias e blusas coloridas, novilhos assustados mugiam e porcos corriam gritando no caminho.

Ao olhar para a bicicleta reluzente de um miliciano, eu tropecei em uma mesa alta com derivados do leite em cima e a derrubei. Baldes de leite e creme e jarras de coalhada derramaram para todo lado. Antes que eu tivesse tempo de sair correndo, um fazendeiro alto, roxo de fúria, me deu um soco forte na cara. Eu caí e cuspi três dentes e sangue. O homem me levantou pelo pescoço como um coelho e continuou me batendo até o sangue respingar na camisa dele. Ele me empurrou para o lado do grupo de pessoas olhando e me enfiou em um barril vazio de chucrute e o chutou para uma pilha de lixo.

Por um momento, eu não sabia o que tinha acontecido. Ouvi as risadas dos camponeses; minha cabeça estava girando da surra e de ter rolado no barril. Eu estava engasgado com sangue; senti meu rosto inchando.

De repente, vi o Silencioso. Pálido e tremendo, ele estava tentando me tirar do barril. Os camponeses, me chamando de vira-lata cigano, riram dos esforços dele. Com medo de mais ataques, ele começou a rolar o barril comigo dentro na direção de um chafariz. Alguns garotos do vilarejo correram junto, tentando fazê-lo tropeçar e tirar o barril dele. Ele os espantou com um porrete até chegarmos no chafariz.

Encharcado de água e sangue, com farpas nas costas e mãos, eu engatinhei para fora do barril. O Silencioso me apoiou no ombro enquanto eu mancava. Nós chegamos ao orfanato depois de uma caminhada sofrida.

Um médico cuidou da minha boca e da minha bochecha cortada. O Silencioso esperou do lado de fora. Quando o médico foi embora, ele contemplou meu rosto lacerado por muito tempo.

Duas semanas depois, o Silencioso me acordou ao amanhecer. Ele estava coberto de terra e a camisa estava grudada no corpo suado. Eu entendi que ele devia ter passado a noite fora. Ele fez sinal para eu ir atrás dele. Eu me vesti rapidamente e logo nós estávamos do lado de fora sem ninguém saber.

Ele me levou até uma cabana abandonada não muito longe do cruzamento de trilhos onde tínhamos lubrificado os pontos. Nós subimos no telhado. O Silencioso acendeu um cigarro que tinha encontrado no caminho e gesticulou para eu esperar. Eu não sabia o que ele queria, mas não tinha o que fazer.

O sol estava começando a nascer. Havia orvalho evaporando do telhado de folhas de piche, e minhocas marrons começaram a sair de debaixo das calhas de chuva.

Nós ouvimos o apito de um trem. O Silencioso ficou rígido e apontou. Eu vi o trem aparecer na névoa distante e chegar mais perto, devagar. Era dia de mercado, e muitos dos camponeses pegavam aquele primeiro trem da manhã, que passava por alguns dos vilarejos antes do amanhecer. Os vagões estavam cheios. Havia cestas aparecendo nas janelas e gente pendurada aos montes nos degraus.

O Silencioso chegou perto de mim. Estava suando, as mãos úmidas. Ele lambia os lábios repuxados de tempos em tempos. Empurrou o cabelo para trás. Olhou para o trem e, de repente, pareceu bem mais velho.

O trem estava se aproximando do cruzamento. Os camponeses espremidos se inclinavam pelas janelas, os cabelos louros voando no vento. O Silencioso apertou meu braço com tanta força que dei um pulo. No mesmo momento, a locomotiva do trem desviou para o lado e tremeu violentamente, como se puxada por uma força invisível.

Só os dois vagões da frente seguiram a locomotiva obedientemente. As outras balançaram e, como cavalos nervosos, começaram a subir umas nas outras e caírem para o lado ao mesmo tempo. O acidente veio com um ruído tumultuoso e agudo. Uma nuvem de vapor subiu ao céu, obscurecendo tudo. Gritos e berros soaram vindos de baixo.

Eu fiquei perplexo e tremi como um fio de telefone acertado por uma pedra. O Silencioso balançou. Segurou os joelhos espasmodicamente por um tempo enquanto olhava a poeira assentando lentamente. Ele se virou e correu para a escada, me puxando junto. Nós voltamos rapidamente para o orfanato e evitamos a multidão que estava correndo para a cena do acidente. Sirenes de ambulância soavam ali perto.

No orfanato, todo mundo ainda estava dormindo. Antes de ir para o alojamento, eu dei uma boa olhada no Silencioso. Não havia sinal de tensão em seu rosto. Ele me olhou com um sorriso suave. Se não fosse a atadura no meu rosto e boca, eu teria sorrido também.

Nos dias seguintes, todo mundo na escola falou sobre o desastre ferroviário. Jornais com margens pretas listavam os nomes dos mortos; a polícia estava procurando sabotadores políticos suspeitos de crimes anteriores. No trilho, guindastes erguiam os vagões, que estavam emaranhados e retorcidos.

No dia seguinte de mercado, o Silencioso me levou correndo até o local. Nós abrimos caminho pela multidão. Muitas das barracas estavam vazias e cartazes com cruzes pretas informavam ao público sobre a morte dos donos. O Silencioso olhou para eles e indicou o prazer que sentia. Nós estávamos indo para a barraca do meu agressor.

Eu olhei para a frente. A forma familiar da barraca estava lá, com as jarras de leite e creme, tijolos de manteiga enrolados em pano, algumas frutas. Atrás disso, como num show de marionetes, aparecia a cabeça do homem que tinha quebrado meus dentes e me empurrado no barril.

Eu olhei para o Silencioso, angustiado. Ele estava olhando para o homem, incrédulo. Quando me encarou, ele segurou minha mão e nós saímos rapidamente do mercado. Assim que chegamos na estrada, ele caiu na grama como se em dor terrível, as palavras abafadas pelo chão. Foi a única vez em que eu ouvi a voz dele.

19

De manhã cedo, um dos professores me chamou. Eu estava sendo convocado para a sala da diretora. Primeiro, achei que deviam ser notícias de Gavrila, mas, no caminho, comecei a ter dúvidas.

A diretora estava me esperando na sala dela, acompanhada do membro da Comissão Social que achava que conhecia meus pais de antes da guerra. Eles me cumprimentaram com cordialidade e me pediram para me sentar. Reparei que os dois estavam bem nervosos, apesar de estarem tentando disfarçar. Olhei ao redor com ansiedade e ouvi vozes numa sala adjacente.

O homem da Comissão foi até a outra sala e falou com alguém lá dentro. Em seguida, abriu bem a porta. Havia um homem e uma mulher lá dentro.

Eles pareciam meio familiares, e dava para eu ouvir meu coração batendo debaixo da estrela do meu uniforme. Forçando expressão de indiferença, observei o rosto dos dois. A semelhança era impressionante; aqueles dois podiam ser meus pais. Eu apertei a cadeira enquanto pensamentos disparavam pela minha mente como balas ricocheteando. Meus pais... Eu não soube o que fazer; admitir que os reconhecia ou fingir que não?

Eles chegaram mais perto. A mulher se curvou na minha frente. O rosto dela ficou coberto de lágrimas de repente. O homem, enquanto ajustava os óculos no nariz úmido, a apoiava com o braço. Ele também estava tremendo de soluços. Mas se controlou rapidamente e falou comigo. Ele falou comigo em russo, e notei que a fala dele era fluente e linda como a de Gavrila. Ele me pediu para desabotoar o uniforme; no meu peito, do lado esquerdo, devia haver uma marca de nascença.

Eu sabia que tinha a marca. Eu hesitei, me perguntando se deveria expô-la. Se fizesse isso, tudo estaria perdido; não haveria dúvida de que eu era filho deles. Eu ponderei por alguns minutos, mas senti pena da mulher chorando. Desabotoei lentamente meu uniforme.

Não havia saída, por mais que se avaliasse. Gavrila me disse várias vezes que os pais tinham direito sobre seus filhos. Eu ainda não era adulto: tinha apenas doze anos. Mesmo que eles não quisessem, era dever deles me levar.

Eu olhei para eles de novo. A mulher sorriu para mim pelo pó manchado de lágrimas no rosto. O homem esfregou as mãos com empolgação. Eles não pareciam pessoas que bateriam em mim. Ao contrário, pareciam frágeis e doentes.

Meu uniforme estava aberto agora, a marca de nascença plenamente visível. Eles se curvaram na minha frente, chorando, me abraçando e beijando. Fiquei indeciso de novo. Eu sabia que poderia fugir a qualquer momento, pular em um dos trens lotados e seguir nele até ninguém conseguir me rastrear. Mas eu queria ser encontrado por Gavrila e, portanto, não era inteligente fugir. Eu sabia que voltar para os meus pais significava o fim de todos os meus sonhos de me tornar um grande inventor de detonadores para mudar a cor das pessoas, de trabalhar na terra de Gavrila e Mitka, onde hoje já era amanhã.

Meu mundo estava ficando apertado como o sótão na cabana de um camponês. O tempo todo, um homem corria o risco de cair nas armadilhas dos que o odiavam e queriam persegui-lo ou nos braços dos que o amavam e desejavam protegê-lo.

Eu não conseguia aceitar prontamente a ideia de me tornar de repente o filho de verdade de alguém, de ser acariciado e protegido, de ter que obedecer as pessoas, não por elas serem mais fortes e poderem me machucar, mas por serem meus pais e terem direitos que ninguém podia tirar deles.

Claro que pais tinham utilidade para os filhos quando eles eram bem pequenos. Mas um garoto da minha idade deveria ficar livre de qualquer restrição. Deveria poder escolher sozinho as pessoas que desejava seguir e com quem desejava aprender. Mas eu não conseguia decidir fugir. Eu olhei para o rosto lacrimoso da mulher que era a minha mãe, para o homem trêmulo que era meu pai, sem saber se eles deviam fazer carinho no meu cabelo ou tocar no meu ombro, e uma força interna me controlou e me proibiu de fugir. De repente, eu me senti como o pássaro pintado de Lekh, que uma força desconhecida estava puxando na direção dos semelhantes.

Minha mãe ficou sozinha comigo na sala; meu pai foi cuidar das formalidades. Ela disse que eu seria feliz com ela e com meu pai, que eu poderia fazer qualquer coisa que quisesse. Eles fariam um novo uniforme para mim, uma cópia exata do que eu estava usando.

Enquanto ouvia isso, me lembrei da lebre que Makar pegou uma vez com uma armadilha. Era um animal grande e lindo. Dava para sentir nele uma motivação pela liberdade, por saltos poderosos, quedas divertidas e escapadas velozes. Trancado numa gaiola, ele ficou furioso, bateu os pés, se jogou nas paredes. Depois de alguns dias, Makar, furioso com a inquietação dele, jogou uma lona pesada por cima dele. A lebre lutou e se agitou embaixo, mas acabou cedendo. Acabou ficando manso e comendo na minha mão. Um dia, Makar ficou bêbado e deixou a porta da gaiola aberta. A lebre saiu pulando e foi na direção da campina. Eu achei que ele pularia na grama alta com um salto enorme e nunca mais seria visto. Mas ele pareceu saborear a liberdade e só ficou parado com as orelhas eretas. Dos campos e bosques distantes vinha um som que só ele ouvia e entendia, cheiros e fragrâncias que só ele apreciava. Era tudo dele; ele tinha deixado a gaiola para trás.

De repente, houve uma mudança nele. As orelhas alertas murcharam, ele ficou meio murcho e encolheu. Pulou uma vez e as orelhas se esticaram, mas ele não fugiu. Eu assobiei alto na esperança de trazê-lo de volta a si, de fazê-lo perceber que estava livre. Ele só se virou e, lentamente, como se envelhecido e subitamente diminuído, foi na direção da coelheira. No caminho, ele parou por um tempo, se empertigou e olhou para trás uma vez mais com as orelhas eretas; mas passou pelos coelhos que olhavam para ele e pulou para dentro da gaiola. Eu fechei a porta, embora não fosse necessário. Ele agora carregava a gaiola em si; prendia seu cérebro e coração e paralisava os músculos. A liberdade, que o tinha destacado dos outros coelhos, resignados e sonolentos, o deixou como a fragrância de um trevo esmagado e seco evaporando no vento.

Meu pai voltou. Ele e a minha mãe me abraçaram e me olharam por inteiro e trocaram alguns comentários sobre mim. Era hora de ir embora do orfanato. Nós fomos nos despedir do Silencioso. Ele olhou com desconfiança para os meus pais, balançou a cabeça e se recusou a cumprimentá-los.

Nós fomos para a rua e meu pai ajudou a carregar os meus livros. Havia caos por toda parte. Pessoas maltrapilhas, sujas, abatidas com bolsas nas costas voltavam para casa e brigavam com os que as tinham ocupado durante a guerra. Eu andei entre os meus pais, sentindo as mãos deles nos meus ombros e cabelo, me sentindo sufocado pelo amor e pela proteção deles.

Eles me levaram para o apartamento deles. Eles tinham conseguido emprestado com muita dificuldade depois que souberam que um menino que correspondia à descrição do filho deles estava no Centro local e que uma reunião podia ser providenciada. No apartamento, uma surpresa me aguardava. Eles tinham outro filho, um menino de quatro anos. Meus pais explicaram que ele era órfão, cujos pais e irmã mais velha tinham sido mortos. Ele foi salvo pela antiga babá, que o entregou ao meu pai em algum momento durante as viagens deles no terceiro ano de guerra. Eles o adotaram, e vi que o amavam muito.

Isso só aumentou minhas dúvidas. Não seria melhor eu ficar sozinho e esperar Gavrila, que acabaria me adotando? Eu preferiria ficar sozinho de novo, vagando de um vilarejo para outro, de uma cidade para outra, sem nunca saber o que poderia acontecer. Aqui, tudo era previsível.

O apartamento era pequeno, composto de uma sala e uma cozinha. Havia um banheiro na escada. Era abafado, e nós ficamos espremidos, uns atrapalhando os outros. Meu pai tinha problema de coração. Se alguma coisa o abalasse, ele ficava pálido e com o rosto coberto de suor. Precisava tomar uns comprimidos. Minha mãe saía ao amanhecer para esperar nas filas infinitas de comida. Quando voltava, ela começava a cozinhar e a limpar.

O garotinho era uma irritação. Ele insistia em brincar sempre que eu estava lendo o jornal que relatava o sucesso do Exército Vermelho. Segurava minha calça e derrubava meus livros. Um dia, ele me irritou tanto que eu segurei o braço dele e apertei com força. Alguma coisa estalou, e o garoto gritou como louco. Meu pai chamou um médico; o osso estava quebrado. Naquela noite, quando a criança estava na cama com o braço envolto em gesso, ele choramingou baixinho e me olhou apavorado. Meus pais me olharam sem falar nada.

Eu saía com frequência para me encontrar com o Silencioso. Um dia, ele não apareceu na hora marcada. Disseram depois que o orfanato tinha sido transferido para outra cidade.

A primavera chegou. Em um dia chuvoso de maio, tivemos a notícia de que a guerra tinha acabado. As pessoas dançaram nas ruas, beijaram e abraçaram umas às outras. À noite, nós ouvimos as ambulâncias pela cidade pegando pessoas machucadas nas brigas que aconteceram nas festas regadas a álcool. Durante os dias que vieram em seguida, eu visitei o orfanato muitas vezes, na esperança de encontrar uma carta de Gavrila ou Mitka. Mas não havia nenhuma.

Eu lia o jornal com atenção, tentando entender o que estava acontecendo no mundo. Nem todos os exércitos voltariam para casa. A Alemanha seria ocupada, e talvez levasse anos para Gavrila e Mitka voltarem.

A vida na cidade estava ficando mais difícil. Todos os dias, multidões chegavam de todo o país com a esperança de que seria mais fácil ganhar a vida em um centro industrial do que no interior e de conseguirem ganhar de volta tudo que tinham perdido. Sem conseguir arrumar trabalho e moradia, as pessoas vagavam atordoadas pelas ruas, lutavam para conseguir lugares nos bondes, ônibus e restaurantes. Elas estavam nervosas, irritadiças e briguentas. Parecia que todo mundo se achava escolhido pelo destino apenas por ter sobrevivido à guerra e se sentia merecedor de deferência por causa disso.

Uma tarde, meus pais me deram dinheiro para ir ao cinema. Era um filme soviético sobre um homem e uma garota que tinham um encontro às seis horas do primeiro dia depois da guerra.

Havia muita gente na bilheteria e eu esperei pacientemente na fila por várias horas. Quando chegou minha vez, eu descobri que tinha perdido uma das moedas. O caixa, ao ver que eu era mudo, deixou meu ingresso guardado para eu pegar quando levasse o que faltava do dinheiro. Eu corri para casa. Menos de meia hora depois, eu voltei com o dinheiro e tentei pegar meu ingresso na bilheteria. Um atendente me mandou entrar na fila de novo. Eu não estava com a lousa e tentei explicar com sinais que eu já tinha ficado na fila e que o meu ingresso estava me esperando. Ele nem tentou entender. Para a diversão das pessoas esperando do lado de fora, ele me pegou pela orelha e me expulsou. Eu escorreguei e caí nos paralelepípedos. Começou a escorrer sangue do meu nariz no uniforme. Eu voltei para casa rapidamente, botei uma compressa fria no rosto e comecei a planejar minha vingança.

À noite, quando meus pais estavam se preparando para dormir, eu me vesti. Com ansiedade, eles me perguntaram aonde eu estava indo. Eu falei com sinais que só ia dar uma volta. Eles tentaram me convencer que era perigoso sair à noite.

Eu fui direto para o cinema. Não havia muita gente esperando na bilheteria, e o funcionário que tinha me expulsado mais cedo estava andando tranquilamente na frente. Eu peguei dois tijolos de bom tamanho na rua e subi sorrateiramente a escada de um prédio ao lado do cinema. Eu larguei uma garrafa vazia do patamar do terceiro andar. Como eu esperava, o homem foi correndo para o local onde tinha caído. Quando ele se curvou para examinar a garrafa quebrada, eu larguei os dois tijolos. E desci correndo a escada para a rua.

Depois desse incidente, eu passei a só sair à noite. Meus pais tentaram protestar, mas eu não quis ouvir. Eu dormia durante o dia e, ao anoitecer, já estava pronto para iniciar minha ronda noturna.

À noite, todos os gatos são pardos, diz o provérbio. Mas isso não se aplicava a pessoas. Com elas, era o oposto. Durante o dia, todas eram parecidas, correndo em seus jeitos definidos. À noite, elas mudavam e ficavam irreconhecíveis. Homens perambulavam pela rua ou pulavam como gafanhotos da sombra de um poste de luz para outro enquanto tomavam goles ocasionais de garrafas que carregavam nos bolsos. Nas passagens escuras havia mulheres com blusas abertas e saias apertadas. Os homens se aproximavam delas com um gingado e eles desapareciam juntos. De trás de uma vegetação anêmica de cidade dava para ouvir os gemidos de casais fazendo amor. Nas ruínas de uma casa bombardeada, vários garotos estupravam uma garota. Uma ambulância dobrou uma esquina distante com um cantar de pneus; uma briga começou em uma taverna próxima e houve o estrondo de vidro quebrando.

Em pouco tempo, fiquei familiarizado com a cidade à noite. Eu conhecia vielas tranquilas onde garotas mais novas do que eu atendiam homens mais velhos do que o meu pai. Encontrei lugares onde homens vestidos com roupas elegantes e relógios de ouro no pulso vendiam objetos cuja mera posse poderia botá-los na prisão por anos. Encontrei uma casa discreta da qual homens jovens tiravam pilhas de folhetos para colar em prédios do governo, pôsteres que os militares e soldados arrancavam com raiva. Vi a milícia organizar uma caçada a um homem e vi civis armados matando um soldado. Durante o dia, o mundo ficava em paz. A guerra continuava à noite.

Todas as noites eu visitava um parque perto do jardim zoológico, nos arredores da cidade. Homens e mulheres se reuniam lá para negociar, beber e jogar cartas. Aquelas pessoas eram boas comigo. Elas me davam chocolate, que era difícil de obter, e me ensinaram como arremessar uma faca e como tirar uma da mão de um homem. Em troca, me pediam para entregar pequenos pacotes em vários endereços, evitando milicianos e homens à paisana. Quando eu voltava dessas missões, as mulheres me puxavam para perto dos seus corpos perfumados e me encorajavam a me deitar com elas e acariciá-las das formas que eu tinha aprendido com Ewka. Eu me sentia à vontade entre aquelas pessoas cujos rostos ficavam escondidos na escuridão da noite. Eu não incomodava ninguém, não atrapalhava ninguém. Elas viam minha mudez como um benefício que garantia minha discrição ao executar missões.

Mas, uma noite, tudo terminou. Holofotes ofuscantes brilharam atrás das árvores e apitos da polícia soaram no silêncio. O parque foi cercado de milicianos e nós fomos todos levados para a prisão. No caminho eu quase quebrei o dedo de um oficial da milícia que me empurrou com muita força e ignorou a Estrela Vermelha no meu peito.

Na manhã seguinte, meus pais foram me buscar. Eu fui trazido todo sujo e com meu uniforme em frangalhos depois de uma noite insone. Fiquei triste de deixar meus amigos, as pessoas da noite. Meus pais me olharam intrigados, mas não disseram nada.

20

Eu estava magro demais e não estava crescendo. Os médicos recomendaram ares da montanha e muito exercício. Os professores disseram que a cidade não era um lugar bom para mim. No outono, meu pai aceitou um emprego nas colinas, na parte oeste do país, e nós fomos embora da cidade. Quando as primeiras neves chegaram, eu fui enviado para as montanhas. Um velho instrutor de esqui aceitou cuidar de mim. Fui morar com ele na cabana na montanha e meus pais me viam só uma vez por semana.

Acordávamos cedo todas as manhãs. O instrutor se ajoelhava para rezar enquanto eu observava com indulgência. Ali estava um homem adulto, educado na cidade, que agia como um simples camponês e não conseguia aceitar a ideia de que estava sozinho no mundo e não podia esperar ajuda de ninguém. Todos nós estávamos sozinhos, e quanto mais cedo um homem se desse conta de que todos os Gavrilas, Mitkas e Silenciosos eram dispensáveis, melhor para ele. Não importava muito ser mudo; as pessoas não se entendiam de qualquer jeito. Elas se chocavam ou encantavam umas às outras, se abraçavam ou se pisoteavam, mas todo mundo só conhecia a si mesmo. Suas emoções, memórias e sentidos o separavam dos outros de forma tão efetiva quanto juncos densos protegem o rio da margem lamacenta. Como os picos de montanhas ao nosso redor, nós olhávamos uns para os outros, separados por vales, altos demais para passarem despercebidos, baixos demais para tocarem o céu.

Meus dias passavam esquiando pelas pistas compridas das montanhas. As colinas estavam desertas. Os albergues tinham sido queimados e as pessoas que habitavam os vales tinham sido expulsas. Os novos moradores estavam começando a chegar.

O instrutor era um homem calmo e paciente. Eu tentava obedecê-lo e ficava feliz quando ganhava seus parcos elogios.

A nevasca chegou de repente e bloqueou os picos e cristas com montes de neve. Eu perdi o instrutor de vista e comecei a descer a inclinação íngreme sozinho para tentar chegar à cabana o mais rápido possível. Meus esquis bateram na neve dura e gelada e a velocidade tirou meu ar. Quando vi de repente um vão fundo, era tarde demais para dar meia-volta.

O sol de abril enchia o quarto. Eu movi a cabeça e não pareci machucado. Apoiei-me nas mãos e estava prestes a deitar quando o telefone tocou. A enfermeira já tinha saído, mas o telefone ficou tocando insistentemente.

Eu saí da cama e andei até a mesa. Ergui o fone e ouvi uma voz de homem.

Segurei o fone no ouvido e ouvi as palavras impacientes; em algum lugar do outro lado da linha havia alguém que queria falar comigo... Senti uma vontade sufocante de falar.

Eu abri a boca e inspirei um pouco de ar. Sons subiram pela minha garganta. Tenso e concentrado, comecei a organizá-los em sílabas e palavras. Eu ouvi distintamente as palavras pulando de mim uma atrás da outra, como ervilhas pulando de uma vagem aberta. Botei o fone de lado sem acreditar que era possível. Comecei a recitar palavras e frases, trechos das músicas de Mitka. A voz perdida em uma igreja distante de vilarejo tinha me encontrado de novo e enchido todo o aposento. Eu falei alto e sem parar, como os camponeses e como o pessoal da cidade, o mais rápido que consegui, extasiado com os sons que eram carregados de significado, assim como neve molhada é carregada de água, convencendo a mim mesmo, sem parar, que a fala agora era minha e que ela não pretendia fugir pela porta aberta para a sacada.

COMO NARRAR O HORROR?

HENRY BUGALHO

Em Berlim, há um museu. Neste museu, há uma foto. Nesta foto, há uma família. Umas trinta pessoas juntas, sorrindo. Todas elas são judias. Ninguém sabe o nome daquelas pessoas, quem foram, mas uma coisa é certa: todas foram mortas.

Sempre me recordo desta foto nas vezes que preciso falar dos horrores do nazismo e daquilo que se deu na Europa durante a Segunda Grande Guerra, pois, para mim, simboliza a incapacidade de muitos de nós de sequer conseguirmos ter uma vaga compreensão do que ocorreu. É um horror de tamanha magnitude que nos sentimos como uma criança diante de um demônio de seis metros — paralisados, atônitos, gélidos de pavor e sem entender nada.

Os números são astronômicos. Milhões de pessoas exterminadas por esquadrões de fuzilamento, nas câmaras de gás, nos campos de concentração ou extermínio, nos guetos, nos vagões de carga dos trens, nas marchas da morte, submetidos a bizarros experimentos médicos, fugindo, se escondendo, denunciados por vizinhos ou desconhecidos, e foram perseguidas e mortas pelas mais distintas razões, por serem judias, ciganas, por serem portadoras de deficiências físicas e mentais, comunistas e social-democratas, integrantes da resistência, prisioneiros de guerra, testemunhas de jeová, homens, mulheres, crianças, idosos...

Mais do que números inconcebíveis, estes milhões ocultam a faceta perversa de que cada pessoa ali tinha uma história, uma aspiração e uma vida normal brutalmente interrompida pela barbárie. Todas aquelas pessoas da foto sem nome, cuja existência foi aniquilada, e a memória erradicada, eram como eu ou você — todas lutando por seu lugar neste mundo quase sempre injusto.

Quando abandonamos esta visão panorâmica e vamos nos aproximando de cada experiência individual, de cada luta contra o extermínio, de cada sobrevivente, então o horror se torna palpável, não mais números, mas nomes, rostos e dores. Histórias de entes amados perdidos, arrancados, desaparecidos, de famílias destruídas, de amigos que nunca mais se reencontrariam, de crianças vagando sozinhas entre rostos hostis.

Neste catálogo de atrocidades inimagináveis, sempre me indago sobre o nosso lugar.

Como nós lidaríamos com isso?

Como enfrentaríamos?

Como sobreviveríamos às chagas do horror?

Como contaríamos esta história?

Após o fim da Guerra, muitos sobreviventes se calaram. Mal conseguiam verbalizar suas experiências, pois recordar seria forçar-se a reviver.

Mas não podemos nos dar o conforto de esquecer, pois este tipo de perversidade serpenteia pelas entranhas da sociedade, encolhe-se no interior de cada um de nós e basta que surja uma voz que externe os nossos mais íntimos temores e rancores, que seja capaz de canalizar a nossa fragilidade e insegurança, e facilmente nos entregaríamos a esta histeria coletiva que persegue e pune inimigos imaginários, devastando a vida de pessoas reais.

Apertando os botões certos, todos nós podemos ser seduzidos pelo veneno do ódio, esta força sombria que une as pessoas em torno da destruição.

Sim, lembrar é reviver. Sim, lembrar é ser obrigado a sofrer tudo outra vez. Sim, lembrar é manter a ferida sempre aberta.

Todavia, lembrar é também aprender e nunca mais repetir o erro. Mas como é possível narrar o horror?

Como dividir dores que nem a nossa mais tortuosa imaginação poderia conceber?

E aqui nos vemos diante de dois caminhos: por um lado, o da História e das memórias, daqueles que lograram transpor o muro de silêncio e chocar o mundo com as atrocidades a que foram submetidos, e esta é uma das matérias primordiais para se acessar o que se passou nos campos de concentração e extermínio, posto que um dos esforços dos nazistas foi o de tentar apagar os registros e os vestígios de seu projeto de genocídio. E, por outro lado, o da Arte, o tortuoso caminho da sublimação deste aspecto mais medonho da natureza humana, convertendo-o em obras literárias, cinematográficas ou em outras manifestações artísticas que nos transportam de um modo distinto àquele universo.

Pois a Arte, ao contrário da História, nos proporciona um senso de totalidade e de propósito, nos encobre com o ilusório manto do sentido, de que há um começo, meio e fim, de que há um aprendizado, de que os personagens se desenvolvem em seu arco e saem diferentes após o desfecho da trama.

A História, assim como a vida real, é fraturada, repleta de meandros e recônditos obscuros, e simplesmente não tem fim. Depois de uma coisa, vem outra, e depois outra, e nem sempre há algum tipo de progressão dotada de coerência ou propósito. É o que é, e a gente que se vire para aceitá-la.

Estes dois caminhos são algumas das vias de acesso possível. Nem sempre nos poupam do desconforto, mas a angústia também faz parte da nossa experiência humana. A angústia é a matéria-prima da reflexão.

Portanto, relembremos e revivamos.

Soframos juntos.

Aprendamos e ensinemos.

Pois o flagelo de um é o flagelo de toda a humanidade.

Março de 2024

O INFERNO SILENCIOSO DE VÁCLAV MARHOUL

LUCAS MAIA
REFÚGIO CULT

Nunca é fácil relembrar os horrores da Segunda Guerra Mundial. Os lugares devastados, as pilhas de cadáveres por todos os cantos, os estrondos de balas e bombas cortando o silêncio. Mas o que é ainda mais difícil de refletir sobre essa dolorosa época é como milhões de crianças que vivenciaram essa guerra morreram ou, quando sobreviveram, carregaram traumas pelo resto de suas vidas. *O Pássaro Pintado* é um romance que carrega em suas páginas a difícil tarefa de descrever os horrores que impactaram diretamente a vida de um garoto, e que quebraram sua inocência e identidade para sempre.

Jerzy Kosiński cria imagens verdadeiramente cruéis e impensáveis, deixando a Václav Marhoul uma difícil missão. O cineasta e roteirista tcheco optou por trabalhar sua adaptação cinematográfica de *O Pássaro Pintado* (2019) com o inferno na terra da forma mais silenciosa possível. Esse grande contraste criado pelo cineasta não só exalta o desconforto causado pela sucessão de acontecimentos catárticos, mas faz a ausência de palavras trabalhar como uma dor que engasga e impossibilita a comunicação verbal.

O jovem Petr Kotlár interpreta o protagonista da história, que não tem seu nome revelado tão cedo, detalhe que reforça como toda a essência do garoto é quase um mero vulto correndo pela sobrevivência.

A expressão quase sempre congelada de Petr, muitas vezes preenchida apenas com um olhar vazio e distante, traduz a repressão das emoções que o menino sente, e que por raras vezes desaba em choro, mas que se reergue pelo instinto natural de sobrevivência. O perigo surge de tantas formas diferentes que demonstrar qualquer sinal de fragilidade ali poderia ser só mais uma maneira de facilitar a própria morte.

O meticuloso trabalho de fotografia de Vladimír Smutný, unido ao design de produção da época, nos transporta diretamente para a década de 1940 com o apoio de uma belíssima cinematografia em preto e branco. São detalhes que compõem todo o realismo e impacto da obra, indo desde os pequenos vilarejos europeus aos campos cortados por trilhos de trens, que transportam milhares de judeus para a morte.

A narrativa do longa, sua montagem e condução é quase como uma adaptação realista e mais recente da *Divina Comédia* de Dante Alighieri, uma jornada que não só transita por diferentes ambientações, como imprime seus momentos conforme elas surgem. No poema clássico de Dante, por exemplo, temos o Inferno, o Purgatório e o Paraíso, representando os sentimentos dos personagens, assim como suas provações e indo além, ao explorar a ordem e o caos lado a lado, como meios de controle e consequências da existência humana. A maior diferença é que em *O Pássaro Pintado*, nunca sabemos ao certo em qual parte o protagonista está, se o seu próximo passo será mais um dentro do imenso Inferno ou quem sabe, um pequeno fôlego em um breve "Paraíso".

Marhoul teve sucesso ao materializar esse texto poderoso e, ao mesmo tempo em que transforma uma obra sombria e cruel em um grande feito cinematográfico, entrega um trabalho de arte e sensibilidade que se equilibra na balança como algo belíssimo e assustador.

O Pássaro Pintado de Václav Marhoul é a realização em imagens de um livro visceral, importante e brutal. Uma adaptação que, em conjunto ao seu original, nos lembra da forma mais desconfortável, porém necessária, dos horrores de uma guerra que não podem em momento algum ameaçar a se repetir. São traumas e perdas não muito distantes no tempo, que comprovam o pior do ser humano, enquanto caminha pelos becos mais escuros da terra. O sofrimento físico, psicológico e cultural ecoam até hoje à custa de tantas crianças que, diferente de Dante, pelo menos aqui na terra, não chegaram nem perto do Paraíso.

À memória da minha esposa,
Mary Hayward Weir, sem quem até
o passado perderia o significado.